NF文庫
ノンフィクション

蒼天の悲曲

学徒出陣

須崎勝彌

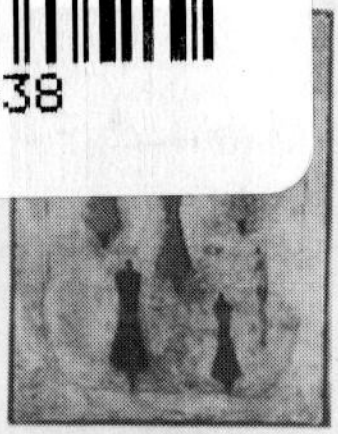

潮書房光人社

『蒼天の悲曲』目次

蒼天の悲曲

学徒出陣

序章　記憶

機上の人となって一時間余り、仙石圭介は、松山空港を定刻に離陸したYS一一型旅客機のリクライニングシートに、深々と腰を埋めていた。気分がいいとつい本音が出る。

「俺もいい時代に生まれあわせたものだ」

とにかく世の中は景気がいい。神武景気《じんむけいき》はおろか岩戸《いわと》景気という新語まで飛び出す有様だ。戦争に負けて息の根を止められそうになった日本経済は、わずか二十年ほどで見事に立ち直った。東京オリンピックが一段と弾《はず》みをつけた。折から昭和四十三年は、明治百年に当たる。その間に多少の曲折はあったにしても、この国の百年の歩みは、おおむね正しかったとする肯定的な史観がもてはやされるようになった。戦後は終わったとはしゃぐ浮薄《ふはく》な風潮に眉をひそめる良識派でさえ、昭和元禄の太平ムードにどっぷりつかっている自分を認めないわけにはいくまい。

機は、その後も正確に規定のルートに乗って羽田への飛行をつづけていた。

機内アナウンスが、高度三千メートルで遠州灘《えんしゅうなだ》上空を飛行中であると告げた。翼下にはミニチュアのような貨物船が走っている。白い航跡が長い。船の全長の倍はある。かなり速度を出しているのだろう。海は穏《おだ》やかだ。大気も安定している。機の動揺はまったくない。まるで宙天《ちゅうてん》に静止しているような錯覚をおぼえる。

圭介は先ほどから愛用のパイプでしきりと鼻の隆起をこすっていた。気分がいい証拠である。

コクピットでは、とっくに自動操縦装置に切り換えられていたから、ベテランのクルーも機内の備品と化したも同じだ。機長は自分の存在を強調したかったのだろう。石廊崎《いろうざき》上空のポイントを通過したとき、羽田の管制塔へ通常の報告のほかに、「すべて良好」と、さわやかな声を補《おぎな》った。

圭介もまた「すべて良好」なのだ。経営コンサルタントとして、いっぱしの弁がたつし、新進気鋭の経済評論家などと嬉しい呼ばれ方をされたりもする。近頃、パイプがようやく板についてきた。多少の気障《きざ》っぽさは世渡りにプラスするというのが圭介の持論である。

その日は、中小企業の若い経営者の団体に招かれて、四国での講演を終えての帰りだった。戦後、早くも二十年余りが過ぎ、そろそろ昭和一桁《ひとけた》の出番である。この世代には、軍服を着た者もいるし、そうでない者も工場に動員されるなどして戦力に組みこまれているが、どこでも最下位にランクされたままで終わった。被虐《ひぎゃく》の体験は、そのまま劣等感となってこびりついている。圭介は自分自身への思いも込めて、同世代の若い聴衆に壇上から声を張り上げた。

「明治生まれや大正育ちは、戦争にひた走って挫折した世代です。いまや彼らと訣別するときです」

反響はすごかった。壇を降りてからも握手攻めにあったほどである。

高度成長を称《たた》えてバラ色の夢をふり撒けば世間はもてはやしてくれる。お蔭で圭介の日常は怠惰なほどの平和に満たされていた。平和を怠惰の一種とみるのは、少年期を戦時中に過ごした不運のためである。圭介はリクライニングシートの傾斜をさらに深めて、より心地よい怠惰にひたろうとした。

機は伊豆大島上空で北へ変針すると、次第に高度を下げはじめた。スチュワーデスが機内サービスの最後にキャンデーを配ってまわった。圭介は無造作にそれを口の中に抛《ほう》り込み、他愛のない賭けに興じた。キャンデーが溶けるのと機が着陸するのと、どっちが先か。

機は降下しながら、まもなく洲崎《すのさき》灯台の上空を通過した。空の旅の終わりを告げるように、ベルト着用の指示灯がついた。そのときである。左エンジンが異様な白煙を吐いてプロペラがV字形に突っ立った。乗客には、一瞬、奇妙な違和感が走っただけで、とっさにそれが何を意味するのか実感として迫るものがなかった。スチュワーデスがコクピットに駈け込むのを見て、初めて事の重大さに気がついた。左エンジンが停止したのだ。機内は騒然となった。満席の乗客に恐怖が走った。右エンジンだけで大丈夫だという機長の声が、くり返し流されたが、恐怖を鎮《しず》めるほどの効果はなかった。乗客はともかくもスチュワーデスの指示に従った。救命具を着け、座席バンドを締め、クッションを胸に当てた。機内はようやく静かになったが、状況は少しも好転していない。不安と恐怖で体を硬ばらせている乗客の中で圭介だけは他と少しだけ異なっていた。

「あのときもプロペラが止まった」

そして、あのときも無事だったことが、その場の不安を支えてくれた。

「あのときも、あのときも」

危機から逃れるための呪文《じゅもん》のように、圭介は心の中で呟きつづけた。

V字型に突っ立った左のプロペラが、機の推力にひどくブレーキをかけているようだ。それでもやがて木更津の上空にたどり着いた。羽田は近い。しかし、片肺飛行は頼りない。いまにも浮力が失われそうだ。高度はすでに五百メートルを切っている。ぐらりと機が傾いた。左の翼が海面を指して、傾斜を増して行く。斜めの海をタンカーがこともなげに走っている。無情の傍観者が腹立たしい。バンクが大きすぎる。復元するのだろうか。乗客は、クッションを抱きしめて不安に体を硬ばらせている。やがて機は、ゆっくりバンクを戻した。翼が地平線に平行すると、滑走路が視野に飛びこんできた。機はグライドに移った。右エンジンの回転が落ちた。がくんと機位が下がったのを体で感じた。エンジンの回転が増した。機が前へのめった。片肺飛行で勝手がちがうのか、機長はレバーの修正を繰りかえしているらしい。海上に並ぶ進入灯の列に沿って、機は滑走路に辷《すべ》りこもうとしている。その一灯一灯をかわすごとに、乗客の不安も刻々と薄らいだ。そして、残りの数を読んだ。

「あと三つ、二つ、一つ」

翼下の海は、アスファルトに変わった。車輪が滑走路をまさぐるようにして接地すると、機内にどッと歓声が湧いた。ＹＳ一一は無事に着陸した。そのとき圭介は、口の中に異物があるのを感じた。キャンデーが粒のまま溶けずに残っていた。唾液の分泌《ぶんぴ》が止まっていたらしい。その日の事故が、はからずも圭介に二十数年前のあのときの記憶を甦《よみがえ》らせた。

第一章　脱出

一

昭和二十年の夏、まだ十五歳の少年ながら圭介はすでに軍籍に在った。海軍上等飛行兵という階級をもらい、茨城県の百里原《ひゃくりはら》海軍航空隊に配属されていた。飛行兵といっても空を飛んでいたわけではない。本土決戦に備えて、もっぱら陣地構築に駆り出されていた。予科練の実態は土方である。圭介たちは予科練をもじってドカレンと自嘲した。そして、八月十五日に戦争は終わった。

終戦とは何か、未熟な十五歳のアタマでは見当もつかなかったが、一つだけはっきりしたのは、これでもう空を飛べなくなったということだった。予科練を志願したのも、飛行機に乗りたいの一心からだったのに、まるで話がちがう。

「海軍は嘘をつきやがった」

海軍とは一体何なのか。相手の正体がはっきりしないだけに不満のぶちまけようがない。仲間と連れだって飛行場の外で放尿していると、向こうから下士官がやってきた。この男には忘れられない不快な思い出があった。入隊して最初の入浴のとき、圭介たちは浴槽の前で素っ裸のまま整列させられた。中学二年から予科練に入った彼らの肉体はまだ大人になりきっていなかった。この下士官は少年たちの胯間《こかん》のその部分を棒でこづきながら童心を凌辱《りようじよく》した。

「おまえたちは、まだ一度も発砲したことねえんだろう。軍艦が砲身を下に向けるのは、降伏しますってことだ。見てみい、おまえらの豆鉄砲は、みんなたらあンと下を向いとる。そんなことで戦さができるかい。砲戦用意、仰角《ぎようかく》いっぱい！」

この男は下士官のくせに、いつも鼻先に海軍をぶら下げて登場した。少年たちにはこの男こそ海軍であった。圭介はあのときの仕返しとばかり放尿中の仲間に号令をかけた。

「砲戦用意、仰角いっぱい！」

仲間はすぐに操作にとりかかった。下士官が近づくと、少年たちは仰角をとったその部分をこれみよがしに露出して一斉に挙手した。異様な反抗に相手は狼狽した。

「ふざけるなッ！」

ひと言すごんだが、あたふたと逃げ去った。軽く脅しただけでこのざまだ。昨日と今日では大ちがい、なにもかもひっくり返る。圭介は終戦という降って湧いた混乱がおもしろくなった。そのくせにポツダム宣言の受諾を伝える玉音放送を聞いて、わけもわからず涙を流した。それとこれとは矛盾するが、圭介本人も混乱していた。

　こういうときにこそ、日頃、威張っている士官に、模範を示してもらいたいのだが、八月十五日以後、彼らの権威は日毎に色褪《あ》せてきた。士官にもいろいろある。圭介たちは海軍兵学校出の正規の士官を本チャンと言い、学徒出の予備士官はスペアと呼んだ。もちろんこれは敬称ではない。むしろ蔑称に近いのだが、相手は必ずしもそうは受け取らない。本チャンと言われると、エリートと認められたかのように胸を張るし、スペアと呼ばれると、よくぞ見分けてくれたみたいな顔をする。もう一つ兵から叩き上げた特務士官がいた。特はスペシャルだ。それを簡略にしてスペと呼ばれた。予科練出身者が進級すると、このルートをたどるのだが、気は許せない。うっかりスペさんと呼んだりするとこっぴどい目にあう。スペだけは蔑称らしい。制度の上では区別が廃されていたが、実際には三者三様のセクショナリズムが存在していた。どうにもややこしい。士官というのはつくづくわけのわからん人種に思われた。

　頭上を、爆音を轟かせて三機編隊が飛び去った。それまでは連日の空襲で訓練ができなかったが、終戦になって空襲がやむと、それ行けとばかりに百里原航空隊はにわかに空を取りもどした。爆音が終戦の混乱を煽《あお》った。少年たちは空を見上げてドラム缶を叩いた。祭太鼓でも打ち鳴らしている気分になっていると、軍刀を手にした数人の士官が通りかかった。

「うるさい！」

どなりつけられた少年たちは、腰を抜かさんばかりに驚いて挙手した。士官の一人は手にした軍刀の鞘《さや》を払った。

「戦争はまだ終わっとらん。わかったかッ！」

「はい！」

反射的に返事するに限る。下級兵士が身の安全を計るにはこれしかない。士官たちは殺気を孕《はら》んで走り去った。

「おっかねえ、本チャンだ」

なにやら事件が起きそうな気配である。圭介たちは後を追った。

松林の三角兵舎に屯《たむろ》していたスペアの集団に本チャンは抜刀して迫った。

「天皇は絶対である。故《ゆえ》に天皇に統率される帝国海軍航空隊もまた、絶対である。われらに降伏はない。戦いはこれからだ。ただいまより、丸ビルめがけて特攻訓練を開始する。われにつづけ」

頭に血が上《のぼ》って抜き身の段平《だんびら》（刀）を振りまわすから始末にわるい。そのとき、学徒出陣のスペアはみごとな三段論法を開陳した。

「なるほど天皇は絶対である。しかし、それは国内的に限る。戦争は国際的な紛争ではないか。天皇も帝国海軍も絶対ではあり得ない。だから降伏はあるのだ」

本チャンはわめきちらして退散した。圭介は拍手したいほど痛快だった。スペアの集団に心を許して不用意に姿をさらけだしたのがいけなかった。

「そこの練習生、待てえッ」

彼らも殺気だっていた。こんなときに、待てと言われて待ったりしたら、それこそ命は保証されない。少年たちは一目散《いちもくさん》に逃げた。

二

お国のためは昨日まで、今日からはわが身のためとなると、栄《は》えある海軍航空隊も物欲の巣となり果てた。圭介にも分相応の物欲があった。手ぶらで帰ったのでは予科練帰りの恰好《かっこう》がつかない。

「倉庫から飛行服を掻《か》っ払《ぱら》おう」

圭介の提案にたちまち十人の仲間ができた。

被服倉庫は、空襲の危険を避けて隊外の松林に分散されていた。さっそく下見に出かけてみると、なにやらあたりが騒がしい。すさまじい乱闘が行なわれている。物資を奪おうとする一団と、そうはさせまいとする主計科との殴り合いだ。圭介たちは喊声《かんせい》をあげて乱闘の中に突入した。どさくさまぎれの掠奪《りゃくだつ》を許してなるものかと、あっぱれな正義感を発揮した。階級の上も下もない。胸のすくような下剋上《げこくじょう》は成功した。泥棒どもはあたふたと退散した。

主計科の班長は感激した。

「お前たちのような立派な若い者がいるからには、戦争に負けても日本は世界の一等国だぜ」

班長は圭介たちに留守を頼んで怪我人を運んで行った。盗みの下見に来たのにおかしなことになった。少年たちの発想は柔軟だ。盗みを正当化することなどわけはない。

「飛行兵が飛行服を欲しがってなにが悪い」

少年たちは目的を達すると風のように姿を消した。

飛行服を手に入れると圭介の欲が膨《ふく》らんだ。欲というより渇《かつ》に近かった。

「ああ、空を飛んでみたい」

海軍総隊司令部は一切の飛行を禁止し、八月二十二日限り隊を解散せよと厳命した。終わるとなると感傷も湧く。特に許されて、その日に最後の飛行作業が行なわれることになった。百里原海軍航空隊終焉の儀式である。

この機を逃したら永久に空を飛べなくなる。圭介は当日使用される一機に忍び込むことにした。九七式艦上攻撃機は三座の雷撃機だ。その日飛ぶのは操縦員に限られていたから、電信席に潜り込むと偵察席を隔てて距離を保てる。発見されるおそれが少ない。実習見学で直接手に触れたこともあるから九七艦攻はすでにわが愛機となっていた。

先日掻っ払ってきた飛行服一式を身につけると、圭介は九七艦攻リ－433号機の電信席に体を沈めた。そこは尾翼の方へ筒胴《つつどう》になっている。姿を隠すにはお誂え向きだ。息をひそめていると整備員がやってきた。操縦桿の利《き》き具合を調べて首をかしげた。圭介が操縦系統のワイヤーを踏んでいたのだ。慌てて足を外したが、ドキンと打った心音を自分の耳で聞いた。万事休すと覚悟したが、何事も起きなかった。ずぼらな整備員で助かった。

機体が震動する。起動したらしい。操縦員が乗り込んできたようだ。整備員が異状なしと告げた。まずは上々の首尾だ。

操縦席の男が、地上滑走に備えて座席をいっぱいに上げた。救命胴衣《ライフジヤケツト》の背に艦攻隊有坂少尉の文字があった。

「いけねえ、士官か」

万一ばれたときに、階級の差が大きいほど、怒られる度合も大きいのではないか。少尉の階級は、殆どがスペアだ。予備士官は指揮官としては頼りないけど、娑婆気が多いから話がわかるというのが通説になっている。ぜひそうであってほしい。圭介は有坂という少尉の寛容を期待した。

地上滑走をはじめたようだ。機体の震動が激しい。乗り心地はすこぶる悪い。土方作業に出かけるときのトラックの荷台の方がよほどましだ。離陸地点に到達したのか機は停止した。そっと頭をもたげてみて驚いた。斜め前に一機、さらにもう一機が横に翼を並べている。編隊離陸とはがっかりだ。うっかり座席から伸び上がることもできない。

エンジンの音が金属性を帯びて一気にスピードが加わった。車輪と地面との不快な摩擦が消えた。雲が後方へ流れる。リ－４３３号はすでに滑走路から浮上している。これが空を飛ぶということか。圭介は大声で叫びたくなった。しかし、僅か二メートル先に有坂という少尉がいる。相手の動きを探りながら次第に大胆になり、いつしか体を乗り出して翼下を見た。

箱庭のような森や村や畠や川が、ぐんぐん小さくなって視野が広がる。関東平野は忽ち尽きた。そこはもう海だ。砂浜に群がる褐色の粒々は何だろう。人間だ。人々は防空頭巾や鉄かぶとをかなぐり捨てて裸で海水浴を楽しんでいる。戦争はほんとに終わったのだ。

突然に視界を遮られた。あたりは乳白色に塗りつぶされて何も見えない。主翼に霧状の微粒子が水滴となって流れている。雲を脱けると驚いた。

「地球が傾いている」

水平線が斜めに突っ立つとは。そうではない。飛行機が傾いているのだ。主観と客観の素朴な倒錯も、圭介には初飛行の誇らかな体験である。

気がつくと一番機と二番機がいない。雲の中ではぐれたらしい。それなのに有坂という少尉は平気でいる。最後の飛行を自由気ままに楽しもうと、故意に編隊を離れたのかもしれない。おかげで他機から発見される心配がなくなった。

遠く、外房の海岸線も視野に収まってきた。展望がひろがるのは、それだけ高度をとったことだ。体がぞくぞくしてきた。寒さは加わる一方だ。くしゃみをしたはずみで、うっかり機体を叩いてしまった。慌てて姿をかくしたがおそかった。

「誰だッ」

有坂少尉が、ふり向きざまに凄い形相《ぎょうそう》でどなった。圭介は弾《はじ》かれるように立ち上がった。

「海軍上等飛行兵、仙石圭介であります」

挙手して官氏名を名乗った。有坂には高度三千メートルのミステリーもいいところだ。

殴るには手が届かない。飛行中は無事ですむが、着陸した後が恐い。圭介は神妙に哀訴した。

「許してください」

意外にも有坂は表情を和らげた。伝声管をつけていないから聞こえたわけではないが、圭介は有坂の口の動きを読んだ。

「それほど飛行機に乗りたいのか」

心がなごむと空気まで温かく感ずる。そうではない、高度を下げてくれたのだ。有坂少尉は思いやりのある人らしい。圭介は親しみをこめて小声で話しかけた。

「これからの日本はどうなるんですか」

相手には聞こえていない。左右を見張る有坂の横顔は、近よりがたいほどの緊張感が漲《みなぎ》っている。そのとき爆音が息をついた。エンジンの調子がおかしい。プロペラが正常に回転していると、機首の周辺に薄いフィルターをかけたような円を描くだけで視界を妨げない。ところが、目障《めざわ》りになるほど回転が落ちてきた。そして、プロペラがV字形に宙を区切って突っ立った。

「エンジン、停止」

有坂が緊急事態を告げた。声がはっきり聞こえたのは、爆音が消えていたからだ。

「落下傘をつけろ」

有坂は矢継《やつ》ぎ早《ばや》にどなった。実習見学のとき圭介は、落下傘を装着する要領を教わっていた。座席には、折り畳んだ落下傘がクッション代わりに敷いてある。それに傘帯《さんたい》の鈎《かぎ》をひっかけるだけでいい。有坂はつづいて、風房をいっぱいに開くように指示した。

　圭介は不安と緊張で完全に思考力を失った。機体がぐらりと揺れた。そこまでは知覚しているが、あとは何がどうなったのか、色彩のない幻想的な宙空を、すごい速度で飛んで行くような気がした。あやうく失神しかけたとき、がくんと体全体に衝撃を受けた。頭上に白い大きな傘が開いていた。落下傘で降下している。圭介はリ－４３３号機の行方を探した。逆《さか》落《お》としに降って行く機影を見た。操縦席に人影があった。

「有坂少尉」

　圭介が叫んだ直後に、翼が飛び散った。空中分解したリ－４３３号機は、錐揉みとなって海に突入した。一瞬、海面が赤く染まったような気がした。小さな波紋はすぐに消えた。

　死を傍観するにはそれだけの準備がいる。有坂の死はその暇を与えなかった。宙に吊られて降下しながら、圭介は天を仰いで絶叫した。そのとき摑んでいた紐を、無意識で力いっぱい引いた。落下傘がふわりと傾いて横風を孕《はら》んだ。すると圭介の体は、振子運動を起こして不安定な降下をつづけた。幸い着地したのが利根川下流の畑地だったので、数メートル曳きずられただけで、かすり傷さえ負わずにすんだ。甲高い喊声《かんせい》をあげて村の娘たちが駈け集まってきた。圭介を助けるためか。それにしては眼つきが険《けわ》しい。ともかくも笑顔で迎えると、娘たちは圭介を突きとばして落下傘に殺到した。純白の絹の布地は十数人分のドレスになる。娘たちは、手にした鎌《かま》で落下傘の紐《ひも》を切りはじめた。まるで獲物《えもの》を襲う野獣だ。そのすさまじさに、圭介は茫然と立ちつくした。空で有坂の死に粛然とうたれていたとき、地上では娘たちが物欲の爪を研《と》いでいたかと思うと、心底から怒りがこみ上げてきた。

「バカヤロ！」

殴りかかろうとしたが、落下傘の紐がからんでぶざまに突んのめった。傘帯の止め金を外せばいいのに、焦りと怒りだけが先走る。凱歌《がいか》をあげて引き揚げる掠奪者たちに小石を拾って投げつけた。

「それでも大和撫子《やまとなでしこ》か」

娘たちの嘲笑が返ってきた。大和撫子という言葉などは、とっくに死語になっていた。圭介はその場にへたへたと崩れ坐った。

プロペラが止まってから、ほんの僅かな時間だ。ものの十分も過ぎていないだろう。その間に、狼狽《ろうばい》、恐怖、放心、驚愕《きょうがく》、悲痛、哀悼《あいとう》、落胆、幻滅、虚脱《きょだつ》——めまぐるしく変転した感情を整えようもない。生きてることとさえ確かでなくなった。僅かばかりのタイムスリップを試みた。機外に放り出されて、加速度を加えながら宙を飛んだ失神寸前の恍惚感にひたりつつ、そのままわが身を地に叩きつけた。粉砕された肉体はとたんに有坂のそれに変わった。死はわがものとはならない。まぎれもなく生きていると知覚した圭介は、確信した。死者を悼《いた》むことこそ生きてる者にとってすべてである。

八月十五日以前であれば、隊から直ちに救難隊が派遣されただろう。地元の警察も協力したにちがいない。しかし、いまは状況がまるでちがう。四日後には早くも米軍が相模《さがみ》湾《わん》に上陸する。連合軍最高司令官マッカーサーも、空路、厚木に飛来する。それまでに関東地区所在の陸海軍部隊はすべて解散しなければならない。その対応に忙殺されて、海軍は有坂機の事故を無視した。世間も関心を示さない。新聞も報道しないだろう。この国は半ば主権を失っている。そんな政治の空白に起きた有坂の死は不運としか言いようがない。

昭和二十年の夏は、戦争が終わっても暑い日照りがつづき、乾燥しきった関東平野は、少しの風にも土ぼこりが舞った。百里原《ひゃくりはら》航空隊とおぼしい方角へ畑の道を急ぐ圭介の体は、たちまち褐色の汗でどろどろになった。途中で、何度も復員兵の群れとすれちがった。みんな山のような荷物を背負っている。その姿は、落下傘を掠奪した娘たちに劣らずぶざまだ。物欲の亡者《もうじゃ》どもには死者を悼《いた》む心のかけらもあるまい。圭介には有坂少尉の死を報告することが崇高な任務に思えてきた。

百里原航空隊へ帰るには、霞ヶ浦の北岸に沿って行けばいいが、歩くとなるとたいへんだ。喉は乾《かわ》くし腹は空《す》く。救命胴衣は西瓜と換えた。飛行帽は藷《いも》に変わった。日が暮れると二度目の空腹が襲ってきた。農家で雑炊《ぞうすい》を食わせてもらったがただというわけにはいかない。身を切る思いで飛行服も手放した。貴重な盗品は次々に失われて、最後に残ったのは飛行靴だけというみじめなことになった。二十時間近くも歩きつづけて夜明け前に、ようやく航空隊の正門にたどり着いた。昨日まではここに衛兵が立っていた。終戦になったとたんに隊内の規律が乱れはじめたが、衛兵だけは最後まで威儀を保とうとしていた。しかし、いまはもうその姿さえない。無人の正門に百里原海軍航空隊の門標だけが残っている。進駐してくる新しい支配者を迎えるのに必要なのだろう。

隊内はまるでゴーストタウンだ。圭介は闇に向かって大声を張り上げた。

「海軍上等飛行兵仙石圭介、報告いたします」

半壊した庁舎からの応答はなかった。廃墟にすだく虫の音《ね》が凄切《せいせつ》である。百里原は一夜にして凋落《ちょうらく》の秋を迎えた。誰も有坂少尉の死を顧《かえり》みようとしない。帝国海軍も往生《おうじょう》ぎわが悪すぎる。圭介は無性《むしょう》に腹がたってきた。

正午近くになって、圭介はやっと隊の幹部を通信壕に訪ねることができた。残務整理をしていた士官は、リ－433号機に事故があったことは知っていたが、いまはそれどころではないという様子だった。

圭介は繰り返し報告した。

「有坂少尉はエンジン故障のため、昨日、一〇三〇《ひとまるさんまる》頃、鹿島灘の洋上に殉職されました」

「八月十五日以後は、殉職の扱いはせんことになっとる」

「いえ、りっぱな殉職です」

有坂少尉の死に、できるだけの名誉を与えてほしかった。飛行長の指揮の下に行なわれた飛行作業ではないか。圭介のけんめいな懇願が功を奏したのか、相手は殉職をほのめかしてくれた。

「お前とちがって勝手に飛んだわけではないからな」

圭介は相手の士官が中学でいちばん好きだった国語の先生に似てると思った。

三

羽田で拾ったタクシーの中で、圭介は改めて有坂の冥福を祈った。すると思いがけない疑問が撥《は》ね返ってきた。なぜ圭介だけが生き残ったのだろう。操縦していたのは有坂だから脱出できた筈だ。圭介が有坂という名を知ったのは救命胴衣《ライフジヤケツト》の背に記されていた文字を読んだからだ。傘帯《さんたい》をつけると救命胴衣の背はかくれてしまう。すると初めから傘帯をつけていなかったのだ。これでは落下傘降下はできない。有坂はなぜ傘帯をつけなかったのだろう。

圭介が宙に放り出されたのは、機が背面になったからだ。ペラが止まっても背面になれるのだろうか。ＹＳ一一の片肺飛行でさえ、あれほど不安定だった。単発の九七艦攻は、ペラが止まるとグライダーと同じだ。背面飛行など到底おぼつかない。しかし、圭介は機外に放り出されている。

圭介は羽田へ引き返した。空港ロビーの喫茶室で、ＹＳ一一の機長は圭介の話を熱心に聞いてくれた。戦後のパイロットだが、軍用機についてもかなりの知識を持っていた。

「九七艦攻で背面飛行ですか。安全を無視してやればやれないこともないでしょうが、エンジンがストップしていたのでは、絶対に無理です」

そうなると落下傘降下の説明がつかなくなる。

「機首を突っ込んで、十分に気速をつけたら、あるいは可能かもしれません」

そんな操作が行なわれた記憶は全くない。

圭介は大胆な推理を試みた。有坂は故意にスイッチを切ってエンジン故障と見せかけた。そして、背面になる直前に、スイッチを入れた。気持が動転していたので爆音を聞き逃したのかもしれない。問題はなぜエンジン故障を装《よそお》ったかだが。予め自殺を決意していたとしたらどうなるだろう。空飛ぶ棺《ひつぎ》に思いがけない潜伏者がいた。道連れにするわけにはいかない。それで圭介だけを脱出させようとした。これで筋が通る。雲の中で編隊を離れたこと。操縦する有坂の顔に異様な緊張感が漲《みなぎ》っていたこと。圭介に何度も落下傘の装着を確かめたこと。あれもこれも推理を裏づけている。結論が出た。有坂は殉職したのではない。自決したのだ。決意された死と偶発的な死は決定的にちがう。圭介の虚偽の証言によって有坂の死に至る苦悩は抹消された。後になって、圭介はもう一度、同じ不始末をしでかした。

富士山の麓の中学に復学して数ヵ月たった頃、職員室から呼びだしがかかった。身に覚えがないので、圭介はいきなり反抗的な態度に出た。職員室の扉を開けるなり大声を張り上げた。

「元海軍上等飛行兵仙石圭介、入ります」

これをやられると教師たちは身をすくめた。戦時中に、半ば強制して生徒に予科練を志願させたからだ。予科練帰りの生徒たちにしてみれば、いまになってヨタレンなどとごろつき扱いにされるいわれはない。

「電話だよ、外線から」

教頭が机の上の受話器を押しやった。圭介は気勢を殺《そ》がれた。受話器を耳にすると、相手はおかしなことを質問した。

「有坂少尉は確かに殉職したのですね」

復員局の者だと名乗ったから、遺族年金でもけちろうとしたのだろう。圭介は声を張り上げた。

「殉職だよ、立派な殉職だ」

相手はしばらく間をおいてから、丁重に礼を述べて最後につけ加えた。

「戦争中の空白を取りもどすんです。しっかり勉強してください」

見知らぬ男の声は妙に説得力があった。

そのときから、圭介は予科練の体験をすべて忘れた。ヨタレンからも足を洗った。そして、アメリカンデモクラシーとやらを貪《むさぼ》るように吸収した。育ちざかりの十代の後半だから、ためらうことがない。結果として、古い日本を徹底的に否定することにつながったけれど、少しも抵抗はなかった。

圭介はそのまま大人になった。そして四十歳ちかくなる今日まで、戦後派の旗手を任じてやってきた。新しい日本の市民社会に、ちやほやされて得意の絶頂にあったまさにそのとき、圭介は有坂の死を再確認した。

炎天の夏のある日、有坂は鹿島灘に自らの命を砕いた。海はコンクリートよりも固かっただろう。回想に耽ける圭介は、マンションの一室の限られた空間に、鹿島灘上空の無限の宙空を見ていた。そして憑《つ》かれたように挙手した。その視線の先に妻の千恵が立っていた。千恵は有坂の死に冷たい。

「戦争が終わったとき自殺した人は、大日本帝国と心中したんだわ。戦争の時代にしか生きられなかった人なのよ」

サイフォンが沸《わ》きたった。

「いい香り」

千恵は、最近、青山通りに開店した輸入食品専門店のコーヒー豆はさすがだと褒《ほ》めちぎった。圭介はその平和呆《ぼ》けががまんならなかった。

「あの日の433号機は、もっとすばらしかった」

その言い方が千恵の癇《かん》に触《さわ》った。

「へえー、何の臭いかしら」

「命の臭いだ、命の」

圭介に反動のそのまた反動がきた。

デモクラシーにまぶされた豊かで煌《きら》びやかなアメリカに眩《めくら》んで性急に日本を捨てるという断絶の愚を犯しながら、戦後派の旗手とうそぶいてきた軽挙妄動《けいきょもうどう》が恥ずかしい。このままでは自分史さえも歪《ゆが》めてしまう。

「有坂の死の原点へ遡《さかのぼ》ってみよう」

圭介は日ごとにその思いを募《つの》らせた。

四

半年ほど前に、第十四期海軍飛行予備学生の遺稿集『同期の桜』が発刊された。有坂の手がかりを摑むにはまず遺稿集の頁《ページ》をめくることだ。事務所の近くの書店では品切れだった。二軒三軒と歩いてみたが手に入らなかった。半年そこそこで三十万部も売れたとなるとベストセラーどころではない。これはもうブームである。なぜそれほど売れてなお売れつつあるのか。彼らは日本の軍隊の中で物言う術《すべ》を知っていた青年たちの集団であり、物言わずにはおれない戦争体験があったからだろう。

圭介は神田の本屋街へ急いだ。駿河台を下って行くと辺《あた》りが騒然としてきた。ジグザグ運動でデモ隊が上がってくる。手拭で口を覆い、サングラスで目を隠し、セクト別に色とりどりのヘルメットをかぶっている。七十年安保闘争へ向けてゼンガクレンのゲバルトはエスカレートするばかりだ。狂熱の陶酔は戦時中の若者に共通しないでもないが、『同期の桜』ブームとゼンガクレン旋風が併存するとはなんとも奇妙な風潮だ。

デモ隊のシュプレヒコールが、『同期の桜』ブームを粉砕せよと聞こえる。圭介は有坂の追憶を硝子《ガラス》細工《ざいく》のように抱きしめてデモ隊を突っ切った。

新刊本の老舗《しにせ》で、ようやく遺稿集一冊を手にすると、圭介は近くの喫茶店で貪《むさぼ》るように頁《ページ》をめくった。しかし、有坂は何も書き残していなかった。戦死者の遺稿にも、生存者の追想にも、有坂の名は出てこなかった。巻末の戦死者名簿に、鹿島灘で殉職した、とだけ記されていた。殉職ではない。自決だ。圭介の誤った報告を訂正するには、四半世紀に近い時間の壁を突き崩して、有坂の死の真相に迫るしかない。

遺稿集の編集委員の一人に瓜生弥一の名があった。瓜生はエッセイストとして権威ある賞を貰ったことがある。そのときの受賞の弁がおもしろい。

「戦争が終わると、御多分《ごたぶん》に洩れず私も竹の子生活の毎日で、目ぼしい物は売り尽くしてしまいました。残っているのは学生時代に買い集めた本だけです。古本屋で買いたたかれるよりは自分で商売をした方が得だと思ったのが運の尽きで、近頃はすっかり古本屋の親爺が板についてきました」

この飄逸《ひょういつ》な人柄が気に入った。随筆家として名を成すほどだから過去を大事にしているだろう。圭介は丁重に要件を書き記して投函した。すぐに返事がきた。有坂のことは大いに語りたいが、しばらく待ってくれという。面会の日時と場所は改めて通知すると結んであった。

圭介は期待して待った。

ところが、一ヵ月たってもさっぱり音沙汰がない。圭介は痺《しび》れを切らして様子を見に出かけた。瓜生の古書店は、山の手の住宅街と商店街の境目にあって地の利を得ている。客寄せに飾ったショーウィンドウの書籍は、一冊ごとにセロハン紙で包んである。乙《おつ》にすました店構えも山の手の知識層にアピールするだろう。奥で店番をしているのは年恰好《としかっこう》からして御本人らしい。ところが、なんと興ざめなことに、瓜生はこっくり舟を漕《こ》ぎはじめた。どんなに忙しいのかと思ったら、居眠りするほど暇なのだ。咳払《せきばら》い一つでここはなんとかがまんした。

近くの喫茶店のマダムが圭介の話に乗ってくれた。

「初めは万引きを捕まえるための狸寝《たぬきね》だったんですって。それがいつのまにやら眠りぐせがついたとか、奥様がいつもこぼしていらっしゃるんですよ。あれじゃ誰だって万引きしたくなるって」

店の奥から瓜生が出てきた。すると古本屋とは棟続きなのか。マダムとの間柄は。どうやら二人は夫婦らしい。瓜生は、圭介の近くの席で同年輩の男たちと向かい合っていた。話すことが筒抜《つつぬ》けだ。聞いて驚いた。瓜生は圭介との約束を果たすために、この男たちからも資料を集めているのだ。圭介は不明を詫びるようにこっそり席を立った。レジを素通りすると、瓜生の声が追ってきた。

「お客さん、飲み逃げはいかんよ」

圭介は観念して白状した。

「私が手紙を差しあげた仙石圭介です」

それから十日ほど後に、圭介は改めてこの場所で、瓜生と会った。瓜生は語部《かたりべ》としての自信に溢れていた。

「たっぷり時間をかけたからね、資料は十分です。しかし、有坂の人物像を復元するには、私なりの推測や解釈も必要です」

「客観を主観で洗練するのが随筆家の手法だと思いますが」

「憎いことを言うね」

語部は相好を崩した。

五

明治の建軍以来、徴兵権を握っていたのは陸軍である。志願による少数精鋭主義を掲《かか》げる海軍にはその必要がなかったのだが、太平洋戦争に突入すると事情が変わってきた。海軍兵学校出身の士官と兵から昇進した特務士官だけでは足りなくなってきたのだ。

そこで海軍は、大学、高等専門学校の卒業生を兵科予備士官に採用する制度を設けた。その数は僅かだったが、昭和十八年になると、大量の、とくに飛行科士官を補充する必要に迫られた。徴兵権はないが、海軍はPRに長《た》ける。

「諸君は直ちに士官に採用されるのだから、紺の靴下を二足ずつ持参するように」

これだけでも宣伝効果は大きい。たちまち二万余の学生が海軍に殺到した。

慌《あわ》てたのは陸軍である。徴兵権を握っていながら、潜在兵力をごっそり攫《さら》われたのだから黙っておれない。直ちに勅令を公布して、一気に学生の徴兵猶予を撤廃した。慌《あわ》しく臨時徴兵検査が行なわれて、在学中の文科系全部と農学部の一部の学生が陸海軍に振り分けられた。これが正確な意味での学徒出陣である。

しかし、海軍はつい数ヵ月前に、飛行科だけでも五千人のど素人に士官服を着せたばかりだし、収容する施設もない。空《あ》いているのは新兵を教育する海兵団だけだ。若い水兵と同居するとなると、士官待遇はむつかしい。海軍省人事局はあっさり結論を出した。今度来た連中は、来いと言ったときにそっぽを向いたのだから甘やかすことはない。施設が空くまで海兵団で鍛えればいい。最下級の二等水兵として入団すると、彼らは適性検査を受けた。合格した者は飛行機搭乗員として適格であるという「飛適」の印を押された。このような過程を経て、横須賀、呉、佐世保、舞鶴の各海兵団から篩《ふるい》にかけられた二千数百名が土浦海軍航空隊で合流した。

昭和十九年二月一日、彼らは水兵服を脱《ぬ》いで紺サージの士官服に着換えた。凍傷で醜《みにく》く腫《は》れた手に白手袋をはめ、腰に短剣を吊った。第十四期海軍飛行予備学生の誕生である。彼らは海軍という組織のどん底を体験したから下情に通じている。ところが、いきなり罵声を浴びた。

「貴様たちは、水兵服を着たばっかりに根性が卑《いや》しい」

二ヵ月の海兵団教育は士官の品位を汚《けが》すという。海軍は決戦兵力と頼む学徒兵の扱いにまごついている。その焦りからヒステリックなスパルタ教育がはじまった。厳冬の二月、筑波颪《おろし》の寒気が肌を刺す。学生舎に暖房はない。屋外ではすべて駈け足だ。修正と呼ぶ鉄拳《てっけん》制裁が、肉を裂き、骨を砕く。就寝時間を除くと、自由はまったくない。外界と遮断された極限の禁欲主義こそ日本的ストイシズムの神髄《しんずい》と聞かされた。彼らは速成の士官搭乗員として、年内には早くも戦場に投入されることになっていた。消耗品を消耗するにも、それなりの体《てい》裁《さい》を整えなくてはいけない。青年士官はかくあれと、事あるごとに怒声を浴びた。

「娑婆ッ気《け》を出すな」

入隊前の生活感情はすべて娑婆ッ気である。まだ空を飛ばない基礎教育中に、死の覚悟だけは固めておけというのか。彼らは徐々に変化しはじめた。陰性の男が陽性になり、消極的な男が積極的になり、あるいはその逆であったりもした。

六

瓜生は、土浦海軍航空隊における十四期飛行予備学生の全体像を、かなり詳《くわ》しく説明した。そろそろ有坂個人について語ってもらいたい。ところが、瓜生は異なことを呟いた。

「どうも私は適任じゃない」

いまになってそれはないだろう。

「では代わりに誰方《どなた》かを紹介してください」

「花井がいい」

「その方《かた》はどちらに」

「消息不明だ」

「生きてるんですね」

「死んだ話は聞いてない」

「有坂さんとの間柄ですが」

「仲がわるかった」

「よくわかりません」

「相手の心を互いに抉《えぐ》り合った」

「つまり仲がよかったのですね」

「月並みな友情物語を期待されては困る」

瓜生の語り口が厳しくなってきた。

「有坂と花井について、私はフェアに話すからそっちもフェアに聞いてくれ」

海軍で学生というのは階級の呼称であり、士官候補生と兵曹長の間に位する。土浦では、原則として学生百六十名が八つの班に分かれて一つの分隊を構成した。有坂と花井は隣りの班だから居住区の長卓に就くとき斜め背中合わせに位置することになる。

所定の場所を勝手に乱すことは許されない。食事をするときも温習をするときも休憩するときも、眠るときでさえその場所に釣床を吊った。そうなると人間にも営巣《えいそう》本能が働く。各自が占有する僅かな空間に他人が侵入することを拒んで心を閉ざす。入隊して間もない頃は、みなが寡黙だった。それでも秘かに友を求めていた。但し、友を選ぶ規準がこれまでとは異なる。共に生きるためではない。共に死するためである。

彼らは毎夜、釣床の中で、「巡検終ワリ、煙草盆出セ」の号令を聞いた。翌朝の「総員起コシ」までは解放される。そのまま眠ってしまう者もいるし、屋外の煙草盆に出かける者もいた。煙草盆は地面を一メートル四方に切って錻力《ブリキ》で囲っただけのものだ。喫煙の場所はそこに限られていたから、自然とみなが集まることになる。巡検後の煙草盆は声が低い。寒い夜はとくにそうだ。その夜は一本喫い終わると殆どの者が釣床へ戻って行った。残った数人の中に、有坂がいた。花井もいた。二人はまだ一度も言葉を交わしていなかったが、お互いの出身校だけは知っていた。有坂は私学の名門にふさわしく容姿端麗で在学当時から剣道ではその名を知られていた。花井は官学アカデミズムの体臭が拭いきれていないが、必ずしも偏向《へんこう》した存在ではない。そのような体臭は十四期海軍飛行予備学生を特徴づける要素の一つでもあった。

夜の煙草盆で火を借りるのは、未知の友に近づくきっかけになる。花井はそれを意識して火を借りた。有坂は喫《す》いさしを受け取ろうとしなかった。

「捨ててくれ」

「もう寝るのか」

誘いかける花井に応《こた》えて有坂は時計を見た。花井はすかさず話題を用意した。

「娑婆では何時に寝てたんだ」

「夜中の一時だ」

「かなりの宵《よい》っぱりだな」

「貴様は」

「九時だ」

「いやに早いな」

「その代わり誰より先に起きたよ」

その夜二人は急速に接近した。入団までのタイムリミットを意識しながら、睡眠を節約するほど時間を惜しんだのは、有坂や花井に限らない。学徒出陣の多くの者が、短い人生を少しでも豊かにしようと、ある者は読み残しの本の頁《ページ》をめくり、ある者は父母への孝養にと農耕を手伝い、ある者は未完の愛のそれなりの結着を急いだ。どの場合も時間が足りなかった。彼らはいまそのことを決して口にしない。自ら過去を封じた。そんな虚像に心と心は通わない。夜の煙草盆で、有坂と花井は初めて互いに実像の片鱗をちらつかせた。その夜、筑波颪《おろし》が奏でる虎落笛《もがりぶえ》は、釣床の中の二人を、いつになく安らかな眠りに誘った。

隊の外と文通が許されたのは、入隊後一ヵ月ほどしてからである。それには厳しい制限があった。封書はだめ、葉書に限る。それも一人で五通以内、文面は一行二十字で五行を超《こ》えてはならない。さらに検閲を受けるのだから、思うことの万分の一も伝えられない。それでも彼らは親しい者の名を書くだけで心が和《なご》んだ。

一週間ほどすると、ぽつぽつ返事が届きはじめた。隊外からの手紙も検閲を受ける。彼らの女友達は、一人称を僕と書くなど涙ぐましい技巧をこらしたがそんなトリックはすぐに見破られてしまう。

花井は一通の葉書を手にした。発信人藤川正人はまぎれもなく男である。検閲にひっかかることのない無難な文章が記されていた。

「君も僕も命を賭《と》して任務に励んでいることは同じだと思う」

同じというが、二人の任務は決定的にちがう。君なる花井の場合は国家の干城《かんじょう》として死ぬことであり、僕なる藤川の場合は明日の国家のために生き残ることである。説明が要るだろう。徴兵猶予撤廃から学徒出陣に至る一連の国策は、社会科学を無用のものとして葬《ほうむ》るようなものだ。学界はひたすら軍に抵抗した。その結果、昭和十八年九月に卒業したクラスから全国で十指に満たない特別研究生を選んで兵役免除の特典を与えることに成功した。

花井は、旧制高校の寮で同室だった一年上級の藤川が特別研究生に選ばれたことを喜んだ。これで大学も廃墟とならずにすむ。研究室の灯《ひ》は消えない。送られる立場の花井は、戦場に出ることのない藤川を激励して海軍に入団した。

開戦後、四年目ともなると、米英撃滅のスローガンは色褪《あ》せてきた。一億玉砕の方がはるかに鮮烈《せんれつ》だ。新聞も悲壮感を謳《うた》うだけで、勝利の展望を失いつつある。勝てと言わずに死ねと言う。行き尽く果てに、国は確実に滅ぶ。しかし、特別研究生に学問の伝承を委《ゆだ》ねたのは国の存続が前提になっている。藤川の葉書が花井に示唆した。この国は戦い熄《や》んだ後のビジョンを決して失ってはいない。日本は玉砕の果てに潰《つい》える愚を必ず避けるだろう。

玉砕を避けるとしたら、全員の死を待たずに戦いは終わる。その機が熟するのは、十四期飛行予備学生の多くが戦死する後ではあっても、全員が戦死するより前である。死に行く者と生きて留《とど》まる者と、彼らを二つに分けるのは運命という偶然なのか、それとも合目的な規準があってのことだろうか。誰も問わない。誰も答えない。花井の周辺には依然として寡黙な者が多かった。

海軍はやたらとペーパーテストをやる。戦時中の軍隊だから意味もなく試験をするわけがない。穿《うが》った言い方をすると死の順番を決めるためだ。そうだとしても、どの辺りの成績が死から遠いのか近いのかはまったくわからない。

ふたたび煙草盆でのこと。その夜は有坂が花井に話しかけた。

「できたかい、今日の試験」

「あんなの、初等数学の初歩じゃないか」

彼らの大多数が文科系だから数学や物理の座学が多かった。理科系の友人たちはより高度な学究に励んでいるのに、こっちはまるで中学生に逆戻りだ。そんなことへの腹立たしさから花井は初等数学の初歩と吐き捨てるように言ったのだが、真意が伝わらないままに有坂は飛躍した。

「文科系の学生って、驚くほど数学が苦手《にがて》らしい」

この不用意な推論が、花井の深奥に未整理のまま秘められていたものを誘いだした。

「空を飛んで爆弾を運ぶ仕事なんて、国家百年の計のためにも、数学のできる奴よりは、できん奴にやらせてもらいたいよ」

迂闊《うかつ》な放言である。煙草盆に残っていた数人の眼が鋭く花井を射た。気まずい沈黙に、花井は狼狽した。

「有坂」

縋《すが》るような花井の期待を、有坂は真っ向から拒否した。

「バカヤロ!」

言うなり、拳で花井の顔面を打った。花井はぶざまに地を這った。修正という名のもとに殴られても、訓練の一部と思えば私情をかきたてることはない。しかし、その夜の打つ者と打たれる者には、互いの人格が激しく火花を散らした。

七

瓜生は聞き手の反応を確かめた。

「どう思いますか、有坂の行動を」

難問ではない。圭介は即答した。

「有坂さんは花井さんが袋叩《ふくろだた》きにされることを防ごうとして」

「任侠ドラマじゃあるまいし」

任侠に勝るどのような人間関係があるというのか。瓜生はまだ十分に語っていない。とくに有坂の個人的な環境についてはまったく触れていない。

煙草盆の事件があった数日前の夜の温習時間に、分隊士が告げた。

「有坂学生、巡検後に分隊士室へ来たれ」

巡検後というのは要注意だ。その日の課業がすべて終わったあとだから、相手は腰を据えてかかってくる。どの分隊でも、分隊長は飛行科の士官だからおおらかだが、分隊士はソロモンのジャングルで地獄の死闘を体験した戦地帰りが多い。戦場の体験がそうさせるのか、そこには嗜虐偏執《しぎゃくへんしゅう》狂《きょう》と診断されそうな男もいた。有坂は覚悟して分隊士室をノックした。官氏名を申告して部屋へ入った。中には他の分隊の分隊士もいて、四人の中尉が屯《たむろ》していた。意外やその場の雰囲気はなごやかだった。分隊士に詰問《きつもん》調はまったく感じられなかった。

「両親はいつ亡くなられた」

「父は五年前に、母は昨年です」

「他に家族は」

「兄と妹がいます」

分隊士は検閲済みの封書を差し出して、その場で読むように指示した。妹の冴子からの手紙には次のように記されていた。

「大きい兄ちゃんが戦死しました。区役所から公報が届いたのです。お葬式はいつになるかまだ決まっていません。女学校に提出する書類の保護者欄に、大きい兄ちゃんの名前を消して小さい兄ちゃんの名前を書きました。有坂志郎と書きながら、私たちは二人ぼっちなのだと、しみじみ思いました。小さい兄ちゃんは冴子の保護者、いいわね、冴子の保護者です」

有坂はこみ上げてくるのをけんめいに耐えた。

「基礎教程の期間中は、どんな事情があっても一時帰休は許されない」

分隊士はことさらに冷たく装《よそお》った。

その夜、有坂は釣床の中で泣いた。毛布で顔を覆って泣いた。妹は兄を苦しめると知りながらわが保護者と念を押した。その気持がいじらしい。妹のために生きてやりたいと思うが、周りには母ひとり子ひとりの者もいる。一家の長男はざらにいる。海軍は初めから家庭の事情など考慮していない。適性検査に合格した者には即座に飛適の印を押した。

「親のない子を殺すのか」

有坂に生と死の間を激しく揺れる日がつづいた。そんなときに煙草盆の夜が訪れた。花井が死なずに留まることを理由づけたとき、有坂はとっさに心の中を見透かされたような気がした。

瓜生は言う。

「有坂は怒ったんじゃない。うろたえたのです。その方が相手を激しく殴れるんじゃないかな」

圭介は先を急ぎすぎた。

「有坂さんは、花井さんに謝ったのでしょうか」

「わかっとらんな、あんたという人は」

圭介の質問に瓜生はかちんときたらしい。こういうときは逆らわない方がいい。圭介の低姿勢に瓜生の気分も治《おさ》まった。

「有坂にとって花井の言葉は、いわば死を避ける免罪符です。有坂はそれを破棄した。俺は死から逃げないと宣言したも同じでしょう。いまさら御破算にしてくれはおかしい。謝れるわけがない」

海軍には定針《ていしん》という用語がある。艦船や航空機が目的地へ到達するために、「何度ヨーソロ」と針路を定めることである。有坂は早くもこのときに死へ向かって定針している。

その後の有坂は、訓練に見ちがえるほど積極的になり、覇気《はき》は周りを圧倒した。

初めての上陸（外出）が許されたとき、面会に来た妹の冴子は有坂の容姿をほれぼれと見た。

「兄ちゃんてすごく頼もしい」

いまはただ一人の肉親である兄に、親代わりの保護者としての頼もしさを見た。それは冴子の錯覚だ。有坂は保護者としての資格も能力も失いつつあった。

頼もしいを連発してはしゃぐ冴子を、有坂はまだ子供だと思った。これも錯覚だ。冴子はもう大人だった。状況を正しく理解できるほどの大人だった。

隊門までは、まだ二キロほどあったが、兄妹は阿見街道の一本松で別れた。兄の姿が見えなくなると、冴子は顔を覆った。兄が発散する男っぽい頼もしさは、ニュース映画に登場する死の直前の若者たちに共通するムードを湛《たた》えていたからだ。

隊門へ急ぐ有坂は、背後に妹の眼を意識しながら、ふり返ろうとしなかった。そして、自分の死と妹の幸せを両立させようとしたが徒労に終わった。そんな都合のいいロジックなどあるわけがない。有坂はいつしか祈っていた。祈るとは、不可能と知りつつなおそれを願うことである。

花井は有坂とは対照的に存在感が薄れていった。煙草盆の事件に関しては、軍隊の常識が有坂に味方した。花井は当然の制裁を受けたままでだ。反論の余地はない。花井は立ち直る気力を失った。このままでは脱落しかねない。

「おせっかいな奴がいましてね、気持は二枚目だがやることは三枚目だ」

瓜生の含み笑いはおせっかいな奴の正体を初めからばらしている。

彼らは総員起こしから夕食までは、白い事業服を着て黒い艦内帽をかぶった。これではかつての二等水兵と見分けがつかないが、夕食後は一種軍装に着換えた。そうなると金筋一本が物を言う。花井を立ち直らせるには、士官としての自覚が一番だ。瓜生の発想に誤りはないのだが。

海鷲揺籃の地といわれる土浦海軍航空隊は、もともと飛行予科練習生の基礎教育を目的として設立されたものである。そこへ予備学生の教育隊が割り込んだのだから、土浦には数にして数倍の練習生がいた。彼らはみな十代の少年である。学生と練習生の居住訓練区域は、霞ヶ浦から水を引いたクリークによって隔離されていた。クリークにはいくつかの橋が架かっていたが、公務以外は越境することを禁止されていた。瓜生は花井を連れて橋のたもとまでやってきた。

「な、花井、分隊長や分隊士は実に器用に俺たちを修正するじゃないか。海軍士官てのは、ああでなくちゃいかん。そろそろ俺たちも練習しとこうや」

人を殴るということは、普通の市民生活ではたいへんなことになるが、海軍では日常茶飯《さはん》の些事《さじ》である。だから鉄拳制裁などとおぞましい言い方はしない。いみじくも修正という。取舵面舵でチョイとひねって針路を修正することに通じる。

「軽くいこう」

瓜生はためらう花井を促《うなが》してクリークを越えた。この際、数名の練習生には不運と諦めてもらうしかない。しかし、修正するのは初めてだ。数が多いと気おくれがする。面と向かうと情が移る。理由が薄弱だから気分が乗らない。ここで挫《くじ》けると、花井のためにわるい結果を招く。食缶を提げて烹炊所へ急ぐ二人の練習生の後ろ姿を見かけると、瓜生は大声を浴びせた。

「待て！」

二人の練習生は背を向けたまま不動の姿勢をとった。瓜生は勢いこんで二人の正面にまわった。ところが、相手の少年は稚児《ちご》さんにでもしたいような愛くるしい顔をしていた。殴るに殴れない。瓜生は心を鬼にしたが、つい的外《まとはず》れなことを言ってしまった。

「許せ」

美少年はきょとんとした。瓜生も調子が狂った。そのとき背後から声がかかった。

「待て」

甲板士官とは相手がわるい。

「学生の分際ででけえ面《つら》するな」

瓜生と花井は、その場でこっぴどく修正された。二人は這々《ほうほう》の態《てい》で逃げ帰った。瓜生の好意が仇《あだ》となって花井はいっそう落ちこんでいった。

海軍では陸上の兵舎でも、狭い艦内に準拠して無駄な空間を残さない。釣床は食卓の上にある空間を埋めて隙間なく吊られ、各班二十名が横一線に頭を揃えて寝る。

花井には眠れない夜がつづいた。その夜も幾度か寝返りを打った。弧状に吊られた釣床では、臀部《でんぶ》を支点にして両脚が浅い仰角をとる。それがいつとはなくすうっと俯角になった。フックに結んだロープが解けて釣床が突っ立ったからだ。こんなぶざまなことはない。深夜で誰も気がつかなかったのは幸いだ。近頃やることなすこと間が抜けている。釣床を吊り直しながら花井は落伍しつつある自分を意識した。暗幕を垂らした真夜中の常夜灯が無気味な微光をデッキに落としていた。学生たちの寝顔が並んでいる。こちらに一列、あちらに一列、その先にもまた一列、まるで死体置場だ。一瞬の幻覚が示唆している。死を怖れる者は生きることにさえもたじろぐ。あたりの寝息はみな健《すこ》やかだ。深い眠りは生死を超えた者への報酬である。

尿意を催した花井はデッキへ降りた。厠《かわや》へ通ずる渡り廊下で同じ班の北山に会ったが黙ってすれ違った。厠《かわや》の寒気で体が冷えきった。後一時間もすると総員起こしだ。もう眠れそうもない。渡り廊下の端《はし》で北山が待っていた。何をやってもダメな男で班の仲間にはずいぶん迷惑をかけたが、ふてぶてしいほど平然としていた。花井とは口をきいたこともないのにその夜は親しそうに話しかけてきた。

「俺は六人兄弟の五番目でね。どこの家でも、ここいらが一番粗末に扱われるらしい。入団するとき親父が本気で言いやがったんだ。六人も男の子がいて、一人も戦死しないんじゃ世間に恥ずかしい。俺に死んで来いってさ」

北山は黙っている花井の耳許に口を寄せた。

「士官搭乗員なんて聞こえはいいけどさ、消耗品もいいところだぜ。死にたくなかったら予備学生を馘《くび》になることだよ。二等水兵でも死ぬよりましだろうが」

花井は不用意に肯いてしまった。勢いづいた北山は昂然とうそぶいた。

「お前たちは、俺をうすのろみたいに思ってるらしいが、その気になれば俺だって、ちっとはましな成績をとれんこともない。だけど死ぬために頑張ることもないだろう。もともとよくないアタマを、もっとわるいように見せかけてるだけさ」

北山の放言にもそれなりに人間味がある。予備学生を罷免《ひめん》されることは恥辱ではない。自らの意志でその道を選ぶなら、奴隷となっても魂は傷つかない。ほんとにそうか。花井の心はいっそう揺れ動いた。

八

殴るも突くも張るもよし、蹴ろうと払おうと素手である限り一切封じ手はない。無茶な話と思うのはこれをスポーツとみるからだ。棒倒しとは戦闘訓練である。開始に先だって分隊長は訓示した。

「万一の事故は戦死として扱うから、安心して存分に闘志を発揮せよ」
号砲を合図に両軍の攻撃班が喊声《かんせい》をあげて同時に敵陣へ殺到した。花井も攻撃班に加わっていた。棒は四重五重に守られている。その人垣の上に最強の数名が配置に就き、攻め上がってくる敵を叩き落とそうと構えている。スクラムを組む敵の防禦班と味方の攻撃班が、揉《も》み合っているうちに花井はいつのまにか人垣の上に押し上げられてしまった。正面を守っていたのは大学の拳闘部で鳴らした男だった。花井は顔面を強打されて意識を失い、転落して左の鎖骨を折った。隊内の病室に入室を命ぜられた花井は、学生舎から姿を消した。訓練は花井を置き去りにして先へ進んだ。

行く者を帽を振って見送るのは海軍の醇風美俗《じゅんぷうびぞく》の一つである。ところが、その日の百余名の退隊者には、誰も見送る者はいなかった。彼らには階級章がなかった。予備学生を罷免《ひめん》されて二等水兵に降等され、元の海兵団へ送り返される集団である。彼らは来たときと同じ姿で衣嚢《いのう》を担ぎ歩調をとって隊門を出て行った。集団の中に北山もいたが、花井にうそぶいたあの傲慢さはどこにもなかった。引率の下士官に早くも足蹴にされるなど、多難な前途が思いやられる。土浦の春はまだ遠い。霞ヶ浦の水が微温《ぬる》むまでにはまだまだ多くの者が淘汰されるだろう。

入室していた花井が一週間ほどして学生舎に姿を見せた。病み上がりの肌は白く動作も鈍かった。これではとても後れを取りもどせないだろう。

その日に分隊士が衝撃的なニュースを伝えた。

「本日、他の分隊から脱走者が出た」

戦時逃亡の罪は極刑も免れない。分隊士は学生たちの反応を探《さぐ》っていたが、その語り口は意表を衝いた。

「脱走した学生は一種軍装に短剣を吊り、正門衛兵の捧げ銃の礼を受けて堂々と出て行ったそうだ」

まるで天晴れな脱走ぶりだと言わんばかりである。さすがに気がひけたのか急いで言葉を足した。

「しかし、間もなく警邏《けいら》隊《たい》によって逮捕された」

ここで気合を入れるかと思ったが、分隊士はチャンスを見送った。そして、脱走した男の学歴を明かし、彼がクリスチャンで反戦思想の持ち主であったと付け加えた。批判がましいことは一切口にせず、代わりに南方作戦の重要基地であるトラック島が敵機動部隊の空襲により壊滅的な打撃を受けたことを伝えた。ただならぬ戦況を迎えたいまこのとき、事の是非善悪は自分で判断しろと言うのだろう。分隊士は学生を指導する微妙な骨《こつ》を心得ていた。

脱走した学生はその後どうなったのか。圭介の質問に瓜生は気分を損《そこ》ねた。

「君はどっちに興味があるのかね。戦争に背を向けた男か、それとも正面から取り組んだ男たちか」

答えるまでもない。問題は有坂と花井がどんな反応をみせたかである。

「タート、ウント、トート」

瓜生は韻を踏むように夕行の音を重ねた。有坂がそのように呟いたという。戦中派のヴォキャブラリーには、ときどきドイツ語が混《ま》じる。盟邦ナチスドイツと関係はない。彼らは、十九世紀ドイツ観念論を学び、シュトルム、ウント、ドランク（狂瀾怒涛）のドイツ文学に酔った。タートとは行為であり、トートとは死である。観念論の重要な概念であり狂瀾怒涛を象徴する二つの語句を連ねて脱走事件の感懐とした有坂は、海軍航空隊に身を置く自らの姿勢を揺《ゆ》るぎないものとしている。

気がかりなのは花井だ。瓜生は巡検後に花井を煙草盆へ誘った。禁を犯《おか》してクリークを渡ったときの失敗があるだけに、慎重にならざるを得ない。煙草一本分の時間はとっくに過ぎた。瓜生は頃はよしと語りかけたが、自分でも呆《あき》れるほどぶざまな言葉の細切《こまぎ》れだった。

「な、花井、あれ、例の、ほれ、あの」

「脱走した学生のことか」

花井の方が先に問題に触れた。瓜生は気を揉んだが、花井はいきなり、熱っぽく話し出した。

「分隊士の言い方はおかしい。堂々と出て行ったとか、熱心なクリスチャンだとか、まるで英雄扱いじゃないか。聞いてる方はもっとひどい。脱走した奴の学歴を聞いて、さすがだみたいに、なにが東大法学部だ。たかが権力志向のガリガリ亡者《もうじゃ》の吹き溜《だ》まりじゃないか。そんなものは真っ先に叩き潰しちゃえ。俺たちは戦争をしてるんだぞ、戦争を」

幼虫が蛹《さなぎ》になる過程を省略して、突然、羽化《うか》したように、花井は戦う男として華麗な翅《はね》を展げた。何が花井をそうさせたのか、瓜生は本人の口から聞いている。

入室患者で外傷だけの者は日光浴が許された。早春の明るい陽光を吸って日溜まりの雑草が緑の芽をふいている。花井は久しぶりに心が和んだ。予科練の少年が正面に近寄ってきた。平面幾何の問題を教えてくれと言う。飛行兵長の階級だから間もなく土浦を巣立って行くクラスだ。少年は凍傷ぐらいで入室したのを残念がり、後れをとるまいと、けんめいに努力している様子だった。花井は幾何の問題を解くのにどうにか面目を保った。聞くと少年は小諸中学の二年から予科練を志願したという。小諸といえば千曲川だ。花井は万葉の一首を口ずさんだ。

信濃なる千曲の川のさざれ石も
君し踏みてば玉と拾はむ

少年はとっさに口を開いた。

「私も……」慌てて言葉を呑み顔を赤らめた。

「石踏みたもうたのは女学生か」

問われて少年は不動の姿勢で挙手した。その顔から初《うぶ》な羞恥《しゅうち》は消えていた。

「私は花井学生の列機となって戦いたいと思います」

まだ十七歳になっていないだろう。千曲川の畔《ほとり》で初恋に頬を染めた少年は、玉と拾はむ心を、戦う決意に変えている。ここにも未完の世代がある。より若く、より未完の世代が。

脱走事件がヒロイックに語られたとき、花井は少年から受けた清冽《せいれつ》な感動に泥を浴びせられたような憤《いきどお》りを感じた。あの感動は一時の感傷ではない。

花井は脱走事件を聞くなり、戦う男として猛々しく鎧《よろ》った。

九

学生隊では、各分隊の当直学生が、八人の副直学生を掌握して日課の運用に当たった。当直勤務では指揮能力がテストされるので、緊張のあまりとかくへまをやる。そのたびに修正を食らうから二発か三発ですめば運のいい方だ。ところが、その日の当直学生花井は、一度も修正されることなく無難に任務をこなしていた。海軍航空隊が求める指揮能力は、威勢がいいだけではだめらしい。猪突猛進型は陸軍の歩兵向きではあっても、こちらではあまり歓迎されない。

当直学生は朝食後に交替するが、その前に朝礼という難物が残っている。「総員起コシ五分前」の予令を聞くと、花井は釣床から脱け出した。「総員起コシ」を指揮するためだ。他の学生たちはすでに目覚めていて釣床の中で即応できるように待機している。

「総員起コシ」――

拡声器の号令を聞いて一斉に行動を起こす。十分後には朝礼がはじまる。その間に洗面用便をすませる。寸秒の無駄も許されない。毛布をカンバスに包み込み、ロープで五ヵ所を固く括《くく》れば釣床はマントレット（弾丸除け）になり洋上での救命具にもなる。この作業が僅か一分、釣床を担いで左右のネッチングに殺到する。釣床係が上から引き上げる。花井はデッキに立って、「急ゲ急ゲ」と連呼した。声帯のウォーミングは何のためか、花井はやたらと声を張り上げた。

総員二千余名が練兵場に集合すると、朝礼は人員点呼にはじまる。各分隊の当直学生は、八人の副直学生の報告を受ける。その日、有坂は副直に当たっていた。花井と有坂は共に公けの立場にある。互いに相手の眼を捉えたのは煙草盆の夜以来だ。

「第五班、総員二十名、現在員二十名、異状なし」

有坂が報告するなり、花井はつかつかと歩み寄った。

「声が小さい、やり直せ」

ウォーミング済みの花井の声帯から、甲高い声が迸《ほとばし》った。言うなり有坂の顔面を激しく殴打《おうだ》した。有坂は一歩よろけたが、低音に凄みを利《き》かせて花井に挑《いど》み返した。当直勤務は指揮統率の訓練だから同じ分隊員の仲間を修正してもかまわない。しかし、公務に名を借りて私怨を晴らすとは、有坂は唇を嚙《か》んだ。私怨ではない。有坂が花井を殴ったときも私怨ではなかった筈だ。有坂が殴り、花井が殴り返すことで、花井は有坂の後を追った。二人は共に宣言したのだ。明日の死者のリストにわが名を連ねることを。朝礼の場を借りて、花井は多数の証人を用意した。もはや宣言に背くことも取り消すことも許されない。

その日の深夜、有坂と花井は、釣床から起き出して事業服に着換え、前後して学生舎から出て行った。洗濯干場《ほしば》あたりを巡回中の衛兵が誰何《すいか》した。

「誰か」

有坂はどなり返した。

「気ヲツケ」

衛兵は反射的に不動の姿勢をとった。木偶《でく》のように突っ立っている衛兵の前で、二人は向かい合った。有坂の方から挑んだ。

「いくぞ」「おお」

殴り合いにはルールがあった。打てば打たれるまで待つ。決して連打しない。事前に取り決めたわけではない。自然とそうなったのだ。拳で打つと、音は鈍いがズキンと骨に響く。受けた痛みは痛みを返すことでやわらいだ。どちらかが一言謝れば互いに許せたかもしれない。それでは何もかもふやけてしまう。憎しみのポーズをとって殴り合うしかなかった。そんな状況に追い込んで行く自分自身がいじらしくなる。男が泣くのはこんなときだ。互いに涙を誘われた。

そのとき学生舎のブザーが鳴って命令を伝えた。

「総員起コシ、学生隊整列、第二練兵場、急ゲ」

深夜の午前二時、突然の非常呼集が二人の殴り合いを中断した。戦況に大きな変化でもあったのだろうか。

教育主任のM少佐が号令台に上がった。彼は学生全員の前で放言したことがある。

「貴様たちのことを口舌《こうぜつ》の雄というのだ。口舌の雄とは、口先ばかりでなにもできない者をいう」

罵れば奮い立つとでも思っているのか、そのお粗末ぶりに、学生たちはM少佐をかなり低く評価していた。しかし、その夜はいつもとちがった。

「楽な姿勢で聞け」

まず学生たちに気持をくつろがせた。

「この中には、自分だけは生き残れると思っている者がいるかもしれないが、とんでもないまちがいだ。戦況はそんな生やさしいものではない。お前たちは総員、いいか、今年中に総員戦死するのだから、本日ただいまより覚悟を新たにしてもらいたい。脅かしているのではない。ほんとなんだ。お前たちに死んでもらわんと、日本はもうどうにもならん、どたんばにきている。いいか、総員戦死、わかったな」

春三月を迎えても湖畔の夜はまだ寒い。深々と冷える。凍《い》てついた土が夜気を吸って霜をつくる。そんな夜は声がよく通る。M少佐の諄々《じゅんじゅん》と言いふくめるような訓示を、みなが一語も洩らさずに聞いた。沈々《ちんちん》と更けて行く寒夜、ひそやかに総員戦死の引導《いんどう》が渡された。学生たちは静寂が極まるときの耳鳴りを聞いた。M少佐はしばらく間をおいてから夜空を指さした。

「見ろ、あれがオリオン星座だ」

久遠《くおん》の光を放って輝くオリオン星座は、総員戦死の感懐を深く静かに浸透《しんとう》させた。わが命

さい星屑をわが命になぞらえた。

M少佐は学生たちに時間を与えた。無言の方がはるかに多くを諭《さと》す。沈思黙考するとき人は眼を伏せる。整列した二千余名の学生隊は一斉に黙禱を捧げているようだ。今年中に、と限られたわが命の終焉《しゅうえん》を想いつつ有坂は妹の冴子のことが忘れられなかった。冴子はまだ十六歳だ。両親のいない二人っきりの兄妹だから、兄として妹の面倒をみる義務がある。しかし、海軍はそんなものは忘れろと迫る。義務を放棄すると、人は怠惰《たいだ》になる。自分を怠惰と決めつけることで、有坂は冴子に詫びたかった。花井と殴り合ったので有坂の頬はまだ火照《ほて》っていた。

花井の頬にも痛みが残っていた。口の中に滲《にじ》む血を飲みこむまいと何度か唇を拭《ぬぐ》った。すでにハンカチは真っ赤になっていたが夜は色を奪う。おかげで無用の興奮は避けられた。

国家有機体説というのがある。大学で聞いたときは学者の知的遊戯に思えたが、いま俄《にわか》に現実感を伴って息づきはじめた。有機体とは生き物のこと、生き物には危険が迫ると、わが身の部分を切り捨てる生存本能がある。存亡の危機を迎えてこの国は、いま十四期飛行予備学生という部分を切り捨てようとしている。国として生き残るには、土浦海軍航空隊に集結した健康で知識欲の旺盛な若者たちを決戦兵力として蕩尽《とうじん》するのもやむを得ない。花井は国家有機体説を借りて総員戦死を理論的に納得した。夜はなお深々《しんしん》と冷えた。筑波山の頂に点《とも》る航空灯だけが妙に紅かった。

十

航空隊と土浦駅をつなぐ阿見街道の南側は小高い丘になっている。そこから松の枝越しに見る霞ヶ浦は絵になるが、人々は景観を楽しむ余裕など、とっくに失ってしまった。花井は面会に来てくれた藤川をここへ案内した。

「すまんね、吹きさらしの青天井で」

軍服を着ている者の方が慰労される立場にある。藤川は面会に来た者としての常識を心得ていた。

「いやいや、ここは立派な迎賓館だよ。松の根っこはソファーになるし、松の梢を吹く風が室内楽を奏でてる」

花井も乗ってきた。

「曲の名を松籟《しょうらい》という」

二人は屈託なく笑って松の根に腰を下ろした。しかし共通の話題がない。片や死んで国を護れと、片や生きて学問を伝えろと、置かれた立場が違いすぎるのだ。つい先頃までは心おきなく話し合えたのに、いまは近況を語ることさえ憚《はば》かられる。話の緒《いとぐち》をみつけたのは藤川だった。

「斬れるのかい、その短剣」

「飾りだよ」

「見せてくれ」

花井は気軽に短剣を抜いた。クロム鍍金《めっき》の刀身が貧相だ。

「りんごの皮もむけないね」

花井の誘いかけた笑いにも藤川の表情は綻《ほころ》ばなかった。

「君は斬れない短剣を振り回しているみたいだ」

辛辣《しんらつ》な比喩である。花井に死はまだ現実のものとして熟していない。観念が先走っている。

「大事なことは死に到達するまでを如何に生きるかだ。死はその結果にすぎない。だから君と僕の立場に決定的な違いなどありやしない。絶対にないと思う」

確かに藤川の言う通りだ。しかし、説得力はあの夜のオリオン星座に及ばない。花井は上陸を早めに切り上げて帰隊した。隊門へ辿り着いたとき、古巣《ふるす》へもどったような懐かしさを覚えた。

桜川は土浦の町の南を流れて霞ヶ浦にそそぐ。土手の桜は裸木のまま近くの冬景色になじんでいるが、梢の花芽に春の瑞気《ずいき》を感じる季節になっていた。先日の面会のとき、有坂は冴子に阿見街道の一本松で見送ってもらった。今日は兄が妹を見送る番だ。語り合うのに桜川の土手を選んだのは駅に近いからだ。

「どうしたのその顔、痣《あざ》ができてる」

「殴られたんだ。隣りの班の男に」

「ま、ひどい」

「先に殴ったのは俺だよ」

「きっと意地のわるい奴ね」

「いや、俺は尊敬してる」

「わからないわ、ぜんぜん」

「殴り合うって、男の世界ではすばらしいことなんだ」

「ますますわからない」

　有坂と花井の目指すゴールが死であることを明かせば、妹は兄の難解なロジックを理解できたかもしれない。しかし、それを口にするのは酷だ。

　冴子も何かを言い淀んでいた。

「ううん、なんでもないの」

　有坂は重ねて問おうとしなかった。打ち明けられても何もしてやれないからだ。発車まぎわの上野行き普通列車のデッキで、妹は見送る兄に、突然、打ち明けた。

「私にはお兄さんがいるの」

　お兄さんとは有坂とは別人だ。有坂は発車の汽笛にかぶせた冴子の言葉を口の動きから恋人と判読した。デッキから体を乗り出すようにして冴子が言った。

「だから私のことは心配しなくてもいい」

　言うなり冴子は車内に姿を消した。有坂は走る列車を追った。プラットホームはたちまち尽きた。

まだ少女期を脱《ぬ》けきらない妹の大人びた心遣《づか》いを哀れと思いながら、有坂はあらぬことを口走った。

「総員戦死」

十一

有坂と花井はその後も頑《かたくな》に潔癖であろうとした。憎しみのポーズを崩せないのだ。

「戦争という狂った時代だからな、仲のわるい方がお互いを理解し合える人間関係かもしれない」

圭介は瓜生の見解を一歩進めた。

「私には仲がわるかったとは思えません。すごいですよ。お二人の生きざまは」

「わかるかな、戦後の若い世代に」

「時代はちがっても、人間の在り方の問題です」

昭和十九年の五月いっぱいで、十四期飛行予備学生の基礎教育は予定通り終了した。その間に戦況は悪化の一途をたどり、山本につづいて古賀までも、二人の連合艦隊司令長官が相次いで戦死した。国民は大きな衝撃を受けたが、土浦航空隊の彼らに動揺はなかった。軍服を着ると戦況に一喜一憂しなくなる。まして彼らには次の飛行訓練が控えている。雑念に振り回されていては空には挑めない。総員戦死もしばらくお預けだ。花井もいた。

操縦学生として南九州の出水《いずみ》航空隊へ転属する五百余名の中に有坂がいた。

瓜生は彼らと行動を共にしていない。

「こっちは下駄ばきの水上機でね、霞ヶ浦を内火艇で東へ一走り鹿島航空隊とは変わりばえがせん」

　圭介はこれまでの瓜生の尽力に感謝した。

「おかげさまで有坂さんと花井さんのイメージをしっかり摑むことができました」

役目を果たした瓜生は、終わりを締め括った。

「あとは二番手に譲《ゆず》るとして、最後に私から質問したい。君はなぜそれほど有坂や花井を追っかけるのかね」

　圭介の答えはすでに用意されていた。

「歴史という篩《ふるい》からこぼれ落ちた名もない青春を拾い上げないと、後世の人々は、歴史の重大な落丁を見落とすことになります。有坂さんや花井さんの埋もれた青春が、私には重大な落丁に思えてならないのです」

　瓜生は大きく肯いた。

「言うなれば落穂《おちぼ》拾いですな」

「そうです。歴史の落穂拾いです」

「ぜひ拾ってやって下さい」

そうまで言われると、圭介に使命感すら湧いてきた。いまにして思えば、戦後まもなく電話をかけてきたのは花井ではなかったのか。有坂は殉職したのではなく自決したのだと改めて伝えなくてはいけない。

第二章　激闘

一

　土讃線の下り普通列車は、とっくに徳島と高知の県境を越えていた。この先のトンネルを南へ抜けると眼の前に土佐湾の青い海が広がっているというのに、車窓に見る渓流は依然として北へ迸《ほとばし》っている。さすがは四国三郎の名を誇る吉野川だ。土佐の山中に降った水までも遙か遠くの紀淡海峡《きたんかいきょう》へ運び去っている。

　圭介は第二の語部《かたりべ》を訪ねる旅の途上にあった。訪問を歓迎するというその人の手紙には、次のように記されていた。

「吉野川を遡《さかのぼ》って来てとうせ。明神岳の麓の八十九番札所と聞けば知らん者はおらんじゃろう」

圭介は指定された通りに徳島線を阿波池田で土讃線に乗り継いで忠実に吉野川を遡ってきた。おかげでこの地の風土になじめたし、これから訪ねる未知の人への親しみにもつながった。そこまでの計算があったとしたら山寺の住職はなかなかの逸物《いつぶつ》ということになる。しかし、八十九番札所とは幼いことを言う。なにやら一癖《ひとくせ》ありそうだ。

圭介はあたりの景観をそのまま駅名にしたような山峡のプラットホームに降り立った。ここまで来ると八十九番札所が通用した。駅員が道を教えてくれたが親切すぎて却《かえ》ってわかりにくい。要するに明神岳を目指して行けばいいわけだ。

山里の遅い春の斜光に映えて、山門を覆う八重桜の花が艶《つや》めいている。来る夏の前ぶれの暑気に抗するには婀娜《あだ》っぽく咲くしかないのだろう。奥から聞こえてくる読経の声にたぐれて、圭介は本堂の前に足を運んだ。勤行《ごんぎょう》をつとめる僧衣の人はそれでも読経を中断しない。圭介は靴を脱いで本堂に坐った。読経が止んだ。圭介は急いで名刺を用意したが、山寺の主は脱いだ袈裟をたたみながら語りだした。

「幕末の頃、当山は根曳峠《ねびきとうげ》を越えて脱藩してくる若者たちに、一夜の宿を提供したという由緒ある寺です」

八十九番札所の名に恥じないとでも言いたげである。自己顕示欲《けんじよく》がかなり旺盛らしい。

「幕末の動乱では、多くの若者が命を失ったが、御政道が一新された後に自決したというのは聞いたことがない。始めと終わりでは違うんですな」

始めとはこの国が近代国家として出発した明治維新をいい、終わりとはその挫折であった太平洋戦争を言うのだろう。

「殉職したとばかり思うとったが、そうですか、有坂は自決しおったんですか」

そこで初めて圭介の方へ向き直り津上戒正《つがみかいせい》と名乗った。住職は有坂の霊を弔いながら圭介の到着を待っていたという。圭介は認識を改めた。第二の語部も期待できる。

「さっそくですが、出水航空隊での有坂さんと花井さんに就《つ》いて伺いたいのですが」

津上は場ちがいの話題を持ちかけてきた。

「あんたはくるまをやりますか」

その意図がわからないが返事だけはした。

「女房に運転させてます」

「オートマチックかね」

「いえ四段切り換えの変速ギヤです」

「それでええのや。運転を楽にしたいの一点張りはあかん。オートマチックでコンビニエント、インスタントでバカチョンとくれば人間はいよいよ軽うなる」

くるま社会の途上期にあった当時はオートマチック車の人気がなかったのも事実だが、津上の諧謔《かいぎゃく》は突如本題に結びついた。

「土浦から出水まで二昼夜の軍用列車の旅は、基礎教程から飛行訓練へ移るためのギヤチェンジみたいなもんでしょうが。いきなり出水の話をせえと言われても困る」

「ごもっともです」

圭介は辞を低くして津上の説を受け入れた。

二

土浦航空隊から五百余名が操縦学生として出水航空隊への転属を命ぜられた。出水と書いていずみと読む。熊本との県境に近い北薩の小都市の名を、彼らは鶴の渡来地として聞き知ってはいたが、東日本出身者には訪れたこともない遙か南の僻遠《へきえん》の地だ。家族との面会も難しくなるが、鶴の明け渡してくれた明るい南の空を飛ぶのもわるくない。それに長途の汽車の旅がうれしい。その間は軍務から完全に解放される。

軍用列車の出発時刻は直前になって発表された。家族に連絡する暇はない。有坂も妹の冴子と会えないまま東京を通過することになる。兄と妹はすでに別離のシグナルを交《か》わしていた。さよならは一度だけ言うもの、有坂は南の空へと心を馳《は》せた。

郷里が九州にある者の反応はまるでちがった。花井の家族は遠く満州に離れ住んでいるが、出水から汽車で一時間余りの海辺の町が本籍地である。半年ほど前に花井はその町の人々に送られて出陣した。そのときの挨拶は記憶に新しい。

「故郷《ふるさと》の美しい山河とそこに住む人々の優しい心を私の誇りとして、ただいまより出陣いたします」

顧《かえり》みて作文めいた悲壮感が気恥ずかしい。

兵員輸送の軍用列車は防諜《ぼうちょう》を理由に夜間の走行が多かったが、昭和十九年五月二十五日の出水へ向かう軍用列車は、午前十一時に土浦駅を発車している。白昼堂々と常磐線を南へひた走った。沿線の人々は車窓を埋める海軍士官の大集団に歓呼の声をあげた。しかし、彼らはまだ空を飛んでいない。戦力としては零《ゼロ》に等しい。沿線の歓呼に応えながら、彼らは星降る夜のあの宣告を思い出していた。総員戦死と引き換えに必ずや戦局を挽回するだろう。いましばらくの時を藉《か》してもらいたい。

荒川の鉄橋を渡り、やがて上野と胸をふくらませたが、軍用列車は三河島から山手貨物線へショートカットした。上野の杜《もり》は屋根また屋根の彼方に霞んでいる。

「ああ懐かしい、図書館、美術館、博物館」

演技過剰の声の主は、柄でもないとみなに冷やかされたが少しもひるまなかった。

「上野通いは何のため、図書館の前で口説《くど》いて、美術館の前で手を握り、博物館の前でウヒヒ……」

「この軟派《なんぱ》野郎」

根絶されたかにみえた娑婆気はみごとに生きていた。

思い出の場所を次々と過ぎてやがて目黒だ。ここは昔から女性乗降客の比率が最も高い。貨物線は一段と低くなっていて、山手線外回りホームを仰角で見ることになる。女性を眺めるベストアングルとはうれしい。折からの下校時でホームにはセーラー服の女学生が溢れていた。一人の少女が手旗信号を送ってきた。ス、テ、キ。時速五十キロで通過する寸秒の間に判読できた者には、信号は自分だけに向けられたとのろけることも許されよう。軍用列車は東海道線を西へ田子ノ浦あたりを走っていた。富士山もこれが見収《おさ》めかもしれない。花井には特別の感懐があった。五年ほど前に、はるばる玄界灘を渡ってこのあたりを通過したことがある。旧制高校を受験するための上京だった。そのときは富士山を見ていない。大陸の中学では、試験の前に富士山を見ると落ちる、というジンクスがあった。あちらで生まれ育った少年には、日本内地への憧《あこが》れがある。富士山を見たいという気持もその現われだ。合格するまではがまんしろ、という禁欲のすすめはおろそかにはできない。花井少年も素直に、富士山麓を深夜に通過する列車を選んだ。いまは心おきなく眺めてくれとばかり富士は山頂の残雪を夕陽に染めている。あのときから今日まで十代後半の貴重な精神形成期をかなり充実して過ごせたと思う。エス、イスト、グート。いざ飛ばん。死は生きることの結果でしかない。藤川は良いことを言ってくれた。

浜松を過ぎたあたりから、有坂はデッキに立って夜の浜名湖を見つめていた。戦争の谷間で昭和七年という年は、少しばかり明るい。満州事変が一段落して王道楽土のスローガンがもてはやされ未来に希望が持てそうな時だった。当時小学校五年生の有坂は、家族と共に一夏を浜名湖畔で過ごした。銀行員の父がまとめて休暇をとり、別荘を借りてくれたからだ。母は若くて美しかった。兄は中学に入りたてで制服の長ズボンが自慢だった。妹はまだ幼稚園に通っていて、可愛いさかりだった。父と母は、腕を組んでステップを踏んだ。それをまねて有坂は、妹の冴子をパートナーにした。兄はもっぱらレコード係でポータブル蓄音機の螺子《ねじ》を巻いた。大正デモクラシーの洗礼を受けた両親のあのモダニティが懐かしい。

家族みんなで築きあげてきた一家の幸せだったが、昭和七年の夏をピークに、崩壊の一途をたどった。第二次上海事変が勃発《ぼっぱつ》したとき、たまたま現地へ出張中の父は不運にも流弾で落命した。母は心労の果てに父の後を追った。そして、兄は中国戦線で戦死した。

浜名湖に月の光が照り映えている。その玄妙な色調が有坂の感傷を誘《さそ》った。二人っきりの兄と妹は刻々遠ざけられて行く。そんな想いに沈んでいたとき声をかけられた。相手は有坂の心の中を見透《す》かしたかのように「五誓《ごせい》」で詰め寄ってきた。「五誓」とは海軍軍人が自らに誓う五ヵ条である。朝な夕なにうんざりするほど唱《とな》えさせられてきた。それをいまここで突きつけるとは無粋《ぶすい》な奴と、有坂は一ヵ条ごとに反撥した。

「至誠に悖《もと》るなかりしか」

「悖《もと》る」

「言行に恥ずるなかりしか」

「恥《は》じる」

「気力に欠《か》くるなかりしか」

「欠《か》ける」

「努力に憾《うら》みなかりしか」

「憾《うら》む」

「不精《ぶしょう》に亘《わた》るなかりしか」

相手は呵々大笑して有坂の肩を叩いた。

「上出来だ。満点」

仏教系の大学に在籍する津上という男に、有坂は親しみが湧いた。

「貴様は大乗仏教か」

「生臭坊主と言いたいんだろう」

「娑婆気が多いってことさ」

「衆生済世《しゆじようさいせい》のためにはやむを得ん」

津上はまたも大口を開けて笑った。釣られて有坂も笑顔を返した。

当人に言わせると大それた魂胆《こんたん》だそうだが、津上は有坂と花井の間を取り持つ気でいた。

有坂との接触はうまくいった。次は花井だ。

臨時ダイヤで走る軍用列車は、時間を調整する必要があるのだろう。京都駅を深夜に通過すると、どこやらの引込線に入構して、長時間、停車した。デッキで花井がいらいらしていた。

「もう一時間も停まっていやがる」

そこへ津上が顔を突き出した。

「トクドンだもんな」

「なんだ、それは」

「亘《わた》る」

「特別鈍行列車」

「おもしろい男だな、貴様は」

「つきあって損はない」

「よろしく頼む」

「もう一人いるんだ。俺を頼りにしてるのが。そいつが言ってたぞ。花井は気の毒だって。大陸に住む家族と二年近くも会ってない」

「誰だ、そいつは」

「有坂」

「なにッ！」

花井が屹《きっ》となったとたんに発車の汽笛が派手に鳴った。

二度目の夜に関門海峡を潜《くぐ》り抜け、三日目の正午近くになってようやく出水駅に到着した。昨日まで前期の学生が出水航空隊で訓練を受けていたという。車中で四十九時間も費《つい》やしたのは、学生舎が空くのを待ってたわけだ。海軍は次から次へ飛行操縦員の養成に一日の無駄もしていない。

三

出水に到着した五百余名の操縦学生は、隊門まで二キロの道を歩いて、長旅で強《こわ》ばった筋肉をほぐした。南九州は早くも初夏の風情《ふぜい》がある。北東に聳《そび》える矢筈山《やはずやま》が、これから筑波山に代わって朝な夕なに関わってくるだろう。その麓《ふもと》から天草灘へと張り出す出水平野は見はるかすほど広い。この地を離着陸に恰好の場所だと最初に気がついたのは海軍ではない。鶴だ。

「鶴の居ぬ間に空を飛ぶか」

「空を飛んでもこちとらは国際保護鳥じゃない」

期待に反して笑いは起きなかった。

その日は、日本海軍がバルチック艦隊を撃滅して四十年目の海軍記念日に当たった。おかげで、いきなり豪勢な夕食にありつけたし、学生舎は平家建ての二段ベッドだ。もう釣床訓練でしごかれることもあるまい。結構ずくめのスタートだ。

翌日には、さっそく飛行服一式が貸与《たいよ》され、入隊以来、初めて飛行場に立った。空で戦う海軍飛行予備学生としての自覚をいやでも迫られる。列線には九三式中間練習機が並んでいた。朱色に塗装された羽布《はふ》張りの複葉機だが、数十機が翼を連ねると迫力がある。メカはクールだ。その威圧感を加減しない。斜《しゃ》に構えたプロペラの声を聞いた。

「ひよっ子ども来たか」

学生たちは虚勢を張った。

「たかが練習機じゃないか」

ところが、分隊長は九三中練に味方した。

「いざとなれば機銃も積める。十キロ爆弾を六発も抱ける。空戦能力もあるし、降爆も可能だ。すべての機種の性能を備えているから練習機としてこれ以上のものはない」

その頃は、教官に多数の士官を配置する余裕はなかった。飛行訓練は、主として下士官兵の教員に委ねられた。教える者が教えられる者より階級が下というのは、どちらもやりにくい。教員は学生に命令するわけにいかないから、終止形の語尾を命令調に発音することで教える者の権威を保った。まじめにやれ、とは言わない。まじめにやる、とどなる。

戦闘機乗りだという年若い教員は、訓練に先だって受け持ちの六人の学生に釘をさした。

「大学出は英語はお手のもんでしょう。海軍は英語をいっぱい使うけど、わしは説明はせん。そっちも質問しない。わかったね」

操縦席に就くとさっそく英語だ。エナーシャとはロシア娘を連想させる乙《おつ》な響きがある。うっかり言った奴がいる。

「ナターシャ回せ」

それでも整備員は、ほいきたとクランクを回す。「前離レ」を令して整備員が機体から離れるのを確かめるとまた英語だ。

「コンタクト」

ペラが燃料を吸って回転すると、スイッチを「右」と「左」と「両」に切り換えてみる。落差が許容以下だと車輪止めの三角板を取り払わせる。

「チョークとれ」

なるほどしきりと英語がとびだす。車輪止めはチョクと発音するのが正しいが、野暮は言うまい。機上で、いざ出撃と、両手を軽く左右に開く粋《いき》なポーズは、飛行機野郎にとって最高にカッコいい瞬間なのだ。「チョクとれ」これではぶちこわしだ。やはり抑揚をつけてチョークと音を伸ばさんことには気分が乗らない。

「地上滑走中にスティックを弛《ゆる》めると鼻を突くから気をつける」

言うなり教員は操縦桿の柄《え》を引き抜いた。

「スティックにはいろんな使い道がある。あんたたちがへまをやると、わしは後ろから、これでコツンとやります」

操縦桿だと操縦装置を動かすことに限定されるが、スティックと言えば、多目的使用が正当化される。スティックとは棒を意味するからだ。

「離陸するとき十分に気速がつかないのに引き起こすとポーポイズする」

聞いたことのない英語だ。

「ペコタン、ペコタン、ポーポイズするんだよ」

それでわかった。Porpoiseと綴ってポーパスと読むべきだが、ここはポーポイズでいこう。海豚《いるか》のことだ。ポーポイズするとは海豚《いるか》する。名詞をそのまま動詞化する感覚は新鮮だ。日本中に敵性外国語追放の嵐が吹き荒れているときに、英語がおおっぴらに通用するとは気分がいい。

最初のフライトは空に慣れる慣熟飛行だ。今日だけは操縦を後席の教員に委ねたままでいい。

吹流しは西南西の風五メートルと読めた。T字板は風向を西と指定している。風速の数値を倍にするとノットに換算できる。風速五メートルは十ノット、その分だけ滑走距離が短くてすむ。

離陸地点に着くと、機は一旦停止した。眼とカウリング（エンジンカバー）の頂点を結ぶ延長線上に目標を探した。南国の空には早くも夏を呼ぶ積乱雲が湧いている。巨大な雲塊の中心のひときわ白い部分を捉えて地上滑走の速度を徐々に上げた。飛行場は広い。目標の左右十度ぐらいのズレは大目に見てもらいたいのだが、これがやたらと厳しい。

「滑走路は母艦の飛行甲板だと思う」

プロペラの回転のせいか地上滑走中に機首がぶれる。早目に修正しないと斜めに突っ走る。母艦だと海に落ちて、たちまち殉職だ。機上の操作は、やりっ放しにすると過剰に反応する。プラスは必ずマイナスに戻すこと。これを当舵《あてかじ》という。当舵の当舵のそのまた当舵となると、フットバーは右へ左へ交互に踏み込まれる。

「要するに団扇《うちわ》をあおぐ要領で方向舵をばたばたやればいいわけだ」

津上が会得した離陸の極意《ごくい》は甚だ大雑把《おおざっぱ》だが結果は上々、機は不思議と目標に向かって直進する。

気速六十ノットを保ってスティックを引き起こすと、機は積乱雲に吸い込まれるように浮上した。高度二百でスロットルを絞り水平飛行に移る。九十ノットの巡航速度で誘導コースを一周すると、飛行時間は十五分だが、最後の着陸操作が難しい。高度を百五十に落とし第四旋回で滑走路を正面に捉える。スロットルを絞り、機首を上げて浮力を減らすと機は沈む。気速は五十ノットを保つ。それ以下だと失速する。ペラの推力と引力のベクトルを着陸地点に指向させるわけだ。このような飛行姿勢をパスに乗るという。パスはPassかPathかそれともPassageの略語か。英語に関しては質問しないという約束だった。パスはパス、操縦マニュアルの用語と心得よ。着陸も着艦に準ずる。尾輪のフックを飛行甲板に張られた索にひっかけるために、前輪と尾輪が同時に接地する三点着陸を要求される。高度五メーターを判定してスロットルを絞り切り、スティックをいっぱいに引き起こす。接地して気を抜くと鼻を突いたり回されたりする。着陸時にも方向舵の団扇運動が事故を防ぐだろう。津上和尚は語りながらよく笑った。

「空を飛ぶのは気分がええからね、飛行作業のあとは近くの米《こめ》ノ津川《つがわ》で水浴びじゃ。みんな童心にかえって、戦争のことなんか忘れてしもうとった。水浴びのあとの座学で鼾《いびき》をかくなと言うてもそれは無理でしょう」

津上は楽しかったを連発した。土浦で息苦しいほどの重圧に耐えてきたのは何のためだったのか。霜凍る夜の有坂と花井の凄絶な殴り合いを、圭介は粛然と聞いてきた。語る人の主観で過去は多少変化する。それは仕方ないとしても津上は楽天家に過ぎる。圭介の不満に津上が答えた。

「わしはありもせんことを、あったように言うたりはせんが、話しっぷりに、ちっとは細工しとるかもしれん」

「どんな細工でしょう」

「明るく楽しくだ」

「事実を歪めることになりませんか」

津上は唐突に話題を変えた。

「もうすぐこの庭いっぱいに蟬が鳴く。あの陽気さはとても一週間の短い命とは思えん。あんたは蟬に向かって言うかね。短い命だからおとなしくしてろと、みんなは今年が最後の夏だと思うとった。出水で一緒に空を飛んだ仲間の中の百二十四人が、その通りになってしもうた。あの顔この顔、わしはできるだけ死んだ仲間の笑い顔を思い出してやりたい」

圭介は津上の語り口を納得した。有坂と花井の対立の図式を押しつけて虚構を強いてはならない。戦局の推移の中でそれは自ら浮き彫りにされるだろう。

四

出水へ移動して一ヵ月もしないうちに、米軍はサイパン島に来襲した。ぎりぎりの防衛線が崩れたというのに、彼らはまだ単独飛行の技倆にさえ達していなかった。

「俺たちは戦争に間に合うだろうか」

「間に合わないとは、戦争が終わることだ」

「総員戦死は自動的に止む」

「止むが祖国は滅ぶだろう」

論はそこで果てる。

花井はこの種の語らいには一切加わろうとしなかった。空を飛ぶことだけに夢中になっていた。手にする物は、鉛筆でも箸でも煙草でも、すべて飛行機の模型だと思ってしまう。それをゆっくり宙に移動しながら空を飛んでる気分にひたった。

「あいつは純粋に空を飛んどった」

純粋とは陶酔するという意味らしい。

津上は右の掌を圭介の前に差し出した。

「見せなさい、あんたも」

二人の手はどちらも骨太で不恰好だった。

「きっとあんたも操縦は下手くそだ」

飛行機の操縦には、加えた力を早目の当舵《あてかじ》でなしくずしに零にする操作が必要だ。手脚が硬いとだめだ。

「花井の手は女の子みたいでね、指が弓なりに反《そ》るんじゃ」

花井の勘がずばぬけているので、教員が機上で質問したことがあった。

「花井学生はスポーツをやっとったかね」

教員は自分が得意とするバレーボールを期待したが、見当ちがいの答えが返ってきた。

「日本舞踊」

しなやかでリズミカルなことで、飛行機の操縦と日本舞踊は共通する。花井は自分が生まれつき飛行機乗りに向いていることを知った。二十歳を過ぎてからの自己発見だけに、すごく新鮮だったのだろう。頭より腕だ、知識より技倆だ。学者より職人だとぶち上げた。知性はすべて虚飾と言うに至ってはオーバーランの気がないでもない。心の動きにも当舵《あてかじ》が必要であることを忘れている。とにかく花井は変わった。単純になった。行動的になった。津上は別の言い方をした。

「あいつは喧嘩っ早くなってね」

飛行作業が午前中に終わったある日のこと、津上と花井は隊内の地理に通じておこうと烹《ほう》炊所《すいじょ》の裏を通りかかった。そこには卵の殻が山と築かれていた。航空加給食の残骸である。それが隊の外からまる見えになっている。卵は病人しか口にできない貴重な食料という当時の感覚からすると、海軍は飽食に驕《おご》っていると誤解されかねない。平気で世間の眼にさらすとは、無神経にも程がある。花井が烹炊所になぐりこみをかけようと言いだした。修業中の身はよろず控え目の方がいい。ためらう津上を捨ておいて、花井は烹炊所に駈けこんだ。

「まてえー」

作業中の主計兵たちは、花井の甲高い一喝を浴びるとその場に不動の姿勢をとった。花井は滔々《とうとう》と烹炊所の不始末を責めたてた。その間に夕食のお菜のきびなごが大鍋で煮えていた。焦げる臭いを嗅ぎつけて、奥から男が駈けだしてきた。豆絞りの手拭でねじり鉢巻をした勇み肌の男は、部下に命令した。

「かかれ！」

　作業に復した部下に、男は説教をつづけた。

「耳の穴をほじくってようく聞け。烹炊所はお前たちの戦闘配置だ。飯を炊くのは戦闘行動である。俺の命令以外は手足がちぎれても作業をやめるんじゃねえ」

　圧倒された花井と津上は木偶《でく》のように突っ立っていた。男は声の調子を落として説教を締めくくった。

「いいか、お前たちのご奉公は日本一の飯炊きになることだ」

　よせばいいのに花井が突っかかった。

「なれるわけがない！」

　男はつかつかと花井の前に歩みより、挑みかかるように名乗った。

「主計科烹炊班先任下士、大川兵曹！」

　花井も名乗り返した。

「花井学生だ。来い！」

　ふたたび卵の殻の山を前にすると、花井は世間への配慮が欠けていることを糾弾した。

「これが日本一のやることか！」

　大川兵曹は意外にも素直に受けた。

「直ちに作業員を出し、穴を掘って埋めます」

花井は気風《きっぷ》のいい職人肌の大川兵曹に好感を抱いた。大川兵曹も向こう意気の強い花井が気に入ったらしく、

「花井学生、どうですか、鉢巻をとって誘いかけた。

花井にはその意味がわからなかったが、津上が問い返した。

「銀蝿か」

銀蝿とは口いやしい大型の蝿だ。海軍では烹炊所に忍びこんで餌にありつくことを言う。

大川兵曹はごちそうしようと言ってるのだ。津上はすぐその気になったが、花井が断わった。

「そっちが飯炊き日本一なら、こっちは操縦日本一といきたい。俺は真っ先に単独飛行をやってみせる」

「花井学生、そのときは大威張りで銀蝿に来てください」

「おー、きっと来る」

うぬぼれではない。誰もがトップを切るのは花井だと思っていたが、予想に反して出水空での単独飛行第一号は有坂だった。

五

有坂に初めからその気があったわけではない。偶発的なハプニングによるものだ。その日、有坂はいつもの通り指揮所の分隊長に申告した。

「有坂学生、37号、離着陸同乗、出発します」

着陸した37号機が列線へ帰ってきた。飛行を終えた学生から燃料の残量その他の申し継ぎを受けると、有坂は機上の教員牛尾上飛曹に挙手した。

「願います」

飛行作業に関するかぎり、学生は教員に対して師弟の礼を尽くさなくてはいけない。有坂がペアの最後の六人目だったので、教える方はかなり疲れていたのかもしれない。それにしても牛尾上飛曹は横柄だった。有坂の挙手に二本指で応えたばかりか、不愉快な声を浴びせた。

「早くせんかい！」

学生の体面か、師弟の礼か、こういうときの手加減がむずかしい。有坂は冷静に操縦マニュアルに則《のっと》り、必要最少限の申告だけは的確に声にした。牛尾上飛曹はいよいよ不機嫌になり、離陸後もだんまりを決めこんだ。有坂が少しでもへまをやると、後席でスティックをぐるぐるとぶん回す。スティックは生卵を摑《つか》む感じで軽く握れと教えられている。前後席の操縦装置は連動するから、後席で荒っぽい操作をされると有坂の手はふりほどかれる。二度まで我慢したが三度目は黙っておれなかった。

「操縦桿は擂粉木《すりこぎ》ではない！」

言うなり有坂も擂粉木戦法で逆襲した。こんな荒っぽい操作をすると、機は乱気流に巻き込まれたように、もみくちゃにされそうだが、心配無用。運動のエネルギーが三百六十度全方向に分散され、理想的な当舵の効果で機は極めて安定している。すべての計器が静止したまま37号機は平穏な水平直線飛行をつづけた。

有坂の逆襲にひるんだのか、後席はおとなしくなった。牛尾上飛曹は手も足も操縦装置からはなして、有坂に委《まか》せっきりにしているようだ。第三旋回のあと、高度を下げようとしたとき、突然に後席の怒声が伝声管を震《ふる》わせた。

「バカヤロ！　手を放せ！」

機は爆音をうならせると、垂直旋回で大きく変針した。誘導コースを飛行中の他機もてんでんばらばらに行動している。一体何が起きたのか。滑走路のT字板が離陸方向をSEからNWに変更せよと指示している。風向が変わったのだ。敏速に行動しないと空中衝突の危険がある。37号機は全速で新しい誘導コースに乗った。その間の操作はすべて教員に委せて、有坂は神妙に風向変更時の処置を観察していた。すると、またも後席の不愉快な声を聞いた。

「てめえ、いつからお客さんになった」

有坂は慌ててスティックを握ったが、矢継ぎ早に罵声が飛んだ。

「大学出とかなんとかふてえ面《つら》しやがって、なめんなよ。俺はラバウル帰りの戦闘機乗りだ！」

搭乗員にはアウトローの一匹狼が多い。べらんめえ口調のやくざ気質がある。

「てめえらは出撃してもイチコロだ！」

こうなると技術指導の域を越えた暴言である。有坂は憤然と耳から伝声管を外し、後席との声の交流を絶った。怒った牛尾上飛曹はスティックを引き抜いた。棍棒《こんぼう》の代わりにして殴りかかると、有坂は素早く奪い取った。慌てたのは牛尾上飛曹だ。スティックがないと操縦できない。身を乗り出すようにしてわめいた。

「返せ、返さんか！」

有坂は無視した。頑として返さなかった。あとは自分で操縦するしかない。しかし、まだ技倆未熟で着陸する自信はなかった。下手をすると殉職だ。道連れにされてはたまらんと、ラバウル帰りの猛者《もさ》も真っ青になった。

「俺はてめえと心中するために海軍に入ったんじゃねえ、返せ、スティックを返せ！」

埒《らち》があかないとみると、泣訴哀願《きゅうそあいがん》した。

「有坂学生、頼みますよ。お願いします。返してください」

全機降着してすでに三十分、陽は西に傾いてもまだ一機だけ誘導コースを飛んでいた。飛行中の機と交信する隊内無線は使用されていなかったから、指揮所では37号機の異変を判断しかねていた。とりあえず応急隊と防火隊の出動を要請して待機させた。

37号機はすでに誘導コースを十周はしただろう。高度十メートルまでは降りてくるが、増速してやり直す。その繰り返しだ。空を飛びはじめて二十日やそこらでは、着陸の自信がないのも無理はない。牛尾上飛曹はわめいたりどなったり、なだめたりすかしたり、機のどてっ腹を叩くなどして一刻も静かにしていない。これでは落ち着いて操縦などできっこない。

有坂が屹《きっ》とふり向いた。

「牛尾兵曹、戦死！」

一喝して相手を沈黙させた。返り血を浴びるように有坂自身も戦死という言葉の魔力に痺《しび》れた。燃料がなくなってきた。着陸しないと墜落する。いよいよどたんばだ。

分隊長以下、総員が見守るうちに、37号機はどうやら無事に着陸した。最後に飛んだ者は、前後席揃って訓練終了の報告をしなければならない。有坂は牛尾上飛曹を伴って分隊長の前に立った。二発や三発の修正は受けるだろう。覚悟して報告した。

「有坂学生、37号、離着陸同乗帰りました！」

意外や、分隊長はにやりとした。

「手荒く飛行時間を稼《かせ》ぎおったな」

練習航空隊勤務が長いので、分隊長はよろずお見透《みとお》しのようだ。

「スティックを前席に預けるなど、なかなかできることではない。なア、牛尾教員」

「は」

「どうだ、バラスト代わりの気分は」

「命が縮《ちぢ》みました」

「有坂学生、命が縮む思いまでして貴様に自信をつけさせようとした教員の熱意に感謝せい」

「はいッ」

「よし、明日、単独飛行を許可する」

粋《いき》な計《はか》らいではあるが、突然のことに有坂は耳を疑った。分隊長にはそれなりの思惑があった。単独飛行の最短記録をつくってみるのもおもしろい。学生たちは大いに刺戟されるだろう。訓練の成果も上がる。もちろん成功するという保証はない。九三中練一機をスクラップにするのは折り込み済みだ。

このような経緯から有坂は単独飛行を許可された。正しくは命令されたのである。

夜更けて有坂は学生舎の外に出た。南国の初夏の濛気《もうき》がたちこめて、星のきらめきはなかったが、有坂の心は澄んでいた。土浦の夜の誓いは偽《いつわ》りではなかった。いまトップを切って単独飛行に挑むのはその証《あかし》である。

翌日は出発時の申告からしてこれまでとは違った。

「有坂学生、37号、離着陸単独出発します」

初めて使う単独という語句を意識して強く発音した。使用機は昨日と同じ因縁《いんねん》の37号機だ。機にはそれぞれ微妙な癖がある。なじみのある方がよかろうと、誰かがそこまで気を使ってくれている。同じペアの仲間が風防を磨いたり、クッションを敷《し》くなどして飛行準備を整えてくれた。なにもかもがありがたい。まてよと思う。感謝は弱気の裏返しではないのか。

「コンタクト」

一発で起動した。左右落差なし。エンジン快調だ。

「チョークとれ」

離陸地点へ向かって地上滑走に移った。後席には砂袋を積んである。昨日はそこに教員が乗っていた。しかし、砂袋同然のバラストに過ぎなかったではないか。単独飛行は経験済みといっていい。理屈はそうだが、独りはやはり心細い。離陸地点まで、ペアの仲間が翼端《よくたん》についてくれた。激励に応えて挙手すると、有坂は飛行眼鏡で眼を覆った。そのときから一切を忘れて独りになった。

「離陸します」

わが身を鞭《むち》打つ気合である。37号機は難なく浮上した。ひとりで空を飛んでいる。単独飛行は現実となった。未知なるものを体験するのはこれほど呆気《あっけ》ないものか。未知なる死でさえも。いまはそこまで思うまい。

水平飛行に移ったとき、先行する一機に気がついた。その間の距離がぐんぐん縮まる。たちまち百メートルを切った。気速計を見ると、規定の巡航速度を十ノットもオーバーしていた。独りの不安から無意識に先行機を追っていたらしい。有坂は自分の臆病《おくびょう》を笑った。

コースを修正する必要はない。先行機にはベテランの教員が乗っている。そっくり操作を真似たらいいわけだ。おかげで第三旋回も第四旋回もうまくいった。すべてマニュアル通りである。ところがパスに乗ってから、先行機と同じ軸線上に位置していることに気がついた。後をつけてそっくり真似したら当然そうなる。これでは先行機が着陸の邪魔だ。ここで下手な操作をすると気速を落としているだけに危険だ。どう処置したらいいのか。手も足も金縛《かなしば》りにあったように硬直している。刻々と地面が浮き上がってくる。有坂は狼狽した。

そのとき、先行機が加速して滑走路の上を全速で飛び去った。着陸をやり直したのである。

「しめた」

有坂は先行機になにやら着陸操作にミスがあったことを喜んだ。邪魔がなくなったおかげで37号機は、接地したあと、僅かにジャンプしただけで無事に着陸できた。

分隊長は有坂の単独飛行に合格点を与えた。そのあとで補足した。

「但し、着陸する直前、貴様に道を譲った23号機の好意を忘れてはいかん。あとで礼を言っておけ」

先行機は偶然に着陸をやり直したのではなかった。午後三時五十分から四時十分の間に23号機を操縦していたのは誰だろう。記録係に調べてもらうと、すぐわかった。まさか花井だとは。単独飛行の機は後席に人影がないから遠目にもすぐわかる。花井は後続の操縦席に有坂の硬《こわ》ばった顔を想像したにちがいない。花井が助けてくれたと知って、単独飛行一番乗りの誇らかな優越感は消えた。

日脚《ひあし》の長い季節だから午後の飛行作業が終わってもなかなか暮れない。それでも六棟の格納庫がすべて閉ざされると、飛行場もようやく静寂に包まれる。

有坂は花井を探した。第三格納庫で姿を見たと聞いて、裏の通用口から中へ入った。そこには限られた空間を最大限に活用して九三中練がぎっしり収容されている。子供なら思うだろう。かくれんぼをするにはもってこいの場所だと。有坂は翼をかいくぐりながら、人の気配をさぐった。大声で呼んでみた。

「花井学生、いるか」

場内の反響音が消えると、背後の23号機の操縦席から花井がすくっと立ち上がった。そして、機先を制した。

「貴様に失敗されると、俺たち全員の技倆が疑われる。よかったよ。おかげで俺も明日は単独だ」

花井は23号機の操縦席に体を沈めて、単独飛行を想定しながら明日に備えていたのだ。

一日の後れをとったが、有坂との差を早くも取りもどしている。

六

六月も終わりに近い日曜日、花井は朝から落ち着かなかった。上陸の序《つい》でに郷里の町を訪れようと秘《ひそ》かに計画していたからだ。厄介なことに外出区域は阿久根《あくね》が南限である。郷里の町はさらに一時間ほど汽車で南へ下らなければならない。無断で越境するのは多少の冒険を伴うが帰隊時刻にさえ間にあえば問題はない。

士官は三等切符を買うべからず。海軍の貴族趣味だ。そのために鹿児島行き普通列車の二等車は、学生がひしめいていた。四つ目の停車駅は早くも阿久根だ。停車すると二等車には誰もいなくなったが、発車して間もなく花井だけが戻ってきた。これから先は制限区域の外になる。車窓の景色に見入っていると背後から声を浴びた。

「こら、どこへ行く」

花井は反射的に立ち上がった。声の主は津上だった。津上は大声で笑いながら先に坐った。

「連れがいた方が心強いだろう」

「余計なお世話だ」

「ハハ、何だっけ、薩摩の名物料理は」

「当てにされても困る。訪ねるのは本家の伯父の家だから」

川内川《せんだいがわ》を越えて急勾配を下りきった所が下車駅だ。大陸に生まれ育った花井には、この土地に兎《うさぎ》追いしあの山もなければ、小鮒《こぶな》釣りしかの川もない。

連れだって歩いていると、花井は津上に黙って道を外れた。

「どこへ行くんだ」

「会いたいんだ」

「誰に」

「いいからついて来い」

田の畦道《あぜみち》に田の神《かん》どんと呼ばれる石地蔵が立っていた。花井は学齢に達する前の年に父に連れられて初めてこの土地を訪れている。そのときこの石地蔵は大陸からやってきた幼童《ようどう》にお前は余所者《よそもの》だとばかりよそよそしかった。

「外地で育った俺は日本人プラスα《アルファ》なのかマイナスαなのか」

αはプラスになったりマイナスになったりしながら花井は成人して今日を迎えている。生まれ育った大陸の壮大な地平線にふるさとのイメージを抱こうとしても、そこは他人の土地だ。心の杭《くい》を打ち込むには抵抗がある。海軍士官の軍服をまとう花井に、田の神《かん》どんもいまはもうそっぽを向いたりはしない。花井の今日の行動は日本人である自分のルーツを確かめるためだった。空飛ぶ果ての死に備えて花井は秘かに心を整えようとしている。津上はそこまでは察していなかった。

伯父は花井の帰郷を喜び津上にも丁重《ていちょう》に挨拶をした。

「こん子は親んし（親たち）が遠《と》かとこい居いもんでとぜんなか（淋しい）とごわす。おまんさあ（あなた様）をわが兄さんのごつ思うちょよいもんでよろしう頼みやげもす」

両手を突かれて津上は面くらった。

「花井、貴様は良い伯父さんがいらして幸せだぞ」

それを聞いて伯父は上機嫌になり、伯母にごちそうの準備を急がせて自分は焼酎の徴発に出かけて行った。津上はすっかり恐縮した。

「まるで銀蝿に来たみたいだな」

「初めからその気じゃなかったのか」

花井は津上を浜に案内した。干潮時には陸つづきになる小島には老松《ろうしょう》が茂り古い社《やしろ》があった。外地育ちの花井には日本的風景の理想型である。島の突端へ行くと雄大な展望が得られた。白砂青松《はくしゃせいしょう》の浜が遠く南へ伸び、薩摩半島の陸影が巨大な弧を描いて水平線の半ばを占めている。

「俺たちは出水に尻を向けてるわけか」

尻を向けてるとは解放感を意味する津上流の表現である。

父親に連れられてこの場所に立ったとき、花井は子供心にも思った。

「景色はこんなに美しいのに、内地の人はどうして貧乏なのだろう」

日本中が不況のどん底に喘《あえ》いでいた昭和の初め頃、子供の眼にも人々の暮らしは貧しく映《うつ》った。貧乏と戦争、この深刻なテーマは誰かが究《きわ》めるだろう。海軍飛行予備学生を命ぜられた時点で、花井はそれを考える資格を失った。伯父が遠くから花井の名を呼んだ。ごちそうの準備ができたにしては早すぎる。駈けつけた伯父のようすがただごとではない。

「脱線した。汽車が」

場所は峠を下りきったあたりの鉄橋の上だという。当時の鹿児島本線は単線だ。復旧するまで上《のぼ》りも下《くだ》りも運行できない。完全にお手上げだ。帰隊時刻に遅れると後発航期罪《こうはつこうきざい》を問われる。出水航空隊ははるかに北へ遠い。二人は南へ来すぎてしまった。

伯父が一計を案じた。

「警察に頼んでみるが。あいどもはサイドカーを持っちょる。川内ずい（まで）乗せてもらえ」

三つ先の川内駅から、列車は折り返し運転をすると聞いて二人はこの案にとびついた。しかし、官と軍は裏で通じているかもしれない。警察が手柄顔に通報するおそれがある。越境上陸がばれるのはまずい。どこかで自転車を借りるしかない。伯父が歯医者と小学校の先生に三拝九拝して借りてくれた。他人様の物を乗り捨てるわけにはいかない。伯父の名を告げて川内駅前の旅館に預かってもらうことにした。二人が慌しく出かけようとすると、伯母が駈け寄ってきた。

「待っちゃんせ。いっき（すぐ）ちきあげ（さつま揚げ）が出来っで」

「馬鹿が、ちきあげどこいか」

伯父は伯母をどなりつけて花井をせきたてた。そして、背後から声を浴びせた。

「もう来《く》んな、来《こ》んでもよかでね」

心配してくれてるのはわかるが、言葉は冷たく響く。幼い頃に見た田の神どんのあのよそよそしさに通う。花井はふるさとの町を追われるようにペダルを踏んだ。昼飯抜きだから峠の急勾配はこたえた。未舗装の国道を二十キロも走りつづけて、流した汗は飛行場一周の駈け足にも劣らない。川内駅に着いたのが発車五分前とはきわどい。列車に乗り込むと二人はほっと胸を撫《な》でおろした。列車が動きだしたとき、花井が唐突につぶやいた。

「脱線事故は偶然に起きたのだろうか」

あれはどういう意味だったのか、津上はいまでもよくわからないと言う。圭介は花井の心情をけんめいに探った。

日常の出来事に偶然を許すと、ドミノゲームのように止めどもなく偶然が伝播《でんぱ》して行く。出水へ転属したことも、操縦員として空を飛ぶことも、青年期を戦争の真っ只中に迎えたのも、そして、ついには自分が生まれたことも。偶然が生んだ命は軽い。その死も軽い。有坂と演じた寒夜の殴り合いが茶番劇になってしまう。わが行く道はすべて必然、故あって生まれ、故あって成人し、故あって戦争に参加し、故あって命を砕く。その間を貫く鉄石の意志は一切の偶然を排除する。圭介はそのような花井像を築いて、これまで聞き知った花井の行動を復習《さら》った。

七

次の上陸日の前夜に、津上は花井に耳打ちされた。

「明日、伯父が出水まで来てくれるんだ。例のごちそうを持ってな。貴様にもぜひ箸《はし》をつけてもらいたいそうだ」

津上にはあいにくと先約があった。有坂と行動を共にすることにしていた。しかし、花井の誘いは捨てがたい。とっさに申し入れた。

「有坂も誘《さそ》おうか」

津上には二人の間を取りもとうとする気持がある。願ってもないチャンスだ。

ところが、花井は承知したが有坂が拒《こと》わった。

「俺か花井か、どっちかを選べ」

上陸の当日、有坂は隊内に居残って時間を調整した。みなに後れて隊門を出ると、津上が待っていた。意外である。

「花井と一緒じゃなかったのか」

「約束はこっちが先だ」

「そうか、ありがとう。実は十時の急行で東京から妹が来る」

有坂は土浦で見送ったのが最後の別れと覚悟していたのに、冴子は夏休みを待ちかねたように出かけてくるという。

「二人っきりだとしめっぽくなる。傍《そば》にいてかきまわしてくれないか」

「兄妹だけの大事な話もあるだろう」

「ない。お互いに生きていることを確かめたらそれでいいんだ」

有坂に頭を下げられると、津上は道化《どうけ》を買ってでるしかなかった。

「美人かね、妹さんは」

「美人というより利口な娘だ」

「いけねえ、苦手だよ」

東京発の下り急行列車が出水駅に到着した。ホームに降り立った冴子は、兄の名を呼んで駈け寄ってきたが、喜びの表現を抑制した。停車中の上り鈍行列車の窓に、兄と同じ純白の二種軍装を着用した多数の若者の眼があったからだ。彼らは水俣方面へ上陸するのだろう。冴子は東京の名門女学校の制服を着ていた。ウエストをベルトで締めたセンスの良さが評判のセーラー服である。冴子の姿を見ると車窓の若者たちは、憧れのまなざしを向けて名門女学校の名を呟いた。

そのとき、ここぞとばかり道化役が登場した。

〽命短かし恋せよ乙女

歌いながら津上は短剣をタクトにして車窓の若者たちを煽《あお》った。たちまち合唱が起きた。

〽朱き唇あせぬ間に

熱き血潮の冷えぬ間に

発車の汽笛が合唱を掻き乱したが、歌声は止まなかった。北へ遠ざかる列車に向かって、兄は挙手し妹は手を振った。そのとき兄妹は近くで頓狂《とんきょう》な声を聞いた。

「いけねえ、汽車に乗りおくれちゃった」

津上がひとり置き忘れられたようにホームに立っていた。冴子は有坂に囁《ささや》いた。

「あのコンダクター、つい夢中になったのね、なんだか申しわけなくて」

そんなわけで津上は有坂兄妹と行動を共にすることに成功した。しかし、どっちが道化役かわからないほど冴子は明るくはしゃいだ。

「近頃は駿河台《するがだい》をぶらついても味気《あじけ》ないの。まるで神かくしにあったみたいに、若い男の人はぜんぜんいないんだもの。ところが、こっちへ来てみて大発見。いるいる、わんさといるじゃないの。それも一級一流の青年ばかり。東京が空っぽになる筈だわ。お兄ちゃんの戦友ってみんなすてき。津上さんなんか佐野源左衛門の上を行ってるわ。大事な鉢の木を燃やすよりも、短剣をタクトにして振る方がよっぽどジーンときちゃう」

喋りまくる冴子に圧倒されて、津上には日頃の精彩がない。ピエロがヒロインにくわれるようでは用意したシナリオもがたがただ。有坂が急場を繕《つくろ》った。

「冴子は土浦で別れるときお兄さんがいると言ったね」

「うん、たしかに言ったと思う」

「だったらものほしそうに街をぶらついたりしたらいけない」

「素直に聞くわ、保護者の言うことは」

有坂には保護者の資格がない。利口な娘は言うことが辛辣《しんらつ》だ。対話が途切れた。こういうときのために道化役がついている。津上の出番だ。

「深刻な話をするなよ。約束だろう」

一言多い。道化役も失格した。いよいよおかしな雰囲気だ。冴子がふたたび陽気に喋りだした。

「私ってね、ときどき夢と現実がごっちゃになるの。だからつい嘘をついちゃうんだわ。嘘つき姫の勇み足、恋人なんていません」

ペロリと舌を出したが、つい口が辷《すべ》った。

「だから私はひとりぼっち」

兄妹は互いに本音をさらけだしてしまった。貴重な時間がむだに過ぎて行く。いつしか米《こめ》ノ津川《つがわ》に架かる橋の上にさしかかった。清流に鮎《あゆ》が群れ泳いでいる。津上が手を拍《う》った。

「鮎を食いに行こう」

上流に湯川内という鄙《ひな》びた温泉がある。宿の一室で三人はおそい昼食を待った。運ばれてきたのは塩焼、酢物、刺身、唐揚げ、どれもみな鮎料理である。津上はけんめいにホスト役をつとめた。

「東京では、いまどきこんなごちそうにはお目にかかれんでしょう」

「え、とてもとても」

「わかるな、身を乗りだす気持」

「あら、いつ私が」

「ちゃんと見てたんだから」

「うそ、うそ」

初めからこういくべきだった。宿の女主人がふかし芋を笊《ざる》に盛ってきた。主食の代わりである。

「唐芋《からいも》は鹿児島が本場ごわんでな、美味《うも》うごわんど」

津上がまぜかえした。

「美味《うま》いという自信があったら、なぜ薩摩芋と言わないんだ。ははあ、食べると尻から風が出るんであまり上品な食べ物ではないというわけか。それで原産地を海の向こうへ押しやったんだな。唐芋とはなんとまあ自信のない、東京の女学生は、おの字をつけておさつと言ってるのに、本場で唐芋とはおさつも浮かばれんね」

女主人は純度の高い鹿児島弁でまくしたてた。

「こんそつのんごろが、なんちかやしか」

　翻訳しておこう。

「この大酒くらいの酔っぱらいめ、なにをまぬけたことを言ってやがる」

　津上はなんのことやらさっぱりわからないから無難な言葉を返した。

「ありがとう」

　女主人は腹を抱《かか》えて笑った。笑われたら笑い返せばいい。津上も大声で笑った。有坂兄妹も笑いに巻きこまれた。道化役としては上出来である。

　おかげで津上の口の辷《すべ》りがよくなった。鮎料理にひとわたり箸をつけた頃から、津上の漫《まん》談調《だんちょう》飛行訓練物語は佳境に入ってきた。冴子は先へ先へと囃《はや》したてた。

「まあ、スティックを」

「そう、がしッと奪い取ったんです」

「やるわね」

「教員が慌《あわ》てたのなんの、後席でどなったりわめいたり、おだてたりすかしたり、とうとう泣きべそかいちゃってね、津上学生、お願いします。スティックを返して下さいときたもんだ。どっこいそうはいくかってんだ」

　津上は有坂の武勇伝をそっくり頂く気らしい。冴子はすっかり乗せられた。

「着陸はどうなるの」

「自分でやるしかないでしょう」

「度胸がおありなのね」

「いや、もうおっかなびっくり、でもどうにか、ドスン、ガタガタ……」

「津上さんは飛行機乗りに向いてるのよ」

「そんなわけで単独飛行はイの一番にやっちゃいました」

「うちのお兄ちゃんは」

有坂は笑ってごまかした。代わって津上が答えた。

「下手《へた》くそでね、まだ一人で飛べないんだ」

津上はすりかえ話をほんとらしく見せかける工夫を忘れなかった。

「有坂、一度操縦桿を握ったからには、地上勤務にまわされるなんて恥だぞ」

冴子が抗議した。

「適性がないのなら仕方ないでしょう」

妹は兄が死から遠去かることをけんめいに願っている。いまその願いを砕くのは酷だ。兄は妹を心安らかに東京へ帰したいと思う。津上は有坂の意に添ってくれている。

帰隊時刻が迫ってきた。改めて会うには一週間待たなくてはいけない。待っても日曜日に必ず上陸できるとは限らない。冴子に帰ってもらうしかないが、今日の今日では可哀そうだ。

「二、三日ゆっくりするんだね。ここの女将《かみ》さんに頼んでみよう」

有坂は席を立った。冴子はこのときを待っていたかのように津上に話しかけた。

「お兄ちゃんは子供のときから名人なの」

「名人って何の」

「喧嘩《けんか》するとすぐ相手の武器を奪っちゃうんです。棍棒でも木剣でも」

津上は絶句した。すりかえ武勇伝はとっくに見破られていた。

「いやあ、どうも」

ピエロの泣き笑いとは津上のこのときの顔をいうのだろう。冴子は善意の小細工を責めたりはしなかった。

「私がいちばん頼りにしてるのはね」

「僕じゃないですね」

「神様」

「なるほど」

「次が津上さん」

おどける津上に冴子は居ずまいを正した。

「兄をよろしくお願いします」

隊へ帰ってから有坂は津上に礼を言った。

「今日はなにかと気をつかってくれてありがとう」

「たいしたもんだよ、貴様の妹は。すっかり手玉に取られちゃった」

出水駅のホームで再会したとき、有坂は冴子に一瞬の眩《まぶ》しさを感じた。妹は兄に無断で少女期を終えている。いじらしい背信だ。幼い者としていたわってきた兄の優位がうつろいつつある。それでいいのだ。

「冴子はもう大人だ。これからは一人で生きて行けるだろう」

有坂はようやく心の内を整理した。

八

折から夏の盛りで、出水の空には毎日のように巨大な入道雲が湧き立った。その日も午後の陽を受けて、眩ゆいほどに白い雲の峰が連《つら》なっていた。地上から眺めるかぎり、積乱雲にマイナスのイメージを抱く者はいない。しかし、空を飛ぶときは要注意だ。うっかりその中に突入すると、奔騰する上昇気流にあおられて機体はばらばらになる。分隊長はお伽話《とぎばなし》めいた警告を発した。

「積乱雲は悪魔の棲処《すみか》と心得よ」

純白の雲塊をよぎる一点の朱色があった。積乱雲を背にして飛ぶ機影は絵になる。その一機が妙技を披露するように背面になった。すると小さな物体が加速度をつけながら落下して行った。

「人間だ」

気がつくなり飛行場の南西方面に、骨を砕くおぞましい響きを聞いた。

事故機を操縦していた練習生の報告によると、機が背面になる直前に、後席の教員が紙片を渡そうとしたが、風に飛ばされたという。女性問題で思い悩んだ末の自殺と聞いた。海軍は戦うことに無縁の死には冷たい。頽廃の極《きわ》みと死者を鞭打った。しかし、高度二千メートルの上空からわが身を大地に投げた壮絶な死に、学生たちは少なからず衝撃を受けた。軍隊にもこんな死に方があるのかと単純な驚きだけで鳧《けり》をつけた者もいたが、自分たちの死と結びつけて考える者も少なくなかった。

有坂の感想は謎めいている。

「何かを教えられたような気がする」

花井は穿《うが》ったことを言った。

「自殺できるほど、ここは戦場から遠いってことさ」

そうかもしれない。敵をみじんも意識することなく練習機は赤トンボの愛称よろしく朝昼夕と出水の空を乱れ飛んでいる。

飛行作業の後の座学は睡魔に勝てない。その日の講義を担当したベテラン偵察員の飛曹長は、実戦体験を漫談調に工夫したが、学生たちは次から次にダウンした。飛曹長はやんぬるかなと決断した。

「三十五分間その場に休憩、かかれ」

因《ちな》みに三十五分とは座学の残り時間全部である。そのとき高声令達器《ラウドスピーカー》のブザーが鳴った。

「第一警戒配備、配置ニツケ」

初めて聞く戦闘命令である。配置のない学生は所定通りに格納庫前に集合した。滞空中の飛行機も逐次降着して空から爆音が消えた。ところが、その後の指示が何もない。さては富士川の水鳥の類《たぐい》かと首を傾《かし》げたとき、飛行場のエンドに立つ陽炎《かげろう》に黒い影が幾つも揺《ゆら》ぎはじめた。そして、重油にまみれた戦闘服の負傷兵が、ぞくぞくと運ばれてきた。一体何が起きたのか、日本本土では考えられない凄惨な光景である。まもなく厳しい箝口令《かんこう》が布《し》かれて事実が判明した。天草灘《あまくさなだ》を北上中の軽巡洋艦「長良」が白昼に敵潜水艦の雷撃を受けて瞬時に爆沈したという。

戦場は遙か遠くだと思っていたのに、つい目と鼻の先の天草灘にまで敵の潜水艦が侵入してきている。戦勢を挽回するのは貴様たちだと言われても、対応できないほどにこの国の凋《ちょ》落《うらく》のテンポは早い。

九

訓練は計器飛行へと進んだ。その日の42号機は、前席が津上で後席が花井である。後席は座席をいっぱいに下げて幌《ほろ》で視界を遮《さえぎ》り計器だけを頼りに操縦する。前席は離陸と着陸だけを受け持つ。

津上の操縦で、機は二度ほどポーポイズして浮上した。とたんに花井ががなりたてた。

「バカヤロ！　引き起こしが早いんだよ。幌をつけてるから浮力がつきにくい。そんなことがわからんのか、この表六玉《ひょうろくだま》」

こんなときに限って伝声管の調子がいい。花井の甲高い声が、津上の鼓膜にがんがん響く。教員よりよっぽど口がわるい。花井を黙らせるにはすぐ計器飛行をはじめることだ。

「高度五百、針路二十度ヨーソロ」

津上は飛行要目を指示すると操縦を後席に委ねた。

機はぴたりと定針して所定の高度を保っている。

「高度そのまま、二百五十度ヨーソロ」

機は左旋回で大きく変針した。津上は当てもなく針路を変更したのではない。天草南方の洋上に誘導しようとしていた。その海域で数日前に、軽巡「長良」が艦を真二つに割って爆沈している。着底した艦内には遺骸が閉じ込められたままになっているだろう。津上は飛行服のポケットから二輪の花を取り出して膝《ひざ》に置いた。隊内の花壇からこっそり折ってきた百日草である。機上から花束を投下するのは搭乗員ならではのパフォーマンスだ。ひとり悦《えつ》に入ってると後席から声があった。

「高度を上げなくてもいいのか」

機は天草下島《しもしま》上空にさしかかっていた。島の脊梁山脈は標高五百を越えている。幌をかぶっている花井になぜわかったのか。こっそり外を見たにちがいない。

「花井、インチキするな」

花井の冷静な声が返ってきた。

「時速九十ノット、針路二十度で十五分、そこで二百五十度に変針すると間もなく天草下島の山にぶつかる」

花井は航法までやっていた。正確に機位を捉えている。恐れ入るしかない。

後《おく》ればせながら指示した。

「針路そのまま、高度八百」

機は天草下島を通過して洋上を西南西に飛びつづけた。薄い雲が機体をかすめて流れる。雲の切れ間にちらと小島を見た。雲に消されてまた見えた。白い尾を曳いている。島ではない。船だ。動いている。軍艦だ。軽巡「長良」の幻影か。まさか。

「戦艦だ」

津上は操縦桿を摑むとまっしぐらに降下した。花井はなにごとかと幌を畳《たた》んで座席を上げた。眼下の艦影がみるみる大きく迫ってくる。津上はバンクを振ってバンザイを連呼しながら艦の前檣《ぜんしょう》をかすめて飛んだ。この感動を一刻も早く地上に持ち帰りたい。

「計器飛行終わり、あとは俺が操縦する」

興奮している津上は操作が荒っぽい。ドスンと着陸の衝撃が大きかった。

「人員機材異状なし」

花井に皮肉られても津上はまだ頭に血が上《のぼ》っている。

「津上学生他一名、42号、計器飛行帰りました」

報告を受けると分隊長は軽く手招いた。二人は神妙に分隊長の前に走り寄った。

「どこをうろついてたんだ」

「は、山の方を」

分隊長は海の方を指さした。

「こっちからの無電をキャッチした」

そして、諳《そら》んじていた電文を宙に読んだ。

「貴隊所属ノ一機、本艦上空ヲ無断通過セリ、厳重ニ説諭サレタシ」

無電が先に届いていた。さすがは日本海軍。津上は事の重大さがわかっていない。

「戦場で艦の上空を通過する飛行機は敵味方を問わず撃墜することになっとる」

戦場でなくてよかったと胸を撫でると、分隊長は声を張り上げた。

「天草灘はすでに戦場である」

分隊長の説教を裏づけるかのように、昭和二十年の四月六日、沖縄へ出撃する第二艦隊が豊後水道を南下していたとき、艦隊上空を通過したわが紫電改戦闘機が戦艦「大和」の対空砲火によって撃墜されている。

津上は無礼を見逃してくれた戦艦の名を知りたくて戦後に調べてみた。マリアナ沖海戦に敗れて帰投した戦艦部隊は、七月八日には早くもシンガポールへ向けて出港している。「大和」も「武蔵」も「長門」も「金剛」も、八月上旬には日本の周辺にいない。サイパン沖で損傷した「榛名」だけが修理のために単艦分離して佐世保に入港している。八月の初めにはまだ佐世保にいた。津上ははたと膝を打った。わが非礼を黙許してくれたのは戦艦「榛名」にまちがいない。

十

編隊飛行は傍《はた》で見るほど易《やさ》しくはない。技倆未熟な二番機は一番機の上下左右を、ふらふらと位置が定まらない。一番機は空中衝突を恐れて二番機を避ける。そうなるとまるで空中戦だ。津上は一番機との距離をたっぷりとることで編隊飛行のお茶を濁すことにした。さっそく教員に言われた。

「空じゃ横着者は長生きでけんたい」

敵は必ず編隊から離れた機に襲いかかる。群れを離れた者は滅ぶ。これが自然淘汰の原則である。

編隊互乗という訓練項目があった。学生だけで飛ぶから多少の危険と緊張を伴うが楽しくもある。その日の搭乗割によると、津上は有坂とペアを組み、花井の列機として飛ぶことになっていた。編隊飛行を勉強するには、またとないチャンスだが、津上は二人に向かってうっかり口を辷らせた。

「腕くらべだと思ってガンバレ」

二機は矢筈山《やはずやま》の東の渓谷を、這い上がるようにして飛んだ。ペラが山肌を叩きそうになる。後流に樹々の葉が騒ぐ。それでも花井は避《く》けない。有坂は逃げない。津上は胆《きも》を冷やしっぱなしだった。二人をけしかけたことが悔やまれる。

稜線に飛び出すと一番機が翼を振った。交代のサインである。有坂は増速して前へ出た。花井は二番機の位置に就いた。二機は翼を連ねて不知火海《しらぬいかい》へと降下して行った。次はどうなるのか。一番機は緩《ゆる》やかに螺旋《らせん》を描いて上昇した。二番機はぴたりとついてくる。上昇するにつれて気温がぐんぐん下がった。津上は飛行服の下に褌《ふんどし》一丁だから寒くてたまらない。伝声管に泣きついた。

「富士山より高い」

さばを読んだにしても高度計は三千五百を示していた。有坂はようやく水平飛行に移った。そして左手で大きく縦に円を描いた。まさか編隊宙返りを。津上はぶるった。花井は後上方で大きくうなずいている。やる気満々だ。二機は逆落としに突っ込んだ。たちまち地表が浮き上がってくる。高度千五百で有坂はスティックをいっぱいに起こした。急降下から急上昇すると三Gがかかる。三倍の重力に圧し潰されて、津上は蟇《ひきがえる》のように後部座席に張りついていた。宙空に描いた円の頂上で有坂はロールを打って水平飛行にもどった。

「どうした、二番機は」

その場に機首を回《めぐ》らしてぐるりと見渡したが、それらしい機影はない。

天草南端の長島と九州本土を隔てる狭水道の黒ノ瀬戸に朱色の物体が浮いている。有坂はスロットルを全開にしてその方向へ飛んだ。物体はまぎれもなく九三中練だ。機は仰向《あおむ》けに転覆している。翼の上に二人の人影があった。

「降下する。しっかり見ててくれ」

有坂は狭水道へと機首を突っ込んだ。ぎりぎりまで高度を落として、花井と同乗者の無事を確認した。近くに漁船も走っている。差し迫った危険はない。気がつくと、眼の前に長島の断崖があった。とっさに垂直旋回でかわすとまた一難、九州本土からの高圧線が伸びている。どきりとしたときはその下をくぐっていた。

指揮所に備えつけてある七インチ双眼鏡が、バンクを振りながら低空で突っ込んでくる機影を捉えた。

分隊長は緊急事態とみてテントの外に出た。その頭上を通過した機から飛行靴が投下された。中には有坂のメモがあった。それは事故を伝える最初のもので、数分後に長島の郵便局から電話があったときには、すでに応急隊が出動していた。

花井たちが帰隊するのを待って事故の当事者四人は分隊長に呼ばれた。花井は率直に報告した。

「編隊飛行に夢中になり補助タンクに切り換えるのを忘れ燃料切れでエンジンがストップしました」

「そういうときはすぐにコックを切り換えてポンプを突けと教えてあるだろうが」

「気持が動転して不時着のことしかアタマにありませんでした」

分隊長はドスンと棒で床を突いた。

「編隊宙返りなどと思い上がるのもいい加減にせい」

酒保止めか上陸止めか、悪くすると飛行止めだ。四人は神妙に覚悟した。ところが、分隊長はさらりと態度を翻《ひるがえ》した。

「但し、行《ゆ》き脚《あし》があってよろしい」

艦船はエンジンを停止しても余力でなお前へ進む。海軍では積極的でやる気のあることを行き脚があると言う。

「巡検終ワリ、煙草盆出セ、明日ノ日課予定表通リ」

学生舎のスピーカーがその日の課業はすべて終わったことを告げた。夏の夜の涼を求めて屋外の煙草盆へ出かける者も少なくなかったが、有坂はその気になれなかった。そこへ津上がやってきた。

「花井が言ってたぞ。貴様の腕と度胸には恐れ入ったとさ。超低空の狭水道進入、断崖すれすれの垂直旋回、高圧線のくぐり抜け、派手にやったもんだな。だけどいまにも沈みそうな不時着機の翼の上で、始めから終わりまで見てるなんて、これもたいした度胸だ。貴様たちの今日の腕くらべは、五分と五分、引き分けだ。しかし、こっちは寿命が縮まった。もう二度とご免だね、貴様たちの後席は」

編隊宙返りの仕掛人がやっと口を開いた。

「俺は危うく、花井を殉職させるとこだった」

津上は有坂の心を読むのに、一刻を費やした。

「明日の日課、予定表通り。がんばりましょう」

有坂の臍《へそ》のあたりをポンと叩いて去った。

十一

出水航空隊の滑走路は舗装されていなかった。朱色の練習機には緑の芝生がよく似合う。着陸したときの感触が柔《やわら》かい。ところが、八月の半ばを過ぎた頃に、陸上爆撃機「銀河」の実戦部隊が移駐してきた。双発の「銀河」は、全備重量が十トンを超える。九三中練の七倍だ。それが連日離着陸するから緑の芝生は剝げちょろけになった。誉《ほまれ》型エンジンの発する爆音は大気を裂くように鋭《するど》い。高度三千から指揮所を目標に三百ノットで急降下しては地上すれすれに引き起こす。「銀河」の降爆訓練は天降《あまくだ》る魔神と見まがうばかりにものすごい。学生たちは度胆《どぎも》を抜かれた。

「銀河」「銀河」と興奮する津上を、花井がからかった。

「前にも一度、彼女に会ったっけ」

「女の話なんかしとらん」

「船も飛行機も英語では彼女だよ」

「おお、彼女の名は『銀河』」

「幼名をＹ20」

土浦で霞ヶ浦の航空廠を見学したことがある。そのとき「銀河」はまだ試作機として翼を並べていた。案内役の技術士官はＹ20と呼び雷爆兼用の陸上爆撃機として抜群《ばつぐん》の性能を備えていると語った。プロペラ時代の軍用機は性能が向上するほど外観が良くなる。斜め前から見るのが「銀河」のベストアングルだ。鷲が両翼付け根の筋肉を盛り上げ、強健な脚で爪先《つまさき》立ち、獲物を狙って飛び立とうとする姿に似ている。

「赤トンボはもう飽《あ》きちゃったよ。早いとこ『銀河』に乗せてくれんかな」

津上の「銀河」熱に花井が水を差した。

「俺はフェアチャイルドの方がショックだったな」

「なんだ、それは」

「初対面の『銀河』の傍に南方の戦利品とかで、アメリカの自家用機が一機並べてあっただろう」

「さあ、知らんな」

「それがフェアチャイルド、かわい子ちゃんとでも訳すか。九三中練より小さくて、ずんぐりしてるんだ。妙に気位《きぐらい》が高くてね、アメリカの国力を鼻にかけてるみたいだった」

花井は最新鋭機Y20とフェアチャイルドを対比しながら思った。

「日本には『銀河』を造る技術がある。問題は、自家用機を必要とするほど国が豊かでないことだ。西欧文明に追いつこうとして、営々と八十年、ここに至った是非はともかく、戦争に突入したからには、一気に技術水準を高めなくてはいけない。しばらくは人文科学が自然科学に奉仕するのも仕方のないことだ」

学徒出陣への蟠《わだかま》りは完全に消えている。花井もまた「銀河」のファンだった。

その「銀河」が燃えた。エンジン不調で離陸を断念した一機が、飛行場のエンドぎりぎりで機首を回《めぐ》らし無事と思えた一瞬、整備中の他の一機に激突した。二機が同時に火を噴いた。黒煙が渦巻《うずま》き搭乗員と整備員が七つの命をその場に焼いた。

「『銀河』は欠陥機《けっかんき》だ」

花井はそんな噂《うわさ》を耳にした。南九州の夏の終わりはまだ暑い。翼の下の日陰は恰好の涼み場所だ。数人の整備員が休んでいた。花井は彼らの話を聞くともなく聞いた。

「整備員泣かせの『銀河』だぜ。ややこしくてしようがない」

花井はこれだと思った。「銀河」欠陥説の正体は、人間がメカに追いつけないことだ。息をつく間もない米軍の攻勢に翻弄《ほんろう》されて、整備員も搭乗員も新鋭機に習熟する暇がない。花井は例のかわい子ちゃんがほくそ笑んだような気がした。九月になると「銀河」部隊は早くも前線基地へ飛びたった。果たして十分に訓練を積んだのだろうか。

十二

中練教程は予定通りに消化されて訓練は最後の仕上げにかかった。この時期になると適性のある者とない者とでは技倆の差が一段と大きく開く。中には操縦員として失格ではないかと思われる者もいたが、分隊長は温情溢れる訓示を垂れた。

「ひとたび操縦桿を握ったからには空で死なせてやる」

そんなわけで技倆拙劣《せつれつ》な学生に特別訓練を施すことになった。ところが、九月になるとベテランの教員たちに、ぞくぞくと実戦部隊への転属命令が届いた。大規模作戦の予兆である。教員不足を補うために学生の中から技倆優秀な者が抜擢《ばってき》された。有坂も花井も選ばれた。誰が誰を教えるかは分隊長の裁量による。

「こういう重大な決定をするときの俺流のやり方がある。公平無私、即断即決だ」

組み合わせはあみだ籤《くじ》で決まった。花井は弓削《ゆげ》学生の面倒をみることになった。相手は誰でもよかったが、この男にだけはこだわった。土浦の棒倒し競技で、花井が失神するほどの激しいパンチを食わせたのがこの男だ。弓削は大学の拳闘部で鍛えている。スポーツマンシップを大事にする男なら拳闘まがいの攻撃は自ら封じるだろう。弓削は臆面もなくスポーツを暴力に転化したばかりか誇らしげに闊歩した。戦場で役立つならそれもいいだろう。しかし、空では真の勇気を厳しく問われる。花井のしなやかな手が弓削の拳に勝った。弓削はいま花井の前に叩頭《こうとう》して教えを乞わねばならない。海軍には簡便で万能な挨拶がある。

「願います」

これで一切が解決する。花井は弓削のその一言を待った。

有坂が花井を呼び出した。

「話がある。巡検後に煙草盆で待ってる」

煙草盆には弓削もいた。有坂とペアを組んだ立石もいた。有坂が花井に申し入れた。

「分隊長の了解済みだ。弓削と立石を入れ替えてくれ」

事前の相談もなく一方的に押しつけるとは無礼だが大凡《おおよそ》の察しはつく。花井は弓削を見据えた。

「言いだしっぺは、貴様か」

弓削は眼を落とした。それ以上追求すると不快な因果が絡《から》む。花井は有坂の申し入れを了承した。

弓削とトレードされた立石は、大学時代に柔道で鳴らしている。拳闘が柔道に替《かわ》っただけのことかと、花井は皮肉をこめて立石に向きなおった。すると立石が挙手した。そして、弓削に期待したあの一言が立石の口をついて出た。

「願います」

見かけによらず律儀な男らしい。花井も挙手を返した。

「了解」

師弟の契《ちぎ》りはさわやかに交わされた。ところが、相手は曲者《くせもの》だった。

「貴様、童貞だな」

師に対して無礼極まる。花井が不快感を顕《あらわ》にすると、立石はますます調子に乗った。

「ほれほれ、すぐそうやってふくれる。石部金吉のわるい癖《くせ》だ。俺の教官になるからには融《ゆう》通《づう》をきかせ。いいか花井、明日飛んでみればわかるけど、俺の下手くそにはびっくりするよ。でもな立石学生は見込みがありませんだなんて口が裂けても言うんじゃないぞ。闘志と熱意は抜群ですと分隊長に報告しろ。わかったか」

こういう脅迫は気分がいい。花井の口もとがほころんだ。しかし、翌日の同乗飛行では僅かのミスも容赦《ようしゃ》しなかった。

「それでも俺に言わせる気か。立石学生の闘志と熱意は抜群ですと。バカヤロ！　逆立ちしたって言えるかい」

地上では威勢のいい立石だが、空に上がると気が弱くなる。これ程《ほど》こっぴどくやられるとさすがに意気消沈した。前後席をつなぐ伝声管に声が通わない。沈黙したまま機は誘導コースを飛んでいた。

花井はことさらに非情を鎧《よろ》う自分が腹立たしくさえあった。心中秘かに思う。

「俺のいまの姿を見たら、母はさぞかしわが子の変わりようを嘆くだろう。俺にもむかしはふくよかな優《やさ》しさがあった。ときにはそれを取りもどしたいと思う。しかし、優しさは強さにつながらない。いまは強さが必要なのだ」

花井は自分の在り方を肯定した。

夕食後に立石はひとり飛行場の方へ歩いて行った。その様子を学生舎の窓から見ていた花井は立石の後を追った。

爆音が消えた夕暮れどきの飛行場は、休息を強要するような静寂に包まれている。立石の姿はどこにもない。花井は単独飛行を明日に控えたときの自分の姿を思い出し、格納庫の裏の通用口から中を覗《のぞ》いてみた。

九三中練がぎっしり収容されている。無駄な空間を残さないために主翼と他機の尾翼が重なるように並べてある。そのために見通しがきかない。いくつかの主翼をかいくぐったとき、花井は一番奥に押し込まれた機の垂直尾翼がかすかに動いているのに眼をとめた。誰かが操縦桿を動かしている。花井はその方へ近づいて行った。立石がいた。前席に坐って操縦桿を手に瞑目している。空を飛んでいるつもりになってるのだろう。真剣なその顔は他人を寄せつけない。

花井はそっと垂直尾翼に触れた。とたんに尾翼が左右に激しく振られて花井の手を弾きとばした。花井が声をかけた。

「立石、行こう、温習時間五分前」

「花井、だめか俺は、見込みがないか俺は」

「貴様の熱意には恐れ入った」

「おべんちゃら言うな」

立石の声はひどく湿《しめ》っていた。花井は咳払《せきばら》いをして分隊長の声色《こわいろ》を真似《まね》た。

「ひとたび操縦桿を握ったからには空で死なせてやる」

立石は気持を切り換えるのが早い。大声で笑った。操縦席から跳び降りると改めて挙手した。

「願います」

花井はその日、一人の友を得た。娑婆では、このような異質の男の間に友情が芽生えることはめったにない。

特別訓練のペアには、二つのタイプがある。花井と立石のペアは教えられる方が熱心である。逆に教える方が熱心なのは有坂と弓削のペアだ。

有坂は弓削の当初の申し入れを好意的に受け止めた。花井へのこだわりを良心の呵責《かしゃく》とみたからである。それだけに脱落させまいとけんめいに指導した。すでに五日目だ。訓練はその日で終わることになっていた。

「弓削、拳闘のリズムを思い出せ。あれだよ、操縦のリズムも。やってやれんことはない。右旋回、矢筈山ヨーソロ、そうだ、そうだよ、いいぞ、その調子だ。辷る、球が辷る、球だ、戻せ、おそい！　当舵《あてかじ》は早目に、だめだ、機首が下がる、下がる、上げ過ぎだ、バカヤロ！　やめっちまえ」

有坂はついに匙を投げた。もう二度と教える気がしなかった。

「貴様はどうしてそんなに拙《まず》いんだ」

絶望の問いかけが精いっぱいだった。それに答える弓削の声は卑屈な哀願だった。

「有坂、頼む、分隊長に言ってくれ。地上勤務にまわしてくれるように」

有坂は冷静に問い返した。

「貴様は初めからその気だったのか」

「空を飛ぶのが怖《こわ》いんだ」

「それで花井を避けたのか」

「あいつは俺を恨んでる」

「俺だと安心てわけか」

「君は花井とは仲がよくないし」

こういう言い方をされると、有坂は心底《しんそこ》から怒る。

「貴様の知ったことか」

有坂はスロットルをいっぱいに開いて急上昇した。有坂と花井の対立は、他人の介入を許さない、二人だけの聖域だ。そこに土足で踏み込んでくるような奴は、絶対に許せない。機は大気を抉《えぐ》るようにして上昇した。有坂は弓削の胸ぐらを摑んで空高く引きずり上げているような気がした。

「貴様ともこれまでだ。別れの挨拶をしとこう」

高度三千、水平飛行に移ると有坂は気合を入れた。

「行くぞ!」

エンジンを絞《しぼ》って急降下する機は、弓削の悲鳴を吸ったように甲高《かんだか》く風を切った。下降線の底で、スロットルを開き、スティックをいっぱいに起こした。引力に逆らう呻《うめ》きか、爆音が重苦しい。弓削は蟇のように前席に張りついていた。直径二百メートルの巨大な円を縦に描いてさらにもう一度、有坂は連続して宙返りを打った。

天と地がようやく在るべき位置に定まった。初秋の空が美しい。有坂の昂ぶりは鎮まったが、弓削はグロッキーだ。吐《は》き気《け》を催して口に手をやった。有坂がどなった。

「手袋、手袋に吐け」

手放しで吐かれてはたまらない。汚物は風に飛ばされて後席はもろにひっかぶる。手袋が満杯になってもなお吐瀉《としゃ》がつづく。弓削の胃の腑はまだ空っぽではない。

「バカヤロ！　飯だけは一人前に食いやがって」

伝法《でんぽう》が板についている。有坂もいつしか海軍航空隊特有の無頼《ぶらい》の口調《くちょう》に馴染《なじ》んでいた。

半液状の汚物で膨《ふく》らんだ飛行手袋を捨てるに捨てられず、むかつく汚臭《おしゅう》に耐えている弓削の姿は哀れを極めている。わが非情を悔いはしたが、有坂にはバランス感覚が保たれていた。連続宙返りで弓削を打ちのめしたからには誰よりも激しく空で戦おう。戦いの果てにある死を俺は決して恐れない。

有坂は弓削に伝えた。

「分隊長に報告するよ。弓削学生は適性がありません。操縦員には不向きです。それに、一言加えよう。本人のけんめいの努力にもかかわらずと」

「有坂、ありがとう」

裏切者が憐れみを受けて感謝している。弓削の卑屈な態度を唾棄《だき》したとき、有坂の自問自答がはじまった。

「弓削が何を裏切ったというのか」

「総員戦死を共にする運命共同体をだ」

「運命共同体のスローガンは」

「俺も死ぬから君も死ね」

「他人の死を当てにするのか。そんなひ弱な死を束《たば》ねても総員心中がいいところだ」

運命共同体の幻想は消えた。裏切る実体など、はじめからありはしない。弓削は落伍者にすぎないのだ。哀れな弱者に小善を施《ほどこ》して悦に入るとは語るに墜《お》ちる。唾棄すべきはわが心と知りつつも、有坂は自己嫌悪を払おうとして、さらに小善を重ねるしかなかった。

有坂は滑走路の外れの夏草が伸びているあたりに着陸して停止した。

「弓削、車輪を点検するふりをして、手袋の中の汚物を捨てろ」

有坂はようやく平静さを取り戻した。

十三

出水の空を二十七の朱色が華麗なショーを展開した。今日は早くも卒業飛行である。編隊飛行は全機が同一平面上を飛ぶのではない。二十七機では指揮官機の後に七つの段列ができる。段列ごとに五メートルの高度差をとるから、編隊は三十五メートルの高度差のある立体的な構造になる。編隊は緩《ゆる》やかに左へ旋回した。段列が傾いて津上は編隊の頂点に押し上げられた。二十七機がそっくり視野に収まる。あの機に有坂、あの機に花井、それぞれの機に友の名を嵌《は》めた。壮快の極みだ。朱色のフォーメーションが巨大な造型美を保ちつつ天空を斜めに切り裂《さ》いて行く。しかし、空飛ぶ果てに何があるか、彼らは一刻も忘れなかった。四ヵ月の中練教程は終了した。これから専門機種に分かれて各地の航空隊へ散って行く。筑波の戦闘機隊へ行く津上は、宇佐へ転属する仲間を帽を振って見送った。その中に有坂がいた。花井もいた。機種は艦上攻撃機である。二人とも、洋上零メーターをひたすら魚雷の射点を求めて飛ぶ雷撃機の操縦に適している。

第二の語部《かたりべ》にも、ようやく語り終えるときが来た。山里は鶏の声で明ける。津上和尚は立ち上がって庫裏《くり》の戸を開けた。そして、白みはじめた東の空に向かって合掌した。

第三章　別　離

一

圭介はまたしてもルートを指定された。第三の語部《かたりべ》重松雄次郎の手紙には次のように記されていた。

「九月二十八日に熊本駅から午後の列車で阿蘇のカルデラを越えてください。日豊線の柳ヶ浦駅で夜の八時に会いましょう」

手紙を受け取ったのは七月の半ばだから、二ヵ月以上も待たされることになる。なぜ九月二十八日なのか。説明を待つまでもない。かつて有坂や花井が出水航空隊を退隊した日だ。彼らは、熊本駅で豊肥線の午後の列車に乗り換えて阿蘇のカルデラを越えた。そして、夜の八時に宇佐航空隊の玄関口である柳ヶ浦駅に到着している。

同じ日に同じルートを辿れとは、語部《かたりべ》の並々ならぬ意欲を感じる。圭介は追想の旅を、より充実させようと重松に返事した。

「熊本を通り過ぎて出水まで行き、折り返して御指定のルートを辿ることにします」

先方も熱意を感じたらしく、当時の刻明な記録を送り届けてくれた。おかげで追想の旅は解説が付くことになった。

指定された九月二十八日の朝早く出水駅に降り立った圭介は、かつての飛行場の跡を訪ねた。その一部がゴルフ場になっていたが、出水平野のおおよその地形に変わりはあるまい。見渡す風景に聞き憶えた地名を配り、空に夏の名残《なごり》の白い雲を飾ると、有坂や花井が演じたドラマの舞台が甦《よみがえ》った。

中練教程を終了した彼らは、紺の一種軍装を取り出して、白の二種軍装を行李に詰めた。ふたたび白い軍服を着ることはないだろう。また来る夏がないのなら、せめて逝《ゆ》く夏を惜《お》しもう。旅立ちの日はそんな感傷を誘うように汗ばむほど暑かった。四ヵ月前に初めて出水駅に降りたときも、彼らは紺の一種軍装を着用していたし、あの日も汗ばむほど暑かった。来たときも去るときも同じだ。同じということに人の心は安らぐ。

出水駅で上り列車を待つ彼らに昂ぶりはなかった。来たときは空を飛ぶという未知へのときめきがあり、去るときは空を飛びつづけるという成熟した気分に包まれていた。

それから二十四年後の同じ日の午近くに、圭介も出水駅のホームに立っていた。有坂の幻影が圭介の追跡を拒《こば》むようでもある。しかし、歴史の落穂は拾わなくてはならない。

宇佐航空隊へ赴任するのは、艦上攻撃機六十四名と艦上爆撃機四十六名の合計百十名である。土浦に集結したときの二千数百名が百十名に絞られた。数が減っただけに運命を共にするという仲間意識が濃くなった。

車中に輸送指揮官はいない。軍服を着た集団ではあっても部隊ではない。あくまで個人の行動である。熊本で豊肥線に乗り換えると、国鉄は彼らのために特に二等車を増結してくれた。これで転属の旅は一層快適になった。

列車は午後の陽を浴びて、阿蘇山麓の勾配をゆるやかに上って行った。車窓に移ろう秋景色は優しい。祖国の山河はわがために死ねとは迫ってこない。そのことが却って彼らをその気にさせた。

けれども車内の雰囲気は至って明るい。彼らは解放された自由を貪《むさぼ》るように楽しんだ。そして、珍なる発言が飛び出した。

「われらがミスターネービーは誰だろう」

近頃は画一的な軍服にも個性が滲《にじ》み、それぞれに短剣姿がよく似合う。一番の美丈夫は誰かというわけだ。俺だ俺だの売り込みが笑殺された後に、意見の一致をみた。

「有坂だ」

海軍の若い士官には、他愛のない隠語を濫発《らんぱつ》して楽しむ稚気《ちき》がある。彼らもようやく隠語になじんできた。

「有坂、貴様はＭＭＫだろう」

ＭＭＫとは、女にもてても困ることを言う。言われて有坂は鋭く切り返した。

「貴様たちは、軍服を着ることの意味がわかってるのか。女にもてるためじゃない。交戦国のすべての敵国人に対し、個人として宣戦布告をすることだと俺は思う。地球上の全人口の三分の二は敵国人だぞ。軍服を着たからには、彼らにいつどこで斬られようと撃たれようと文句は言えん。軍服は戦争のルールに従うという宣誓の印だ」

ロジカルな学徒兵はロジックに弱い。誰も反論しなかった。有坂は語調を和らげた。

「ミスターネービーとは最も海軍軍人らしい奴を言う」

有坂は、いちばん後ろの席の窓際に坐っている花井に眼をやった。

有坂の思惑とちがって、そのときの花井は少しも軍人らしくなかった。出水を退隊するまぎわに、花井は一通の封書を受け取った。訓練にゆとりができた九月の初め頃に、時期おくれの暑中見舞をばら撒《ま》いたが、そのときの返事の一つである。公法の権威として著名なその教授は、検閲を気づかって表現をぼかすようなことはしなかった。

「君が大学に戻ってくる日まで、老骨に鞭打ちながら研究室を守っています」

これでは検閲をパスするのはむつかしい。しかし、花井たちの分隊長には、俺だってインテリだという愛すべきポーズがあった。問題はむしろ受け取った方にある。教授の愛弟子《まなでし》は、かつてのイメージとはかなり違った男に変貌していた。知性はすべて虚飾と断じ、空飛ぶ技倆こそ最高の価値とうそぶいている。官学アカデミズムに秋波《しゅうは》を送られていまさら迷うものかと、花井は居直った。こうなると総員戦死の旗手としての気品さえも汚す。傲岸不遜は慎もう。

花井は改めて文面を読み返した。教授の温情が胸を打つ。返事は車中で書き終えないとその後に暇はない。しかし、焦れば焦るほど考えがまとまらなかった。

阿蘇の外輪山を上りつめたのか機関車の喘《あえ》ぎが止んだ。なんとなく尻のあたりが軽い。上昇飛行から水平飛行に移るときの、Gが脱けるあの感覚に似ている。

高原は一段と秋が濃い。沿線の集落には、人の気配がまばらだ。男たちがみな召集されたからだろう。阿蘇の五岳が嶺を連ねて巨大な涅槃像《ねはんぞう》を象《かたど》っている。その景観は赴任途上の彼らの心象にこよなく通う。飽《あ》かずに見つめる百十名に、そのときはまだ死は等距離に在った。

花井は自分ひとりが遊離していることに気がつくと一気にペンを走らせた。

「先生、お手紙の中の君という単数を君たちと複数に改めることをお許しください。私たちはみなそれぞれに期待されながら未完のまま出陣した学徒兵だからです。私たちはいま諸生方のかつての御期待に背きつつあります。軍人としてより大いなる期待に応えるために」

花井は坊中駅で老駅長に投函を依頼した。

阿蘇のカルデラは忽ち尽《つ》きた。列車は鉄輪をきしませて走り下った。阿蘇の景観が刻々と移り変わる。五岳の涅槃像《ねはんぞう》が崩れて、鋭い巌峰が連なる凄絶《せいぜつ》な山容が迫ってきた。そこは鬼の棲処《すみか》か、行く手には鬼の宇佐空。訓練の厳しいことで宇佐海軍航空隊は部内に鳴り響いている。九州横断の旅は大分駅に到着して終わった。

日暮れを待って日豊線に乗り継いだ。灯火管制で町や村は闇に潜《ひそ》んでいる。その闇をまさぐるようにして、列車は北へ走ること二時間、ようやく柳ヶ浦駅に到着した。鬼の宇佐空の玄関口である。

二

圭介は彼らの足跡を忠実に辿ってきたが、かつての重苦しい闇を体験することはなかった。日豊線の列車の車内は煌々《こうこう》と明るく、沿線の町や村は灯火に映えて、別府の街などは昼にも勝るきらびやかな夜景を見せていた。追憶の旅は喧騒《けんそう》を忌《い》む。幸い柳ヶ浦駅で降りた乗客は数えるほどしかいなかった。駅舎は古びるに委せてある。くるま社会の浸透で鉄道の斜陽化に拍車がかかっているようだ。昔のままはありがたい。圭介は紺色集団の幻影に埋もれて駅前広場に佇んだ。

正面から耕耘機《こううんき》が突っ込んできた。危うく難を逃れると、野良着《のらぎ》姿の男が降りて、いきなり話しかけてきた。

「今日は二日分働いてきた。明日はあんたにかかりっきりでよかちこ」

第三の語部《かたりべ》の登場である。約束の午後八時ぴったりだが、野良着姿でお出ましとは恐れ入った。重松は初対面の圭介に釈明する必要を感じたらしい。

「わしも背広を持たんわけじゃないが、あれを着ると自分が自分でなかごとなる。この扮《な》りで来たんは、あんたを大事な客と思えばこそじゃ」

市会議員もつとめているというのに、重松は野良着を誇りにしている。この純朴な人柄は期待できる。かつての体験を大事にしているにちがいない。

今夜の宿を用意してあるというので、圭介は耕耘機の後に従った。

夜のしじまを細切《こまぎ》れに刻むエンジンの音を聞いたのか、旅館吉田屋の玄関の戸が開いた。迎えに出た女将はなかなかの美形である。重松と女将の会話はまるで掛け合い万歳《まんざい》だ。

「大分県はレベルの高かと、な、女将《おかみ》」

「何のことじゃろう」

「竹田美人に日田美人、中津美人に宇佐美人ときた」

「私の顔を見て言わんでもよかでしょう」

「どうじゃ、美人コンテストに」

「もう四十ですよ」

「まだまだ」

そこまでは女将もにこやかに応待していたが、レベルの高さを強調するあまり重松は調子に乗りすぎた。

「やめたがよかろう。予選にも通らん」

「どうせ私は醜女《ブス》ですよ」

「こらしもうた。仙石さん。泊まっても飯は出んかもしれんね」

「困りますよ」—

「いまさら美人とは言えんしな」

「言わせてみせようか」

「言うもんかい」

「よかとですね、選挙のとき投票せんでも」

「いかん、いかん。よか女ごたい。帳場に坐らせとくのはもったいなかちこ」

「重松さんとはいつもこんな調子ですの」

奥から出てきた男が丁重に頭を下げた。

「吉田屋の養子でございます」

「主人もむかし航空隊に居りましたの」

「主計の下士官です」

圭介が挨拶代わりに言った。

「当時のことをいろいろ聞かせて下さい」

「やめとけ、のろけ話を聞かされるのが落ちじゃ」

重松の冗談がまたも笑いを誘った。そのときは気にもとめなかったが、吉田屋旅館の一件は後になって、圭介に意外なことで役立つことになる。

圭介は二階の和室に案内された。重松が縁側の硝子戸《ガラスど》を開けた。

「すぐ下に川が流れちよる」

ヤクカン川とは駅館川と書く。川の名はいかにもゆかしく歴史めく。その由来は遠く平安奈良の御代まで遡《さかのぼ》るのかもしれない。重松は言う。

「遠い昔のことはようわからんが、二十数年前のわしらが駅館川の畔《ほとり》で体験したことは、歴史そのものじゃとわしは思うちよる」

歴史そのものとは何か。史観のちがいはあっても決して篩《ふる》い落とされることのない価値ある事象をいう。圭介は明日の語らいに期待した。

駅館川の瀬音を聞きながら旅の一夜を過ごした圭介は、朝食もそこそこに宿を出て、宇佐神宮へ通ずる道を西へ歩いた。約束の場所に重松が待っていた。北西の方角に、房総の鋸《のこぎり》山《やま》とハワイのダイヤモンドヘッドを一緒にしたような特異な姿の山が見える。圭介が山の名を訊くと質問が的を射たらしい。宇佐に居った者の合言葉じゃ」

「八面山《はちめんざん》、ヨーソロ。宇佐に居った者の合言葉じゃ」

八面山の麓にひろがる宇佐平野の美田は、遠い昔から宇佐神宮に神饌米《しんせんまい》を供えつづけてきたが、その間に九年の空白がある。昭和十二年から昭和二十年まで、ここは海軍航空隊の飛行場だった。

「大勢死んだなあ」

重松の感慨は端的に空白の時を語る。秋の田の黄金色こそ鎮魂の色、飛行場が昔ながらの美田によみがえったことに安らぎを覚える。

田の畦道《あぜみち》を進むと稲穂に隠れて台石が残っていた。宇佐空の隊門跡だという。第三の語部《かたりべ》はようやく語るべき場所に立った。

三

阿蘇のカルデラを越えてきた百十名には、兵舎の二階が学生舎に当てられた。またもや釣床生活に逆戻りだ。

「今度来た連中は高学歴にして釣床訓練の特技がある」

教官どもの下手なユーモアだが、あえて釈明しよう。狭義の学徒出陣は徴兵である。彼らだけは最下級の水兵を体験した。釣床を扱い馴れているのはそのためだ。

宇佐で迎えた初めての朝は釣床を収納する慌しい動きからはじまった。学生舎を走り出て朝礼の場に急いだとき、彼らは鬼の宇佐空の実態を見せつけられた。若い士官の集団が、下士官兵の動作が緩慢《かんまん》だと罵声を浴びせては、片っ端から殴りつけていた。鼻血を流す者、這いつくばる者、卒倒する者もいる。こんな凄絶な修正は見たことがない。甲板士官にしては数が多すぎる。彼らはつい一ヵ月ほど前に少尉に任官したばかりの海軍兵学校七十三期の偵察専修学生だ。在隊する者約八十名、どんなエリート教育を受けたか知らないが、彼らは、善行章を五本もつけた老練下士官でさえ容赦しなかった。善行章五本は海軍の在籍十五年を示す。長年かけて水兵から叩き上げてきたのに、士官への道は狭く閉ざされている。口許に貯えた美髯《びぜん》は功成り名遂げた満足の印《しるし》でもあっただろうに、その誇りは部下の前で無残に砕かれた。相手は抵抗しない。それを承知で暴行の限りを尽くすとは、武士が百姓を試《ため》し斬りにするのとどこがちがう。並みいる兵学校出身の士官は何も言わない。後輩どもの士気旺盛とみて満足しているのか。

名にしおう宇佐空は朝から殺気だっている。軍紀厳正というはおろか、恐怖におののく反射神経が逆立っているにすぎない。新参の十四期操縦学生の中にも不運な者がいた。釣床係を勤めた花井は最後に学生舎を離れた。屋外に走り出たとき、

「おそい！」

破鐘《われがね》のような怒声を浴びて左の頬に激しい修正を受けた。不意のカウンターブローに足腰がふらついた。見るに見かねた立石が駈け戻って肩を貸した。

その日の巡検後に、立石が花井の釣床の下にやってきた。

「今日から俺は貴様の用心棒だ」

柔道三段のこの男は、技倆拙劣で危うく搭乗配置から外《はず》されそうになったが、花井のおかげでどうにか中練教程を終えることができた。用心棒を名乗り出たのも花井に恩義を感じてのことだろう。しかし、至って口がわるい。

「貴様という奴は空に上がるとまあまあだが、地べたにいると見ちゃおれん。なんでえ、偵学野郎の修正を真っ先にくらいやがって」

花井は釣床に半身を起こしておおらかに笑顔を見せた。

「心配するな、ちゃんと先制攻撃をかけといたよ。殴られるより一瞬、俺の方が早い」

「なにが」

「渾名《あだな》をつけてやったんだ、白豚ってな」

「そうか、さすがだね」

その後もっぱら渾名が通用して、誰も白豚の本名を知ろうとしなかった。立石は花井に一《いち》目《もく》も二《に》目《もく》もおいた。

「たいした知能犯だよ、貴様は」

花井は真顔で問いかけてきた。

「なあ、立石、偵学の連中は殴ることの意味を考えたことがあるだろうか」

「あるわけないさ。中学で俺より二年下の奴がいるぐらいだ。あいつらはまだガキだよ」

「ガキはガキでも海軍少尉、大目に見るわけにはいかん」

花井は妙にきびしい。

「修正するには信念がいる。きざっぽく言えば哲学が必要だ」

立石が茶化した。

「冗談じゃない。修正てのはな、まてぇ！　歯をくいしばれ！　パパン、終わり、かかれ！　これでいいんだ。貴様、入隊心得を読んどらんな。一ツ、みだりに飲食物と哲学を持ち込むべからず」

よろず大雑把《おおざつぱ》な立石は不用意に禁句を口にした。

「ここは海軍航空隊、ほんとは貴様の来るところじゃないんだ。貴様には象牙《ぞうげ》の塔がお似合いだよ」

「黙れ！」

言うなり花井は釣床から跳び下りた。喧嘩っ早くなった花井の第二の習性は、ときどき爆発して相手を驚かす。

「来い！」

花井は先に立った。休憩室にはもう誰もいなかった。後につづいた立石が虚勢を張った。

「畳の上だと腕がむずむずしてくるんだ。投げ飛ばされんように気をつけろ」

花井はあぐらをかいて腕を組んだ。

「修正するにも信念を持て、俺は有坂に教えられた」

死に行く者と死なずに留まる者と、どちらにわが身を置くのか、海軍飛行予備学生となってまだ間もない頃、彼らには避けて通れない命題であった。

「親のない子を殺すのか」

有坂が死に逆らった。まだ成人していない妹冴子のために、死なずに留まることを自らに許そうとした。

「この国は玉砕の果てに潰《つい》える愚を必ず避けるだろう」

花井もまた死なずに留まることを正当化しようとした。有坂を、語り合える友とみて心境を明かした。有坂は狼狽した。心の内を見透かされたと思い、反射的に花井を殴った。数日後に花井は有坂を殴り返した。

そのとき以来二人は同じ信念を共有している。

「修正とは相手に先んじて死を誓うことである」

聞くにつれて立石の義憤が昂じた。

「白豚よ、偵学のガキ共よ。貴様たちもこれだけの厳しさを持て」

四

艦攻隊が訓練するのは九七式艦上攻撃機（九七艦攻）である。九七という数は皇紀二五九七年の末尾二桁であり、昭和十二年に実用機として採用されたことを示している。すでに七年も経過しているから、雷撃機の主力の座を新鋭機「天山」に譲《ゆず》りつつあったが、緒戦の真珠湾攻撃でアメリカの戦艦群に魚雷を放った戦歴がある。いまも名機の誉《ほまれ》が高い。

初日は慣熟飛行だ。操作はもっぱら中間席の教官がやってくれる。三座の雷撃機を練習機として使用するので、前席と中間席は操縦装置が連動する。

その日、重松は有坂とペアを組んだ。前席の有坂は操縦装置に軽く手足を添えていると要領が伝わってくる。しかし、後席の重松はただのバラストだ。眼を活用するしかない。

地上滑走で垂直尾翼の動きが少ない。羽布張りの九三中練とちがって、それほど方向を修正する必要はなさそうだ。重量があるから少々の横風は平気なのだろう。水平尾翼が反《そ》り上がった。スティックを引いたらしい。早すぎるようだが、機はすんなり浮上した。さすがは栄《さかえ》一一型千馬力、九三中練の天風一一型三百馬力とは格段の差がある。

誘導コースには他の機種も飛んでいた。左前方の九六艦爆との距離が縮まった。いまどき複葉とは古くさい。

「こっちは低翼単葉だぞ」

後ろから九九艦爆が近づいてくる。十メートルの高度差で頭上に迫ってきた。出しっぱなしの固定脚がなんとも不恰好だ。

「こっちは引込脚だぞ」

九七艦攻は早くもわが愛機となった。そのとき伝声管を震わせる教官の怒声を聞いた。

「重松学生、後方の九九艦爆に気がつかなかったのか」

「いえ、ずっと前に発見してます」

「バカヤロ！　なぜ報告せんのだ。空に上がったら、一にも見張り二にも見張り、常在戦場、敵発見がおくれるとこっちはイチコロだ」

言われてみるとわが愛機は脆《もろ》い。翼が広くて安定感はあるが、燃料タンクはすべて翼の中に収まっている。敵の戦闘機に襲われたらすぐに燃えそうだ。巡航速度はグラマンの半分しかない。逃げ脚を早くしてもよさそうだが、発射した魚雷が潰れるという理由で、鈍足は雷撃機の宿命と聞かされた。弱点は見張りで補うしかない。重松は前後左右はもちろんのこと、上下を飛ぶ他機の動きをも間断なく報告した。

「うるさい！　黙ってろ」

教官の声は前にもまして大きかった。

誘導コースの二周目になると、教官は早くも操縦を有坂に委ねた。有坂は自信ありげに威勢のいい返事をした。

「右旋回、三十度ヨーソロ」

有坂の操作で翼が予期した以上に大きくバンクした。

「バカヤロ！　誰が垂直旋回をやれと言った」

有坂もどなられている。垂直旋回は少し大げさだが、九三中練とは速度がちがう。舵の利《き》きが敏感なわけだ。

「両子山《ふたごやま》ヨーソロ」

ふたたび右に旋回すると、周防灘《すおうなだ》の海浜《かいひん》が視野に入ってきた。そこに重松は意外な光景を見た。なぜあんな所に着陸しているのだろう。着陸するわけがない。

「教官、不時着しています」

言うより早く有坂は異変に対応した。

「降下します」

「不時着地点を確認しろ」

教官の指示に重松は即答した。

「砂浜です」

「バカヤロ！」

有坂が報告した。

「山国川河口《やまくにがわ》より東へ五キロの海浜」

なるほどこうでなくちゃいかん。機は低空で不時着機の直上を通過した。地上からの応答はなかった。ペラを飴《あめ》のように曲げて翼の折れた機内では、同期の岡田と疋田《ひきだ》が死んでいた。

岡田学生が遺した言葉がある。

「酒と羊羹を取り代えてくれ」

彼は甘い物が好きだった。菓子問屋の倅《せがれ》らしいのか、らしくないのか、通夜の席はその論争でひとしきり賑わった。

疋田学生はこれが最後の朝食になるとも知らず食事中に箸《はし》を置いた。そして、燃料が濃すぎるときの点火法に関する創意工夫を発表した。彼の積極的な性格がきらりと光って消えた。

死者を鞭打つ雑言《ぞうごん》が聞こえてきた。

「たるんでるから殉職するんだ」

慣熟飛行ではないか。二人に事故の責任はない。打撲傷を負っただけですんだ教官は、過失を認めた。補助翼（フラップ）のそのまた補助翼（タブ）を逆に操作したために機首を突っこみ、高度二百の低空では機位を立て直す間もなく墜落したという。なんともお粗末なミスである。戦時下の軍隊に業務上過失致死の罪はない。当の教官は傷が癒《い》えると新鋭機「彩雲」の部隊へ誇らかに転出して行った。

三日後に、格納庫でしめやかに海軍葬が営《いとな》まれた。軍楽隊は葬送曲「国の鎮《しず》め」を吹奏し儀仗隊《ぎじようたい》は秋空に三発の弔銃《ちょうじゅう》を轟かせた。岡田も疋田も海軍少尉に昇進したが、二人とも予備士官である。帝国海軍の直参《じきさん》ではない。いわば陪臣《ばいしん》の末輩《まつばい》である。分《ぶん》に過ぎた盛大な葬儀に、二人の遺影がはにかんでいるようだ。

みなが、二人の遺族が立つ位置に自分の両親の姿を思い描いていた。有坂にはその必要がない。両親が亡くなっていることをこのときだけは幸いと思った。しかし、妹がいる。冴子はときどき兄と言わず保護者と呼んで駄々をこねる。有坂は妹への想いを、いつしか葬送曲に包んでいた。

「冴子よ、そのときが来ても泣くな。怒れ、何に向かってと問うな。ただただ怒れ」

花井の家族は大陸に住んでいる。いざというときにも間に合わない。花井は初めから冷《さ》めていた。母は成人したわが子を、いまでもキューちゃんと呼ぶ。幼い頃の湯上がりの裸んぼが、キューピー人形そっくりだったとか。そのキューちゃんが旧制高校に合格したとき、母は娘のようにはしゃいだ。

「お母さんはね、赤んぼのキューちゃんを負んぶして、毎日、温突《オンドル》の焚き口で、百人一首を暗記してたの。だからキューちゃんは、頭のいい子に育ったのよ」

胎教に因《ちな》んで母親が乳飲み児《ちのご》を背に記憶力の訓練をすると、わが子に良い影響を与えるというのは理に適《かな》っている。

俺が生まれた頃の日本は平和だったのだと、花井は改めて思った。正月の歌留多《かるた》会に備えて、家事のかたわら百人一首を諳《そら》んずる二十四歳の若い母の姿は幸せそのものだ。あの幸せはやがて失われる。終わり悲しければすべて悲し、記憶が持続することは、人間にとってなんと不幸なことだろう。

花井は眼を伏せた。悲しみは自分ではなく母に在る。

これほど荘重に、粛然と営まれた海軍葬は、おそらくこれが最後だろう。数日後には、レイテ攻防の前哨戦が台湾沖ではじまり、以後、日本海軍は大量戦死の消耗戦に突入した。個々の死を悼《いた》むゆとりなどなくなった。

五

明日からは早くも単独飛行だという。速成教育のテンポが早まった。覚悟を新たにして指揮所前に整列すると意外なことを告げられた。

「訓練用の燃料がない。当分、貴様たちの飛行作業を中止する」

「当分とはいつまでですか」

「当分とは当分である」

「なぜ燃料がないのですか」

「ないと言ったらないのだ」

答える方もわかっていない。これから先どうなるのだろう。なるようにしかならないと居直る一方で、彼らは総員戦死へと奔騰してきたエネルギーの処置にとまどった。

突如、台湾沖に来襲した敵機動部隊を邀撃《ようげき》して大規模な航空作戦が展開された。燃料不足はそのためだったのかと肯《うなず》けた。大本営海軍部は十月十二日から十五日までの大戦果を発表した。

撃沈　空母十一、戦艦二、巡洋艦または駆逐艦一

撃破　空母八、戦艦二、巡洋艦または駆逐艦一、艦種不詳十三

その他、火焔火柱を認めたるもの十二を下らず

すべて虚報であった。空母などただの一隻も沈めていない。戦後になって旧大本営海軍部は弁明している。戦場からの報告を集計した結果であって作為《さくい》を弄《ろう》したのではないと。問題は作為ではない。その稚拙な状況判断である。こんな出鱈目《でたらめ》がまかり通ったとは後世に恥ずかしい。

しかし、当時は上から下まで本気で信じた。わが方の未帰還三百十二機、これだけの犠牲を払ったのだからと、心情的に虚報を受け入れてしまった。勝利の幻覚は僅か三日で消えた。虚報を訂正する暇もなく、米軍は矢継ぎ早にレイテ島に上陸した。大本営は捷一号作戦を発動したが、圧倒的な物量を誇る米軍に抗しようもなく、爆弾もろとも敵艦に体当たりする異常な戦法が採用された。

海軍大尉関行男を魁《さきがけ》とする神風特別攻撃隊の戦果が報道されて間もない頃、彼らは飛行

野郎がいる」

「関は兵学校で俺と同期だ（実は二期下）。特攻に出てゆけるのは兵学校を出た士官ばかりである。先日、士官室で貴様たちの先輩に特攻志願の有無を問うたところ、一瞬、躊躇した野郎がいる」

彼は声高に反復《はんぷく》した。特攻に出て行けるのは兵学校を出た士官だけだと。スペアの予備士官は兵学校出身の本チャンに較べて、死に立ち向かう勇気が著しく劣るということらしい。江田島を経由しなければ祖国に殉ずる崇高な死に到達できないとは不遜である。戦時下のこの国の多くの学生は、内に形而上の死を見つめることを学びの姿勢とした。彼らは海軍に身を投ずるなりそれを軍人としての死に置き換えた。あっぱれな姿婆気と自画自讃する彼らに向かって、心ある指揮官は言うだろう。

「関大尉は大正十年の生まれだから、年の頃はおおむね貴様たちと同じである」

そうなると、レイテ沖の英雄は、忽ち身近な存在となって彼らは奮い起っただろう。より有能な指揮官はさらに一言付け加えるかもしれない。

「関は四国西條中学の出身だ」

彼らと兵学校出身者とは、どこかの中学の同じ学窓で数年を共にしている。陸軍はちがう。幼年学校に隔離されて早くから偏向《へんこう》したエリート教育を受けた者が支配している。そんな陸軍よりも、彼らはあえて海軍を選んだ。しかし、荒法師の異名《いみょう》がある山下大尉の放言は海軍への親近感を拒絶した。

六

外から見るかぎり宇佐空は猛訓練に励んでいた。予備学生十四期の操縦学生は、飛行作業を中止したが、兵学校七十三期の偵察学生と卒業まぎわの練習生は集中的に訓練を続行した。逼迫《ひっぱく》した戦況に対応するには操縦学生の練度向上が先だというのに、乏しい燃料を、せっせと偵察学生の航法訓練に注《つ》ぎ込んでいる。戦力の向上よりも兵学校の体面が優先するのか。

いよいよフィリピンはだめらしい。南方からの輸送ルートを断たれると、備蓄してある燃料もやがて底を尽く。飛行訓練再開の望みはうすい。総員戦死へひた走ってきた緊張の糸が切れた。どの顔からも殺気が消えて和気が漂いはじめた。

「貴様たちはたるんどる」

事あるごとに罵声を浴び修正をくらった。戦意を煽《あお》っても飛行訓練が再開されるわけではない。それでも日曜日課は予定通り実施された。みなが上陸したあとの学生舎に、有坂はひとり居残って妹冴子に手紙を書いていた。

このまま空を飛ばずに終わるとしたら、それを不埒《ふらち》な仮定と呼びつつも、戦い熄《や》んだあとの兄妹再会を思わずにはおれなかった。

「冴子、ひとりぼっちを嘆いてはいけない。冴子には兄がいるじゃないか。僕は元気だ。明日も、たぶん明後日も」

有坂が外出支度を整えて学生舎を出たのは午《ひる》近くだった。兵舎の角で出合いがしらに挙手した士官室従兵は、手に持っていたパイナップルの空缶を取り落とした。中からみみずが這い出した。

「釣りの餌《えさ》であります」

分隊長松田大尉に頼まれて烹炊所裏の湿地から採ってきたという。釣場は艦爆隊指揮所の近くを流れる小川だそうだ。娑婆恋しさに誰もが競って上陸するのに、隊に残って釣りを楽しんでいる変わり者がいる。

有坂は一度だけ松田大尉の指導を受けた。同乗飛行の挨拶をしたときの返事からして普通ではない。

「これから三十分、俺の命を預ける。しっかり飛べ」

有坂は緊張しすぎて、たびたびへまをやったが、松田大尉はよしと言うだけだった。横辷りしてもよし、第四旋回の高度が高くてもよし、すべてよしの一言である。有坂はついその気になりまずまずの出来かと、地上に降りてから講評を伺った。

「下手くそだなあ。手あらく拙《まず》い。だが、俺が初めて九七艦攻を操縦したときより、だいぶ上手い。終わり」

そう言うと、長身の美丈夫は含羞《がんしゅう》の笑みを洩らして去った。あれからしばらく会っていない。有坂は従兵に代わって、みみずを届けることにした。飛行場の外れを流れる小川は子供向きの釣場だが、冬枯れの草むらに腰を下ろして釣糸を垂れる海軍士官の姿はなんともすがすがしい。

「分隊長、みみずです」

松田大尉は怪訝《けげん》な顔をした。有坂は缶を置いた。

「従兵は自分の任務だからと、渡そうとしなかったのですが」

「すまんね、わざわざ」

松田大尉は顔を赤らめるほどに恐縮した。有坂は思った。

「なんて純粋な男だろう。きっと戦死する」

純粋であることと戦死することがなぜ結びつくのか。実証できる論理も因果《いんが》もない。ないと言えばまったくない。しかし、あると言えば確かにある。戦争では逆淘汰が行なわれる。良い奴が死ぬ。惜しい男が死んで行く。無心に釣糸を垂れている松田大尉から死の影を消そうとしても消せなかった。有坂は胸の奥深く秘めていた不埒《ふらち》な仮定を恥じ、冴子に宛てた手紙を別府湾の砂浜で焼いた。

七

任官前夜に、彼らは手箱から針を取り出して襟章に桜のマークを一つ縫《ぬ》いつけた。まだ一人前に空を飛べない彼らは官位が先行しているような引け目を感じた。

ようやく飛行訓練再開が伝えられた。これで任官にも弾《はず》みがつく。飛行服にも少尉の袖章をつけて晴れがましく指揮所前に整列した。

使用するのは亜号燃料だという。亜号とはアルコールのこと、オクタン価七五という劣悪な代用燃料だが、ペラが回れば贅沢《ぜいたく》は言わん。ところが、飛行機に問題があった。九九艦爆は電気熔接だが九七艦攻は気化器も燃料タンクも鋲止めだ。充塡部分の塗料がアルコールで溶解するらしい。

断を下す飛行長の声がいやに大きく聞こえた。

「貴様たちの飛行作業はもうしばらく中止する」

昭和十九年は虚しく暮れた。

元旦は、〇四〇〇の「総員起コシ」で、日出前《にっしゅつまえ》の暗い道を歩いて宇佐神宮に詣《もう》でた。神域の玉石を踏む足音がさくさくと揃う。これが最後の正月とはわかっていても切迫した緊張を欠く。この不透明な終末感がやりきれない。

飛行作業がなくても、毎日、指揮所前に集合した。髀肉《ひにく》の嘆《たん》に明け暮れる彼らを尻目に、兵学校七十三期の少尉たちは偵察飛行訓練をつづけている。使用しているのは、もちろん亜号燃料ではない。四エチル鉛入りの貴重なハイオクタン燃料だ。これでは僻《ひが》むのも無理はない。

「ゼニカネかけて育てた本職の士官さんだ。殉職させせちゃ勿体ないからね」

「こっちだってゼニはかかってるぞ」

「ゼニの出どころがちがうんだよ。あちらはお上《かみ》、こちらはお父上」

「それで命の値打ちまでちがってくるのか」

列線で暖気《だんき》運転をしていた一機が、ペラでなにやら物体を撥《は》ね上げた。爆音で音が消されていたから重量感がない。一瞬ぼろ布が舞ったように見えたが、重大な人身事故が起きていた。兵学校七十三期の少尉がペラに触れて宙に飛ばされ、落下して他の一人を巻き添えにした。あッという間に二人が殉職した。外出した翌日は事故が多い。その日は月曜日だった。

この種の事故は、戦う若者のイメージを甚だしく損なう。脆《もろ》さ、儚《はか》なさ、虚《むな》しさ、マイナス面だけがやたらと焙《あぶ》りだされてならない。やれ兵学校出だの、やれ予備学出だのと、そんなことはもうどうだっていいじゃないか。

フィリピン方面の航空作戦は終了したと、新聞は正確に情報を伝えた。これで南方からの輸送ルートは完全に断たれるだろう。油の補給は絶望だ。そうなると、オクタン価七五の亜号燃料も貴重になる。しかし、事故は起きるべくして起きた。着陸直前にペラが止まり、九九艦爆が飛行場エンドの掩退壕《えんたいごう》に鼻を突いて大破した。学生と教官は額を割って血まみれになったが、海軍航空隊では、これを軽傷という。

気化器の応急改装を終え、艦攻隊も一月末になって、ようやく訓練を再開した。しかし、飛行作業は隔日だという。こんなことをしていて、どたんばの航空戦に間にあうのだろうか。

二月十一日の紀元節の式典で司令直井大佐は型破りの訓示をした。

「このままに推移せんか、日本もイタリアやドイツの二の舞にならぬとも限らん」

二重否定で表現を弱めてはいるが、ありていに言えば日本も敗れるということだ。全隊員が集合する場での率直な発言だけに、かつて日独伊三国同盟に反対した海軍の良識を垣間見《かいまみ》る思いがした。しかし、司令の訓示は彼らが夙《つと》に宣告された総員戦死の運命をいささかも変更するものではなかった。

訓練を集中して練度の向上を急ぐ、ということで一部の者が選ばれた。艦攻隊では花井も有坂も共に選抜組に名を連ねた。選ばれた者は特攻要員である。

選に洩れた者には後れをとったという不覚の思いがある一方で、当分は死を免れたという安堵感もある。気持がちぐはぐではおかしなことになる。黙ったままではいかん。戦場へ一歩先んじた者たちへ、誰かが何かを語りかけるべきだ。立石が提案した。

「今夜からみんなで選抜組の釣床を吊ろう」

すかさず有坂が制した。

「俺たちを特別な眼で見ないでくれ」

本音と本音のぶっつけ合いは爽やかだ。その後もみなが同じ学生舎に起居を共にして最後まで仲間意識が揺らぐことはなかった。

戦勢は日ごとに傾き、三月十七日には硫黄島《ひし》が玉砕した。攻防一ヵ月、あの小さな島に二万三千の日本軍と七万の米軍海兵隊が犇《ひし》めくようにして戦った。惨状は屍山血河《しざんけつか》の地獄絵図そのものだ。

艦爆隊の田中公八《たなかこうはち》は和歌を能《よ》くする。

つぎつぎに島を奪《と》られて硫黄島
陥《おちい》るさえもうべないて居し

諦《あきら》めと虚《むな》しさを詠《よ》んで余すところがないが、作者の心はまだ硫黄島との距離を保っている。有坂はちがう。思いは直《じか》に焦土の孤島に飛んだ。出水で搭乗配置を解かれた弓削は、地上勤務となった後に硫黄島へ派遣されたと聞いていたからだ。

あのとき出水の夏空を飛ぶ九三中練の機上で、有坂は弓削を総員戦死の裏切者と罵《ののし》り、連続宙返りで徹底的に痛めつけた。完膚《かんぷ》ないまでに打ちのめされた生贄《いけにえ》を見て、あろうことかサディストはヒューマニストの仮面をかぶった。

「分隊長に報告しよう。弓削学生は操縦の適性なし。本人のけんめいの努力にもかかわらず」

弓削は投げ与えられた似て非なる友情のかけらを押し頂くようにして感謝した。その弓削が総員戦死の先陣を切るとは。その最後を有坂はヒロイックに思い描いた。

もはやこれまでと覚悟したとき、弓削は一切の武器を捨てた。そして、シャドーボクシングよろしく砲煙弾雨の中をしゃにむに突進して行った。

「見ろ！　おれの死にざまを」

有坂は、弓削の絶叫に耳を覆《おお》わなかった。ひときわおどろな骸《むくろ》にも眼をそむけなかった。自らの死も、やがて近い。すでに特攻要員として名を連ね、連日、午前と午後をぶっ通しで飛行訓練に励んでいる。

「全機直ちに降着せよ」

滑走路に発煙筒が焚《た》かれた。着陸した機は四方に散って避退した。空襲に備えたのではない。飛来する五十数機の「銀河」の着陸を妨げないためである。硫黄島方面の戦況に即応するための展開だという。戦闘部隊が優先するのは仕方がない。

海軍航空隊中興の旗手として期待された「銀河」は出合う度ごとに精強なイメージが失われていくようだ。それでも誉《ほまれ》二二型エンジンが発する金属製の甲高い爆音はいやでも戦意をかきたてる。

空からの客は「銀河」だけではなかった。葉巻型の一式陸上攻撃機が続々と飛来した。宇佐の上空は大型機の大編隊に覆われて陽が翳《かげ》った。戦闘部隊の中にひときわ命をぎらつかせている男たちがいた。「桜花」の搭乗員である。

「桜花」とは一トン爆弾に翼をつけたようなものだ。これを人間が操縦する。攻撃目標に接近するまでは一式陸攻の胴体に抱かれて飛ぶ。発進を下令するとき母機は、トトトッートと打つ。「桜花」搭乗員の耳はオワリマークと合調する。訣別の信号が終止符とは無残である。非情もここに極まった。母機を離脱した「桜花」は、ジェットを噴射して九百キロの高速を出すが僅か数分しか飛べない。その間に目標を選んで搭乗員もろとも敵艦に突入する。

「桜花」隊には神雷部隊の名があった。宿舎に当てられた武道場には非理法権天《ひりほうけんてん》の幟《のぼり》が林立して、隊長野中五郎少佐は親分と呼ばれていた。

「野中一家の若い衆、天気は上々だ。元気一ぺえやってくれ」

指揮所に据えられた陣太鼓が、ドンドドドンと連打され、隊員は雄叫《おたけ》びをあげて飛び立って行く。これが野中一家の殴り込みだ。上御《かみご》一人《いちにん》のためより親分のため、この方がはるかに直截《ちょくさい》だ。隊長野中五郎が部下を掌握するのに任侠の世界を借りた所以である。

宇佐は、足摺岬の沖でピストン運動をつづける敵機動部隊と真《ま》っ向《こう》から対峙する最前線基地となった。「銀河」が出撃した。帰ってきたのは数機に過ぎない。神雷部隊にも即時待機の日がつづいた。午後十時を過ぎて、ようやく飛行場の爆音が止むと、学生舎ではみなが努めて眠ろうとしていた。デッキに響く靴音を誰も気にしなかったが、数刻おいて凄味《すごみ》を効かせた啖呵《たんか》を聞いた。

「俺は野中一家の若え者だ。この中に俺を修正した野郎がいる。明日にも敵機動部隊へ殴り込むというのに、畜生、ぶった斬ってやる。出て来い！」

言うなり手にした段平《だんびら》の鞘を払った。間髪を入れず鋭い声が逆襲した。

「斬れ！」

諸肌《もろはだ》脱いで白刃の前に跳び出したのは艦爆の矢谷文雄だ。その気魄に、下士官は騎虎の勢いを失った。気がつくと段平は矢谷の手に渡っていた。

「やけっぱちになったら、お前自身が苦しくなるだけだ」

矢谷は段平を鞘に収めて返した。まだ少年のおもかげを残す下士官は、大勢の予備少尉たちに囲まれて、降りそそぐ説教をうわのそらで聞いていた。同時多発の集団説教は雑音でしかない。花井が人垣をかきわけて前へ出た。

「おお、小諸中学の……」

下士官はあのときの花井学生と知って眼を伏せた。花井は言葉に窮した。

「宿舎に帰って手紙を書け、石踏みたもうたあの人に」

下士官は非礼を詫びて足早に去った。学生舎は何事もなかったかのように元の静けさを取りもどした。

しかし、花井にだけは事件の余韻が残った。手紙を書けなどと、却《かえ》って相手を苦しめたかもしれない。いまから追いかけて行って、少年の荒《すさ》んだ心を慰めようかと思った。するともう一人の花井が突っかかってきた。

「お前だって、棺桶に片脚突っ込んでるんだぞ。偉そうなことを言うな」

なんとも低級な居直りだ。しかし、あの少年下士官を哀れと思う心を失うまい。自分に言いきかせると花井はようやく眠りに就いた。

神雷部隊は、敵機動部隊の動静に呼応して鹿屋基地へ移動した。彼我の距離がいよいよ縮《ちぢ》まると、五航艦司令部は「桜花」使用の好機とみた。

野中親分はその主力を率いて戦場へ飛んだ。しかし、目標に取りつく前に敵戦闘機の待ち伏せをくい、「桜花」は母機に抱かれたまま全機火だるまとなって撃墜された。戦果ゼロの全滅と聞いては言葉もない。

八

春の彼岸の入りだというのに東九州の午前五時はまだ暗い。定刻より一時間も早く「総員起コシ」がかかり「配置ニツケ」のラッパがけたたましく鳴った。数群の敵機動部隊が九州に接近中という。宇佐空が態勢を整えたときには、早くも艦載機の第一波が、九州各地に襲いかかり、つづく第二波が豊後水道を北上していた。わが艦攻も艦爆も空戦能力に乏《とぼ》しい。飛べば空で墜《おと》される。飛ばなければ地上で焼かれる。司令は決断した。敵機の間隙《かんげき》を縫って日本海側の基地に避退することを。

「全機美保《みほ》空へ移動セヨ、急ゲ」

折悪しくその日は、朝から春の温気が淀んで、吹き流しは垂れたままだった。これでは離陸方向が定まらない。艦攻隊と艦爆隊はそれぞれ列線に近い離陸地点を選んだ。戦場では拙《せつ》速《そく》を貴ぶ。艦攻隊と艦爆隊の八十機が東と西から交錯して離陸した。衝突事故が起きなかったのは奇蹟に近い。

その日、有坂は地上で見送り、花井は美保へ飛んだ。荒法師山下大尉の指揮する艦攻隊は、状況によりどこかの基地で爆装して特攻をかけるという。空と地に分かれて花井と有坂は同じことを思っていた。二人の幕切れがこれほど呆気《あっけ》ないとしたらなんとも虚《むな》しい。

宇佐に残った者に戦闘配置はない。事前に駅館川《やくかんがわ》右岸の崖下に避退した。空襲は必至とみて、隊の内も外もなりをひそめている。ひとり雲雀《ひばり》がわが空とばかり天高く囀《さえず》っていた。静けさの中にくぐもるかすかな音は耳鳴りかと疑ったが、音源は太陽を背にしていて機影の発見がおくれた。敵と知るなり一かたまりの黒点がばらついた。早くも襲撃隊形を整えつつある。音に聞くグラマンF6Fの初見参だ。銃声は地が空に先んじた。指揮所周辺の機銃群が撃ち上げたが、空からの攻撃がそれを圧倒した。爆音が咆吼《ほうこう》し、ロケット弾が飛び、十三ミリ機銃で掃射されると、飛行場に分散してあった一式陸攻や「銀河」など数機が、たちまち黒煙を噴いた。敵機は低空で翼を翻《ひるがえ》した。胴体に描かれた星のマークが眼にとびこんできた。なぜか敵愾心《てきがいしん》が起きない。あまりの衝撃を受けると人間の思考は部分的に欠落するらしい。

「なぜ宇佐の空を他国の戦闘機が飛び交うのだ」

宇佐はUSAと書く。そんなジョークが飛び出したのはずっと後のことである。

美保へ移動した仲間たちは、翌日、無事帰隊した。立場が逆転した。戦場の危険に身をさらしたのは残っていた者たちだ。日本の本土が戦場になりつつある。死はいつ誰を襲うか予断を許さない。

その夜、花井は一通の封書を受け取った。筆跡に見覚えがなかった。裏を返すと、「東京、本郷、東大病院にて、藤川正人代筆」とあった。藤川は病気でもしているのだろうか。花井は不安に駆られながら封を切った。

「その後、元気で軍務にお励みのことと思います。ご承知でしょうが東京は三月十日の真夜中に江東地区が大空襲を受けました。その日、僕はおそくまで研究室にいて終電車で駒形橋近くの下宿へ帰り着きました。風の強い夜だったのでサイレンの音は聞き逃したが、通りを走る人々の悲鳴で眼を覚ましました。外へ出てみるとあたりはすでに火の海でした。僕は火焔に追われ熱風に捲かれながらけんめいに走った。君とは逆で僕は死んだら国家を裏切ることになる。生きる義務がこんなに苦しいことだとは思わなかった。僕は力尽きて倒れた。そこは本郷切り通しの坂の途中だったらしい。僕はいま病院のベッドに寝ているが、全身に火傷《やけど》を負っていてとても助かる見込みはない。特別研究生として兵役を免除された僕は学問を伝承せよという国家の命令を心ならずも裏切ることになる。君にも言いたい。国家の命令に背くこともまた……」

手紙の文章はそこで途切れているが。追伸として書き加えられていた。女性の文章だから代筆したのは大学病院の看護婦らしい。

「藤川さんはけんめいに言葉を続けようとなさいましたが、まもなく昏睡状態に陥り、夜が明けるのを待たずに息をお引き取りになりました。最後の言葉の空白の部分は私なりに思いつかないわけではありませんが、出すぎたことをしては失礼かと存じますのでそのままにしておきます」

花井は空白の部分を埋めようと思いつくままに幾つかの言葉を並べてみた。

「宜《よろ》し、愉《たの》し、潔《いさぎよ》し」

国家の命令に背くとは、藤川には死ぬことであり、花井には生きることである。藤川はいまわのきわに言いたかったのだ。死に急ぐなと。その気持が痛いほど伝わってくる。しかし、生きていなくてはいけない者までが死んだとなると、死ななくてはいけない者はどうしたらいいのだ。答えるまでもない。問うまでもない。

九

揺れる稲穂をかきわけて、重松は一気に語ろうとする熱っぽさをみせた。圭介は聞いたことをまだ十分に整理していない。急がれても困る。畦道が尽きて舗装された農道に出ると、重松は両手を横に伸ばした。

「むかしの飛行場はここまでじゃ」

重松の家はすぐ近くだった。たわわに熟《う》れた柿が白壁の土蔵に映える風情は、時の重みを感じさせる。圭介が通された離れの部屋は、学生時代に勉強部屋として使っていたという。

運ばれてきた地鶏の親子丼はさすがに逸品だ。重松が誇らしげに言った。

「美味《うま》かろうが」

さわやかな自信である。圭介の食欲は心地よく充《み》たされた。箸を置くなり重松が言った。

「堅い話ばっかりも肩が凝《こ》るじゃろう。リアリズムでいくかね」

リアリズムとはまた難しい言葉が飛び出したものだ。要するに下半身の話らしい。

夕食後の寛《くつろ》いだ頃を見計って学生長が声を張り上げた。

「総員聞け、貴様たちの中には童貞非童貞いろいろだろうが、本日ただいまを以て白紙に戻す。今後改めて童貞を失った者は率直に申し出るように」

明日知れぬ命ながら男と生まれたからには、という粋な提言に、学生舎はどッと沸いた。おかげで夜な夜なヘル談で賑わった。ヘルとはヘルプ、助けるという動詞だ。助の字はスケと読む。ヘル談とはスケベな話、つまり猥談《わいだん》である。この道には一家言をなす者がいて童貞組を大いに刺戟した。眉《まゆ》をひそめたりすると軽蔑される。性には未熟だが、負けん気の強い花井は積極的に座に連なった。その大人ぶったポーズがいけなかった。

春の温気が蒸《む》れる真夜中に、釣床を脱け出た花井は洗濯場へ急いだ。手に丸めた白い布を洗おうと蛇口をひねったとき厠《かわや》から出てきた立石に見つかった。

「FUか」

花井は羞恥で顔が火照《ほて》った。FUとは褌《ふんどし》の隠語《いんご》である。

「頼む、黙っててくれ」

立石は用心棒から養育係に変身した。

「男の生理だよ、男の」

花井は真顔で告白した。

「俺は怪《け》しからん夢を見たんだ。火と煙に捲かれて逃げまどう後ろ姿の女を追いかけた。助けたい一心からだ。やっと追いついたとき女が抱きついてきた。俺は女の肌の柔《やわ》らかい感触を全身で感じた。すると自分で自分をどうすることもできなくなって」

花井は激しい自己嫌悪に襲われていた。

「俺は彼女を凌辱《りようじよく》した」

立石がからかった。

「鬼ヶ島征伐の猿じゃあるまいし、これだから優等生ての は困る」

花井の肩が小刻みに震えていた。花井の出撃の日は近い。死に行く者はこのように心を研《と》ぎ澄ますのかと立石は感動した。

「なぁ花井、俺はうまく言えんけど、人間は男だけじゃない。女がいる。貴様はそれに気がついたんだ。俺はうれしいよ。だってそうだろうが。若い盛りの男一匹、死ね死ねと言われて、ただ死ぬ死ぬと突っ込んで行かれたんじゃ、こっちがたまらん」

花井は黙々と褌を洗った。「総員起コシ」の号令を待たずに、飛行場では早くも試運転の爆音が轟きはじめた。

その日の花井の操縦は乱れっぱなしだった。同乗した有坂は、何度かはらはらさせられた。別府湾に碇泊している旧式空母「鳳翔」を標的にした襲撃訓練では、思わず連動装置のスティックを引いたほどだ。前席の花井は、絶えず後席の有坂の視線を浴びている。そのことが花井を一層萎縮《いしゆく》させた。真夜中に胯間《こかん》をぬらしたぬめりが放つ忌まわしい臭いが、きっと体全体にしみついている。有坂はとっくに勘づいただろう。花井の気持の動揺は、そのまま操縦の乱れにつながった。

誘導コースに入って、規定の高度二百が、いつのまにか三百にはね上がっていた。襲撃訓練は海上すれすれに飛ぶ。機首を突っ込まないように、タブをアップにしたのがそのままになっていた。高度が上がったのはそのせいだ。後席から有坂が注意した。

「高度オーバー、着陸やり直せ」

花井はとっさにスティックとフットバーを逆方向に操作した。横辷りで機位を一気に百メートルも落としてピタリと定位置に持って行くとは、さすがである。有坂は改めて花井の腕の冴えを知った。それでも第四旋回はいくぶん高めだった。花井は機首を上げぎみにグライドして機を沈めた。

そのとき、突然、翼の下から一機の九九艦爆が飛び出した。横辷りで機位を落とすことに気を奪われて、翼下の見張りがおろそかになっていたのだ。九九艦爆は、上から降りてくる九七艦攻と重ね餅になる危険を感じたのだろう。エンジンを吹かして前に出たから、九七艦攻の直前の気流をかき乱した。花井はペラの回転を落として、ぎりぎりの気速を保っていたから九七艦攻の浮力が狂った。翼が傾いた。舵が利《き》かない。花井はとっさにスロットルを入れてスティックを突っ込んだ。気速がついたのか舵が利いた。地面に激突する寸前に絶体絶命のピンチを逃れた。機首をもたげた九七艦攻は、轟然と爆音を撒いて滑走路すれすれに飛んだ。無我夢中で操作した花井はそれほど危険を感じなかったが、有坂は、一瞬、色を失った。ほっとしたとたん伝声管に怒声を吐いた。

「バカヤロー！　手を放せ」

花井は神妙に操縦を有坂に委ねた。

次の上陸日に、花井は重松に頼んだ。

「遺書を書きたいんだ。どこか静かな場所がほしい。貴様の家の離れを貸してくれないか」

出撃が決まったわけでもないのに、花井が遺書を書こうとしたのは、有坂を道連れに危うく殉職しそうになるまでの一連の出来事を清算するためだった。

重松は圭介を指さした。

「そこじゃ、あんたが坐っちょるその場所で花井が遺書を書いたんじゃ」

圭介は思わず居ずまいを正した。

「おふくろが、お茶を運んでいいものかどうかと、部屋の外でおろおろしちょったらしい。それに気がついて花井の方から声をかけたそうな」

花井は、遠く満州に住む母に宛てた同文三通の封書を重松の母に托した。すでにこの頃は大陸との交通は途絶えがちで、手紙が着くという保証はない。それで同じ手紙を一週間おきに三度投函してくれと頼んだ。保存用としてもう一通差しだした。

「戦争が終わったら、私の母がこちらをお訪ねする機会があるかもしれません。そのときにでも渡してください」

保存用には封がしてなかった。

「どうぞお目を通してください。そして、私の母を憐れんでください。私は母が可哀そうでならないんです」

重松は机の引き出しから保存用の封書を取り出した。四半世紀が過ぎて、便箋は赤茶けていたが、ペン書きの文字ははっきりしていた。

「お母さん、お元気ですか。東九州の当地は日ごとに春めいてきますが、北満の御地はまだ厳しい冬に閉ざされていることでしょう。湯上がりの裸んぼがキューピー人形そっくりだったキューちゃんこと亮《あきら》は、いまはもう二十三歳です。筋骨隆々とまではいきませんが、お母さんがびっくりするほど逞しい青年になっています。憶えていますか。僕が小学校四年生のときです。学校から帰ってくると、お母さんは僕を抱きしめるようにして言いましたね。『キューちゃん、あまり偉い人にならないで』理由は新聞に大蔵大臣井上準之助が暗殺されたという記事が大きく出ていたからだとわかりました。偉くなれという親はいても偉くなるなという親はめったにいません。わが子を思う親心をこのような言葉で表現したのは、たぶんお母さんだけだと思います。僕の可能性を高く評価してくれてありがとう。行く末までも僕の無事を願ってくれて、もう一つありがとう。

でも僕は、海軍航空隊の搭乗員です。将来の可能性は未完のままで終わることもあるわけです。そのときは」

文章はプツンと切れている。末尾にキューピーの絵を描いて、漫画風の吹き出しに「ごめんなさい」という文字がはめこまれていた。

圭介はこの風変わりな遺書を飽かずに見つめた。そのとき門のあたりで催促がましくクラクションが鳴った。重松は時計を見て慌てた。

「こりゃいかん、タクシーを呼んどったんじゃ」

紹介したい人がいるからと圭介をせきたてた。

十

タクシーは八面山を左に見て十数分も走ると日豊線の線路を越えた。街並みがにぎやかになり店の軒先を飾る看板がそこは中津市だと教えている。商店街を通り抜けて住宅地で降りた。あたりは昔ながらの武家屋敷が残っていた。重松は薬医門《やくいもん》を構えた家の前で立ち止まった。


「花井が世話になっちょった家じゃ」

両親が遠く満州に住んでいるので家庭的な雰囲気に飢《う》えているだろうと、花井にこの家を紹介したという。重松とは昵懇《じっこん》の間柄らしく、くぐり戸を開けると大声で呼んだ。

「アコちゃん」

迎え出た晶子夫人は三十代の半ばを過ぎて落ちついた気品を湛《たた》えていた。予め訪問することを伝えてあったらしく、圭介はねんごろに迎えられた。

「あの頃の写真が残ってましたので」

応接室の卓の上に古いアルバムが置いてあった。晶子はお茶の支度にと席を外した。

圭介はさっそくアルバムを開いた。どの写真でも、花井はすっかりくつろいでいる。

愛くるしいおかっぱの少女は、ひと目で現在の晶子夫人とわかった。ミセス晶子に少女アコちゃんのおもかげが残されているとはありがたい。昔話を聞くと、すぐに海軍少尉花井亮の時代にタイムスリップできるだろう。

アルバムの頁をめくっているうちに重松が頓狂な声をあげた。アコちゃんを挟《はさ》んで左右に立つ二人の海軍士官は、まぎれもなく花井と有坂だ。少女は顔を硬ばらせているが、花井と有坂は楽しそうに笑っている。二人が隊の外で同じ場所に居合わせるなど、とても考えられない。晶子がお茶を運んでくるなり重松が写真を突きつけた。

「一体これはどげんしたこつかね」

晶子は怪訝《けげん》な顔をした。話を聞かんことにはさっぱり事情がわからない。

花井が中津のこの家を訪ねるようになってから何度目かの日曜日に、少女は駅まで迎えに行った。九時の上り列車でやってくる筈の花井がなぜか姿を見せなかった。次の列車を待った。次の次の列車を待っても無駄だった。花井はどこで何をしていたのか。その日は三月の終わり頃だと聞いて圭介と重松は眼を交わした。その日、花井は重松の家の離れを借りて遺書を書いていたのだ。いまそれを伝えると晶子の心を乱すだろう。二人の聞き手は、晶子に有坂のことだけを語らせた。

待ちぼうけを食わされた少女は駅舎の外に出た。足どり重く歩きだしたとき、後ろから呼びとめられた。

「お嬢ちゃん」その優雅な言葉の響きに少女は気をよくした。約束をたがえた花井をちょっぴり恨みがましく思っていただけに、新たに登場した海軍士官に好意を寄せた。少女のなごやかな表情を見て海軍士官は笑顔で問いかけた。

「福沢諭吉先生が生まれたお家はどこだろうね」

少女は進んで案内役を申し出た。角を曲がるとき、こっちと言って海軍士官の手を引っぱった。そのまま手を放さなかった。親しさが増すから話がしやすい。

「海軍さん、何という名前」

そこで初めて少女は海軍士官の名を知った。

「ね、有坂さん」

少女は花井のことを訊《き》こうと思ったが言葉を呑んだ。花井の身代わりだと知ったら有坂はがっかりするだろう。これは大人に準ずる発想だが、晶子もそろそろ少女期を終わりつつあった。有坂は少女に質問を促《うなが》したが、

「ううん、なんでもない」

そう言って少女は有坂の手を放した。

海軍少尉の有坂志郎は慶應義塾大学経済学部の学生でもある。いまこの時になって、塾の創始者福沢諭吉の生家を訪ねる心境は遺書を書く花井と共通する。二人はそれぞれに出撃に備えて心を整理しようとしたのだ。

有坂は明治の先覚者が生まれ育った生家の縁に腰かけて、自分だけの感慨に耽《ふけ》っていた。少女はまだ道案内のお礼の言葉をもらっていない。役目が終わったのに、いつまでもつきま

とっているとお駄賃をねだっていると思われそうだが、黙って帰るのも不自然だ。少女は有坂と並んで縁に腰かけた。

「有坂さん、何を考えてるの」

有坂はわれに返った。

「僕も百年前に生まれたらよかったと思ってたんだ」

少女は有坂の心を精いっぱい理解しようとした。

「わかった。福沢先生みたいになれるからでしょう」

「それほど偉くはならなくてもいいんだ」

「国民学校の先生でもいいの」

「なりたいね」

少女は仮定を現実に変えた。

「私の学校の先生になって」

「よし、アコちゃんにどしどし当てよう」

「だめ、みんながへんな眼で見るもん」

有坂は屈託なく笑った。久しく忘れていた清冽《せいれつ》な笑いだ。

「はい、道案内のお駄賃」

有坂はポケットから丸い紙筒に入った虎屋の一口羊羹《ようかん》を取り出した。当時は民間では手に入らない貴重な菓子だ。少女はただでもらうのは気がひけた。去年の秋に軒先に吊《つる》した干柿《ほしがき》がまだ残っていたことを思い出した。

「干柿と取っ代えっこ」

有坂は誘われるままに後に従った。少女は薬医門のくぐり戸を押しあけて有坂を招き入れた。少女はあッと息を呑んだ。花井が築山の石灯籠の位置をなおしていた。男手のない留守家族の力仕事を買って出たのだろう。有坂と花井も意外な相手の出現にとまどった。

二人はとっさに挙手の礼を交わした。軍隊の日常的な習慣が少女には友情の交歓《こうかん》と思われた。しかし、二人には言葉がつづかない。その気まずさを少女の饒舌《じょうぜつ》が救った。少女はそれまでのことを一気に喋りまくった。その語り口が変わっていた。小刻《こきざ》みに、相手の同意を求めるのである。一こと話すと、ね有坂さん、二こと話すと、ね花井さん、といった調子である。何度目かの同意を求められたとき有坂が少女にやり返した。

「ねアコちゃん」

少女は肩をすぼめて饒舌が止んだ。花井は少女に詫びた。

「ごめんごめん、朝寝坊しちゃってね」

「いいの、海軍さんが二人にふえちゃったから」

少女は二人の手を取った。そのときのようすが、写真として残っている。

「お二人ともずるいんです。みんなまじめな顔をしようってことだったのに、大きな口をあけて笑っていらっしゃるんですもの」

晶子はいまも有坂と花井は仲がよかったと思い込んでいる。二人とも少女の前では努めてそのように振舞ったのだろう。いまさら二人の擬態《ぎたい》をあばくこともない。

少女は花井と有坂から、次の上陸日は揃って遊びに来るという約束を取りつけた。当日、少女は中津駅へ迎えに行ったが、二人はついに姿を見せなかった。

「かわいそうなアコちゃん」

少女はわが身を憐《あわ》れんだ。相手を責めるには、こちらのダメージを大きくしておくほど利《き》き目がある。しかし、有坂と花井は故意に約束を破ったわけではなかった。二人は前日に美保へ飛んでいた。今回は緊急避難ではない。予定の訓練だから慌しい出発ではなかった。しかし、事故が起きた。同期の金田少尉が、離陸直後に失速して墜落した。尾部に整備用具を積み過ぎて機首が上がりがちだったのに、一番機を追ってさらに機首を上げた。そのために失速《しっそく》した。金田は機外に放り出されて即死した。一番機の列機誘導の拙劣が責められよう。

墜落地点は飛行場の外だったから娑婆の人たちも集まってきた。その中に髪をふり乱して駈けつけた若い娘がいた。冴子である。墜死したのは兄でないとわかると近くの飛行服の男たちに訴えた。

「有坂少尉の妹でございます。兄に会わせてください」

その声を吹き飛ばすように、三機編隊が爆音を轟かせて直上を通過した。誰かが冴子に知らせた。編隊の三番機を操縦しているのが有坂だと。冴子は拝むようにして哀願した。

「教えてください。兄はどこへ。もう帰って来ないのでしょうか」

情にほだされた仲間たちが小声で行く先を告げた。冴子は一礼するなり走り去った。有坂を追って美保へ向かったのだろう。しかし、当日はB29が関門地区を襲い、列車のダイヤは混乱していた。

宇佐空飛行隊は美保での訓練を僅か三日で打ち切った。慌しく呼び戻されたのは出撃のためか。米軍はすでに伊江島に橋頭堡《きょうとうほ》を築いている。明日にも沖縄本島へ侵攻するだろう。神風特別攻撃隊宇佐八幡護皇隊の命名式はすでに終わっていた。

宇佐に帰った有坂は、冴子が訪ねてきたことを知った。思い当たる節がないでもない。先日の空襲で敵機の猛威を眼のあたりにした後で、それとなく覚悟のほどを伝えた。

「出水で別れるとき僕はすごく好い顔をしたそうだね。あの顔をいつまでも忘れないでくれ」

兄の婉曲《えんきょく》な表現を妹は的確《てきかく》に読んだ。兄は言っている。わが遺影として脳裏に刻《きざ》めと。冴子は矢も楯もたまらず駈けつけたのだ。そうと知っても有坂は言い切った。

「いいんだ。会わない方が」

出撃は秒読みの段階に達していた。

十一

宇佐空に特攻第一陣の出撃命令が下った。発進は明四月一日の〇七〇〇、艦攻隊と艦爆隊は、それぞれ南九州の最前線基地串良と国分へ進出することになった。艦攻隊を指揮するのは十期予備士官藤井大尉、艦爆隊は十三期予備士官円並地中尉。以下、出撃する士官全員が予備士官である。

これまで、すべての作戦に先任指揮官は兵学校出身者を据えて矜持《きょうじ》を保ってきた帝国海軍は、なぜ慣行に背くのか。宇佐空が所属する第十航空艦隊を併せ指揮した第五航空艦隊の長官宇垣纒は次のように記している。

「例により温存主義と急速発進のむつかしき兼合《かねあい》なり」

沖縄本島に米軍が上陸したこの時期に、帝国海軍は温存主義を優先させた。宇佐空特攻第一陣の編成にそれがはっきり現われている。しかし、出撃する予備士官たちはわれ関せずと死の命令を直ちに救国の使命感に変えた。しかし、送る者は諾々《だくだく》と傍観しているわけにはいかなかった。

立石は冷酒一杯を呷《あお》ると、ひとり士官室へ急いだ。士官室とは分隊長の職にある中尉以上の士官公室である。折から居合わせた司令の前で立石は啖呵《たんか》をきった。

「特攻に出て行けるのは兵学校を出た者だけだとかなんとか、見ろ、出て行くのはみんな予備士官ばっかりじゃないか！」

憤激のあまり語尾がかすれた。立石は山下荒法師の大喝を覚悟した。

「ぶった斬る！」

相手は本気で刀を抜くかもしれない。ところが、士官室は水を打ったように静まり返った。司令が黙って肯くと居並《いなら》ぶ士官たちも口を閉じた。立石はとまどった。臨時備いの予備少尉の大それた言動に自ら怖《お》じ気《け》づいた。

「失礼しました。立石少尉帰ります」

挙手して退出した。度の過ぎた血気の勇を悔《く》やむ一方で、これが出撃する予備士官たちへのせめてもの餞《はなむけ》だと自ら納得した。

明日は艦爆隊の杉本と上野が仲間にさきがけて行く。戦うことには男のロマンがある。しかし、十中十死の出撃にはそのかけらもない。特攻とは戦うことより死ぬことである。

明日のある者は明日のない者に眠りを譲ろう。先に寝息をたてたりしたら申しわけない。夜更けても多くの者が釣床の中で眼覚めていた。そのときデッキに足音を忍ばせて近づく人影があった。艦攻隊の指揮官藤井大尉は年長とはいえ弱冠二十七歳、思い乱れて眠れなかったのだろう。ゆっくりした口調で語りかけてきた。

「みんな眠ったのか。起きてる者だけ聞いてくれ。俺たちが特攻をかけることで一時は敵の勢いを挫《くじ》くだろう。しかし、間もなく本土決戦に突入する。そして、文字通り一億玉砕の道を辿る。それでも俺は日本の勝利ということを言いたい。それはだな、生き残った数十人の日本人が満州の興安嶺《こうあんれい》の山奥あたりに住みつき、数千年の後に子孫が繁栄して一つの民族国家としての形を整えるだろう。それが俺の言う日本の勝利だ」

この国の滅亡を勝利という言葉で予告した壮大な遺言《ゆいごん》である。百に余る釣床からは一つの声も返ってこなかったが、それはみなが熱心に耳を傾けていた証《あかし》である。大尉は満足そうに一語を加えた。

「では行ってくる」

ふたたび足音を忍ばせてデッキから姿を消した。

藤井大尉の劇的な訣別の辞に、立石の血気の勇は色褪《あ》せてしまった。ところが、本人がびっくりするほどその効果は大きかった。二日後れの第二陣には、荒法師山下大尉が指揮官となり兵学校出身者が続々と名を連ねた。

そして、同期の寺田泰夫が参加した。彼は十四期飛行予備学生全員の中の最先任である。技倆識見共に抜群であると評価した海軍は、この青年を真っ先に特攻に指名した。後につづく者に範を示せということか。古来魔神に捧げる犠牲《いけにえ》は惜しんで余りある若者でなくてはならない。この寡黙《かもく》で自己顕示欲のみじんもない弁護士の息子が、一度だけ晴れがましくわが身を衆目《しゅうもく》にさらした。彼が学んだ東北大学の出陣学徒壮行会の席で率先して登壇した寺田は、自作の歌に托して決意を表明した。

事しあらばわが大君の大みため
人もかくこそ散りべかりけれ

華やかに脚光を浴びたことでは寺田に優《まさ》る男がいる。神宮外苑で挙行された壮行会で、東大文学部学生江橋慎四郎が出陣学徒全員を代表して、「生等もとより生還を期せず」と謳《うた》い上げると、場内はたちまち悲壮感に包まれた。スタンドを埋める万余の女子学生は涙にむせんだ。しかし、江橋自身は戦場に赴くこともなく終戦を迎えている。そのことを責めてはならない。責める必要もない。彼に求められたのは東條内閣が設営した出陣学徒壮行会というきらびやかな舞台での迫真の演技である。戦意昂揚《こうよう》のムードを盛り上げたことで彼の任務は終わった。

寺田はちがう。あの日の雄叫《おたけ》びは演技ではない。多くの目と耳を借りたのは、出陣の決意が偽《いつわ》りでないことを誓うためだった。以後、彼は口舌《こうぜつ》を弄することなくひたすら出陣学徒の在るべき理想像に向かって邁進《まいしん》した。そして今日を迎えた。爛漫《らんまん》と花咲く好天を特攻日和という。寺田の飛行帽にも桜の小枝が挿されていた。

さくら花散《ばな》りのまぎわの丈夫《ますらお》は
君をおもひて心かなしも

君と呼ぶ今生《こんじょう》の縁《えにし》は数多くあっただろう。寺田は自らを丈夫《ますらお》と呼んで惜別《せきべつ》の情に耐えようとした。

寺田の遺詠《いえい》に吉井巌は返歌を贈った。

神風の大和の国の丈夫《ますらお》は
さくら花咲く春にこそ死ね

感極まるとき命令形を借りるしかなかった男の友情である。

若い命の群れるところ、死の影が射すと青春のエネルギーが沸騰《ふっとう》する。その日の宇佐空は

振った。興奮の坩堝《るつぼ》と化した。行く者は機上に桜の花を散らし、送る者は手もちぎれんばかりに帽を

十二

毎日の密度が限りなく濃い。仲間の戦死の報を聞いては新たな出撃を見送るという日々が続いた。いつしか桜も散り了《おお》せて日脚も伸びた。夕食時はまだ明るい。通信長がやってきた。この顔にはあまりなじみがない。それだけに特別の用があってのことだろう。格納庫が空にならないかぎり特攻は続く。果たして通信長はそれを伝えた。明日の出撃に参加する者の名を淡々と読み上げた。花井は呼ばれたが有坂は呼ばれなかった。これでいよいよ格納庫は空になる。九七式艦上攻撃機は旧式の雷撃機だから、すでに生産は中止されている。今後、補給されることはないだろう。

夕食はそのまま送別の宴となったが、宇佐八幡護皇隊の出撃はこれで終わるという状況がその場の雰囲気を複雑にした。行く者は意に介さなかったが、残る者は後ろめたなさを拭いきれなかった。花井は酒を酌《く》んでまわった。

「みんな、どうしたんだ。しょんぼりするな、元気出せよ」

立石の花井への敬愛の念がこのとき頂点に達した。

「貴様に励まされるなんて、話があべこべだ」

花井は立石の肩に手を置いた。

「明日は車輪止め《チヨーク》を頼む」

その一言は立石の肺腑《はいふ》を衝いた。髭面《ひげづら》の猛者《もさ》は豪快に泣いた。車輪止め《チヨーク》を取るのは介錯《かいしやく》の心に通う。

出撃命令を受けると、花井は五体が浄化されるような充足感に満たされた。

「有坂、長い間ありがとう」

有坂には花井の言葉が乱反射した。

「殴れ、俺を殴って行け」

花井は有坂の激情をかわした。

「ここまでやってこれたのは貴様のおかげだ。あとは俺ひとりで終わりを締めくくる」

花井の顔のなんと誇らかなことか、有坂は逃《のが》れるように学生舎を出た。

格納庫に残っていた宇佐空所属の九七艦攻全機がエプロンに並べられた。手塩にかけた愛機を送る最後の夜という感傷は、すべての整備員にあるわけではない。応召の老兵たちには格納庫が空になれば苦しい労働から解放されるという期待感の方が強い。

「今夜一晩の辛棒やな」

「早いとこ飛んで行っちまえ」

有坂が老兵たちの私語を耳にした。

「待てえ！」

老兵たちはその場に硬直した。有坂の怒りが噴き上げてきた。

「明日出撃する搭乗員はみな若い。まだ貴様たちの半分も生きとらん。それなのに早いとこ飛んで行けだと。さっさとくたばれと言うのか。許せん、貴様たちの老いぼれ面を見ると反吐《へど》が出る。一歩間隔を開け！　歯を食いしばれ！」

有坂は拳を振り上げた。しかし、拳は頭上に止まって動かなかった。出撃の機会を失った者が息まいてみても負け犬の遠吠えだ。有坂の拳はぶざまに萎《しお》れた。相手にその気がないとみると老兵たちは臆面もなく諂《へつら》った。

「へへ、かんにんしとくれやす」

卑屈で狡滑だ。

「好きなだけ長生きしやがれ」

吐き捨てるように言うと、有坂はその場を去った。

耳馴れない爆音が聞こえる。エプロンの外れでダグラスDC三型輸送機が試運転をしていた。要務飛行で中国大陸の青島《チンタオ》へ飛ぶという。出発まで三十分はある。有坂はとっさに思いついた。花井に教えよう。満州にいる家族に手紙を届ける最後の機会だと。学生舎へ急ぎながら有坂は自分がすごく善いことをしているような気がした。これで花井ともすっきりするだろう。

しかし、出撃する者には特別上陸が許されて、花井はすでに外出していた。敗者が勝者に恵むという笑劇《しょうげき》が未遂に終わったのは幸いだ。しかし、有坂は悔いた。花井に殴れと挑みかかった対決姿勢をなぜ自ら崩したのかと。

十三

晶子は花井と有坂の間柄を初めて知った。二人は仲の良い戦友だとばかり思っていたから、少女の頃の晶子の対応はあちこちで誤りがあったかもしれない。晶子はすっかり口が重くなった。

「私にはお話する資格がありません」

圭介は晶子に訴えた。

「有坂さんは自決しました。花井さんは消息を断ちました。あの人たちの青春を葬ってはいけない」

晶子は肯いた。重松は晶子を誘導した。

「あの夜、花井が出かけたあと、四月には珍しい土砂降りの雨になったっけ。花井は中津へ行くと言ってたけど」

雨降る空に明かりはなく、灯火管制の巷に灯はない。夜はいよいよ暗かった。花井は紺の雨衣を着て、ずぶ濡れになりながら少女の家にたどり着いた。地に踏ん張って立っている薬医門がいつもとちがってよそよそしい。出撃は花井にとってすべてだが、この家に住む人たちにはどれほどの意味があるだろう。夜も更けている。花井は、時刻を確かめようとマッチをすった。やがて十一時だ。こんな夜更けに門を叩くなど仰々《ぎょうぎょう》しい。悲壮感を押しつけたりしては見苦しい。黙って去ろう。花井は閉ざされた門の奥へ向かって挙手した。そのとき近づいてくる人の気配がした。闇を払《はら》ったマッチの光が家人に怪しまれたらしい。

「誰方《どなた》ですか」

少女の母の声が、去ろうとする花井の脚を停《と》めた。

「花井です。明朝出撃します。お世話になりました」

少女の母はもどかしそうに閂《かんぬき》を外して門の扉を開けた。

「さ、さ、どうぞ」

それでも拒むのは礼を失する。花井は後に従った。玄関へ導かれたがそれ以上は遠慮した。

「ここで失礼します。終列車まで間がありませんので」

「でも」

「アコちゃん、まだ起きてますか」

少女の母はわが子の名を呼んだ。二度三度くり返したが、少女は姿をみせようとしなかった。

「なにをしてるのでしょう」

少女の母は奥へ急いだ。雨衣から落ちる水滴が三和土《たたき》を濡らしている。軍服を着ていればこその縁に感謝して少女には笑顔で別離を告げよう、花井は心を整えながら待った。

少女の母が申しわけなさそうに出てきた。

「すみません、アコが駄々をこねまして」

なぜだろう。またの機会はない終《つい》の別れだというのに。少女の母は口ごもりながら語った。

「実はあの子も娘になりまして」

わかってくれない花井の無知に少女の母はとまどった。

「花井さんにも女の御姉妹が」

花井はやっと理解した。少女に初潮があったのだ。こういうときは何と言えばいいのか自信はなかったけど祝福の言葉を贈った。

「おめでとうございます」

戦争のさなかにも一人の少女が成長する。その確かな兆《きざ》しがうれしい。花井はたどたどしい口調でそんな意味のことを言った。

少女は柱のかげで聞いていた。花井は少女がわが身に女体を意識してから初めて会う異性である。さよならと言ってあげたいけれど体が硬ばって動けなかった。

花井は時計を見た。もう時間がない。

「アコちゃんによろしくお伝えください」

花井の姿が玄関から消えると、少女に忽然《こつぜん》と哀憐《あいれん》の情が湧いた。それが羞恥を払った。少女は自分の部屋に駈けこみ、振袖人形を抱くと傘もささずに土砂《どしゃ》降りの中を走った。

花井は追ってくる激しい息づかいに振り返った。少女は駈け寄るなり振袖人形を差し出した。

「これ」

生きていればこそ知る人間讃歌の断章である。

「ありがとう」

花井は人形を両手で受け取り、雨に濡れないように雨衣の中に抱き入れた。そのとき少女は花井の体温を感じた。激しい羞恥に襲われて逃げるように闇の中へ走り込んだ。


夜来の雨は止んだ。少女は母に伴われてまだ暗いうちに中津の家を出た。柳ヶ浦の駅に降りたときはすっかり夜が明けていたが、湿気をふくんだ宇佐平野は靄《もや》がたちこめていた。人々は駅前広場から同じ方向へと流れて行った。少女の前後を歩く老若男女《ろうにやくなんによ》は、みな今生の別れにと航空隊へ急いでいるようだ。

隊門衛兵は、見送人は駅舘川《やくかんがわ》の土手から飛行場へ行くように指示した。娑婆と飛行場の境界には、深い溝《みぞ》が掘られていたが、数ヵ所に渡し板が架《か》かっていた。少女はためらう母の手を取って溝を越えた。そこはもう飛行場の中だ。聖域に侵入したような気おくれからか、人々は一ヵ所に群れた。

陽が上るにつれて靄は薄れたが、格納庫のあたりは遠く霞んで見えない。それでも出発まぎわの慌しい雰囲気は伝わってくる。指揮所の前では酒を酌み交わす別盃の儀式が行なわれているのだろう。少女はニュース映画でそんな場面を見た。だから花井の姿は鮮《あざ》やかに眼に浮かぶ。しかし、有坂はどんな顔をしているのか見当がつかなかった。

靄の奥から暖気運転の爆音が聞こえてきた。気分が昂ぶっていたせいか、少女には飛行機の数がすごく多いように思えた。爆音が移動しはじめた。いよいよ離陸するのだろう。やがて靄の幕を破って姿を見せた一番機は、地上滑走の速度を増してたちまち浮上した。列機が一機また一機とつづいた。人々は、爆音を戦う若者たちの訣別の声と聞き、爆音に応えて子の名を呼び、兄の名を叫び、夫の名に泣いた。少女はきれいに塗装された機の操縦席に花井の姿を思い描いてハンカチを振った。

離陸したのは全部で十二機、思ったよりも少なかったが、全機一体となった編隊が頭上を通過したときは、悲しみを吹きとばすような迫力があった。

機影は南の空へ吸われるように消えた。一人の老婆が地べたに坐りこみ、虚《うつ》ろな眼を空へ向けて、念仏を唱えはじめた。老婆の眼に涙を見た少女は、涙の出ない自分を責めた。花井は血縁の兄ではない。花井との距離を理由に涙の出ない自分を許した。

「アコちゃん」背後で呼ばれたとき、少女は一瞬、花井だと思ったが、別人だった。その姿を見るより早く母の声をきいた。

「まあ、有坂さん」

二人のうちせめて一人は生き残ってほしいという願いから少女はいつとはなく一人を選んでいた。それは秘中の秘として心の奥深くに留《とど》めておくつもりだったが、有坂の不意の出現に、少女は母の前でついその人の名を明かした。

「よかった、有坂さんが行かなくて」

愛と呼ぶには幼なすぎる選択である。しかし、出撃したのが有坂でも少女はやはり涙を流さなかっただろうか。

有坂は少女から眼を外らし、南の空を見つめて動かなかった。少女には有坂が花井に詫びているように見えた。少女は有坂を慰めようとした。

「花井さんにはお人形をあげたの、だからいいでしょう」

するとあれは偽りの贈物だったのか。死に行く者へいまひとときの安らぎを願う心に何の偽りがあろう。人形を贈られたとき花井は少女を菩薩の化身《けしん》とみた。少女に偽りはなく花井に誤りはない。

有坂はすげなく去った。少女はもう少し話をしたかった。また会えるからと母に言われて、少女はしぶしぶ納得した。しかし、またという明日を頼める時世ではなかった。

花井が串良から出撃したという確報はなかったが、有坂には後《おく》れをとったという思いが消えなかった。機銃隊指揮官五名を選出せよという通達があったとき、有坂は率先して志願した。空襲時だけの配置だから、いつもは他の者と同じように周辺の陣地構築作業に参加した。操縦桿を鶴嘴《つるはし》に持ち代えるとはなんともぶざまである。四月二十一日の日課はこの気乗りのしない作業で埋められていた。格納庫群の南の端で迎えのトラックを待っていると、隊内スピーカーが間のびした声を流した。

「第二警戒配備、煙草盆出セ」

休んで一服やれという号令である。煙草盆で雑談に興じていたそのとき、底鳴りのする爆音を聞いた。東南の空に大型機の梯団が見える。B29だ。機数約三十、いつもとちがって高度が低い。すでに爆撃隊形を整えている。

「合戦準備、配置ニツケ」

遅すぎる号令にも有坂は忠実だった。聞くより早く行動を起こした。第二指揮所の屋上に七ミリ七機銃四梃の防空陣地がある。そこが機銃隊指揮官としての有坂の配置だ。走る途中で聞いた。

「敵機直上、待避!」

群がって落下する爆弾と空気の擦過音《さつかおん》がザザーッと降ってきた。有坂が指揮所に駈け込んだとき、大地を裂く轟音に、一瞬、体が宙に浮いた。そのまま床にたたきつけられた。あとは何がどうなったのかわからない。眼が見えない。耳が聞こえない。一切の感覚が失われた。すでにわが身は無機の物体と化したのか。炸裂する至近弾に地が揺れ動く。それを体全体で感じた。

「生きてる」

しかし体が動かない。倒壊《とうかい》した建物の下敷きになっていた。痛みはない。負傷はしていないようだ。眼が見えてきた。格納庫が崩れて鉄骨が飴《あめ》のように折れ曲がっている。俯《うつ》せたままだから視野は狭い。それでも死体を四つ数えた。近くに飛行靴が片方だけ転がっていた。ちぎれた右足が嵌《は》まっている。身体から分離した足が飛行靴をはいているような一瞬の道化を感じたあと鮮烈な衝撃が走った。黒い飛行靴には立の字を丸く囲んだ印《しるし》があった。立石だ。柔道の黒帯に因んで飛行靴も黒にしたいと言うので交換してやった。その立石も機銃隊指揮官を志願していた。配置へ急ぐ途中だったのだろう。

立石の行動には一貫して出撃した仲間への償いという男の優しさがあった。立石の悲運は誰が償《つぐな》うのか。まだ死んでいない者たちだ。有坂自身がそうであり、花井もその一人かもしれない。有坂は心中の思いを吐いた。

「花井、まだ生きてるなら立石に詫びろ。貴様は死をひけらかして立石を泣かせた。その立石は、見ろ、貴様より先に魂までも爆砕した」

防空壕に入り込む整備兵の慌しい動きから第二波の襲来を知った。大地が鳴動《めいどう》する。熱気が吹きつける。土砂が落下する。体の自由を奪われている有坂は死の恐怖にさらされたままひたすら耐えた。ひとしきり轟音と炸裂がつづいたあと急に体が軽くなった。爆撃の震動で覆いかぶさっていた桁《けた》がのけられたのだ。有坂は幽鬼のように立ち上がった。

戦死者二百余名、重軽傷者の数はそれをはるかに越える。隊内の建造物はすべて破壊された。立石の他にも十一名の同期の仲間が戦死した。なぜこれほど大きな被害を受けたのか。警報はその地区の鎮守府が発令する。宇佐は九州だから地つづきの佐世保の管轄とみるのは陸軍の発想だ。海軍は海が基本になっている。周防灘《すおうなだ》に面する九州北東部は呉の管轄になっていた。それが禍《わざわい》した。佐世保は空襲警報を発令していたのに呉は解除した。宇佐の当直室が流した「煙草盆出セ」の号令は、組織の運用面で誤りはない。しかし、戦いはいまや陸でもなく海でもなく空だ。新しい時代への対応の後れが敵に完璧な奇襲を許してしまった。庁舎も兵舎も倒壊し格納庫は鉄屑の山と化した。飛行場は月面のクレーターのように穴だらけだ。いつどこで時限爆弾が炸裂するかもしれない。隊内に立ち入るのは危険だ。そうなることを予測していたかのように駅館川《やっかんがわ》の右岸の崖に巨大な横穴壕が完成していた。千名を越す全隊員を収容できる。烹炊員の奮闘のおかげで、ひもじい思いもしないですんだが、戦争の行く末を思うと侘《わび》しくなる。いまはそれよりも死者を弔《とむら》うのが先だ。

二百に余る遺骸は頭を北にして川原に並べられ、分隊ごとに通夜が営まれた。遠く近く時限爆弾が夜どおし炸裂した。それを弔砲と聞きながら死者も生者《しょうじゃ》も夜露に濡れて一夜を明かした。

翌日に遺体の数だけ火葬用の鉄板が配られた。中には数体に一枚というところもあったらしい。こんなことにまで士官と下士官兵を差別するのかという声を聞かないでもなかったが、学業を中断して海軍に在籍すること一年半、終《つい》の終わりのわが身を焼くのに鉄板一枚をもらったからといって特権呼ばわりされるほどのことでもあるまい。

燃料には重油を滲みこませた廃材と木炭が用意された。遺体が焼け崩れるのを白日の下にさらすのは忍びがたい。日没を待って点火することになった。

午後七時をすぎると宇佐平野もようやく暮れた。川原に上った最初の焰を見たとき、巷の人びとは灯火管制下になにごとかと気色《けしき》ばんだが、荼毘《だび》の火柱が刻々とふえて駅館川の川原を埋める頃にはいつしか手を合わせていた。

学生隊でも戦死者と親しかった者がそれぞれに点火した。遺体はたちまち焔を吸い、吸った焔を噴き上げた。十二人の同期の戦友はこのようにして総員戦死の盟約《めいやく》を果たした。死を免れた者たちは遺体が火にはじける音に怯《おび》えながら燃え尽きない肉片を棒で突いて火勢の強い方へ押しやった。鬼哭啾々《きこくしゅうしゅう》とおどろな夜が更けていった。

一切を他に委ねて無と化す。死とはなんとエゴイスティックなことだろう。火の番をしながら有坂はスコップで炭をつぎ足した。そのとき当直学生が伝えた。

「特攻訓練を受けた者は直ちに司令室へ行ってくれ」

有坂たち該当者七人は横穴壕へ急いだ。自家発電の電灯が点々と鈍《にぶ》い光を落とす奥まったところに司令室があった。部屋には白布を敷いた卓に別杯の用意が整えられていた。それがすべてを語っている。司令は七人の予備少尉たちと各個に眼と眼を交わした。そして出撃命令を伝えた。

「最後の御奉公を羨《うらや》ましく存じます」

ソフトで紳士的だが、学徒兵の心を動かすのにこれ以上の言葉はあるまい。

駅館川の川原には夜空に柱《はしら》する数条の荼毘《だび》の火が燃えさかっていた。彼らは煉獄《れんごく》の宇佐空を後にして、陸路、串良基地へ向かった。東九州を南下する一夜の旅は、彼らに二十余年の来し方を回顧するいまひとたびの時を与えてくれただろう。

重松は追体験に顔を紅潮させていたが、ぷつりと話を打ち切った。

「それから先のことはわからん。噂に聞いた話もあるが、あやふやなことは喋らん方がよかろう」

これでは中途半端だ。圭介は矢継ぎ早に質問した。

「有坂さんは、串良で花井さんに再会されたのでしょうか」

「振袖人形が知っちょろう」

「人形はどうなったんでしょう」

「わからん」

「晶子さんも気になりませんか」

「もう遠い昔のことですから」

晶子は口をつぐみ、重松は性急に語部《かたりべ》のつとめを締めくくった。

「阿蘇のカルデラを越えてやってきた百十人の仲間は、あッという間に三十六人も死んでしもうた」

その中に有坂と花井の名はない。これまで圭介が聞き知ったことをどれほど発酵《はっこう》させても、その後の二人がどのように関わったかを想像で補うことはできない。有坂の自決の真相は謎のままで終わるのか。圭介は虚しく東京へ帰るしかなかった。

第四章　告白

一

学徒出陣の海軍飛行予備学生が俄《にわか》に時めいたのは、七十年安保へ向けてスチューデントパワーが燃えさかるさなかのことだった。『同期の桜』ブームはそんな逆風を衝いて捲き起こっている。同名の遺稿集に不滅の価値があればこそだと、圭介は勇気づけられた。歴史の当事者は語らなくてもいい。後に続く世代が、代わって真実を伝えるべきだ。これこそ伝承《でんしょう》の基本ではないか。圭介は有坂の死と併せて花井の生を究《きわ》めることに使命感すら覚えたほどである。しかし、追及の道は途絶えた。東京に帰ってからの圭介はまるで精彩がない。荒れるゼンガクレンに圧《お》されっぱなしだ。

十月二十一日をいまは国際反戦デーと呼ぶ。かつて同月同日、秋雨煙る神宮外苑に出陣学徒は整然と行進した。わだつみ世代のメモリアルを意図的に破壊するかのように過激派ゼンガクレンは10・21闘争を指令した。新宿駅の周辺は騒乱《そうらん》状態に陥り、火焔瓶と催涙弾が飛び交う夜の街は憎悪と敵意に満ちた野次と怒号が渦巻いた。

かつての特攻基地ではこれほど殺伐《さつばつ》で好戦的な声を聞いていない。死に行く若者たちの多くが言い遺《のこ》している。

「お世話になりました。あとをよろしく」

あの謙譲《けんじょう》とこの騒擾《そうじょう》、圭介は二つの青春群像を対比しながらテレビの画面に見入っていた。しかし有坂と花井のその後の消息は絶えたままだ。重要な部分が欠落している。これではゲバルト世代と対峙しても腰が坐らない。圭介の無力を嘲《あざけ》るようにゼングクレンは荒れ狂った。学園紛争の頂点に立つ東大解体闘争は学外者を排斥しない。戦う者は来たれ、戦意なき者は去れと叫んで、安田講堂の砦《とりで》の中に学外の精鋭を数多く招き入れた。

美は人の心をなごませる。闘争にはなじまない。彼らは革命の砦を醜《みにく》く鎧《よろ》った。安田講堂の美観は限りなく汚された。赤い革命旗が貼りつき、長短不揃いのスローガンが時計台の幾何学的な直線美を凌辱《りょうじょく》している。窓に積まれた投石用の礫《つぶて》は内部の大理石を剝《は》がしたものだ。彼らは言う。勿体《もったい》ないと思う奴はブルジョア根性の滓《かす》が残っていると自省せよ。造反有理、いまは一切の価値の変革をはかるときだと。

東大正門の鉄の扉の上には、海の彼方の革命指導者の肖像が掲げられている。一体ここはどこなのか。日本の首都東京でひねた紅衛兵が暴れている。本場では文化大革命もそろそろ下火になったといういまこのときに。

　年が明けて一月十八日の朝を迎えた圭介は、とっくに眼を覚ましていたが、土曜日ではあるし冬のベッドの心地よい誘惑にひたっていた。そこへ千恵が血相を変えて駈けこんできた。

「起きて、たいへん！」

　リビングルームのテレビの音量を上げてあった。興奮したアナウンサーの声が圭介の寝呆けた聴覚を震わせた。

　大学当局の要請により機動隊が本郷の東大構内へ出動した。表向き軍隊のないこの国でこれほどの武装集団の隊列を見ることはめったにない。機動隊カラーの濃い鼠色は一切の情緒を拒む。乱闘服に身を固めた機動隊は初めから市民になじめなかった。

「機動隊、カエレ！」

　取材班のマイクが拾った街の声ではない。テレビの画面に興奮した千恵が圭介の耳元でどなった。

　安田講堂を包囲した機動隊が、赤、黒、白、色とりどりのヘルメットがちらつく窓を狙ってガス弾を発射した。その姿は狙撃兵を連想させる。千恵は金切《かなき》り声をあげた。

「やめて！」

　ヘリコプターが飛んできて、空からも催涙液を撒《ま》いた。それでも冷静を装っている圭介に、
　千恵はがまんできなかったらしい。

「貴方は反動分子加藤の一味なのね」

いっぱしの全共闘のような口をきく。千恵にもヘルメットが似合うかもしれない。

そのとき加藤代行は火と水と石礫の射程外にいて、学生たちにスピーカーで呼びかけた。

「無用の抵抗をやめなさい」

紛争解決を機動隊に委ねたときから、彼はただの見物人にすぎない。東大管理機構のトップの権威などとっくに失われている。いまさら何を呼びかけても群集の野次と変わらない。

戦後の学制改革は、いわば大学の武装解除である。帝国陸海軍はいさぎよく消滅したが、大学は難を免れたという安易な錯覚が矛盾を生んだ。それが積もり積もると崩壊するしかない。

安田講堂の攻防は三十四時間もつづいた。砦《とりで》に立て籠っていた者は五百人を越える。全員が逮捕された。無人の廃墟に残された落書《らくがき》が生々しく戦闘の余韻《よいん》を伝えている。

○静寂は闘いの中に
平和は戦争の中に
秩序は戦闘の中に
○力及ばずして倒れることを辞さないが
力尽くさずして挫けることを拒否する
○人間を最も欲している者が何故
最も非人間的に見られるのだろうか

○戦意なき者は戦列より去れ
○彼女へ、東大より愛をこめて
　僕は日和らなかった
　最後まで戦った。

　圭介は一つ一つ丹念に読み、そのいずれも肯《うべな》った。玉砕の美学に通ずるものがあったからだ。しかし、次の語句を眼にしたとき、それまでの共感は俄《にわか》に逆風を浴びた。

○一月十六日、生存せり!!
○一月十七日、生存せり!!
○一月十八日、生存せり!!　防衛を貫徹す!!

　第十四期海軍飛行予備学生の遺稿集『同期の桜』に旗生良景《はたぶよしかげ》の日記がある。

○四月十六日、今日は生きております
○四月十七日、今日も生きています
○四月十八日、今日も生きています
○四月二十八日、ただいまより出発します。

終わりの一行があるとないとでは決定的にちがう。安田講堂の落書《らくがき》は、特攻出撃の悲壮美を借りた剽窃《ひょうせつ》だ。旗生にとって、生きてるとは死を前にした生命の確認だった。安田講堂の若者たちに、どれほど緊迫した死があったというのか。主観はだめだ。客観を問う。彼らが敵と呼ぶ国家権力は予《あらかじ》め機動隊員に厳しく指示している。

「殺してはならない」

あれほど激しく力と力が衝突したのだから、怪我人は出ただろう。しかし、ただの一人も死んではいない。革命に殉じて自ら命を断った者もいない。死の蓋然性《がいぜんせい》は初めから極めて低かったのだ。

圭介は余勢を駆ってまくしたてた。

「学徒出陣の世代が哲学的であり、全共闘の世代が政治的であるのは、彼らに迫った死の影が濃いか淡いかのちがいだ。政治的であることは哲学的であることよりおおむね不純である」

千恵はそっぽを向いた。

「ご大層なことを仰言るわね。落穂拾いとやらが終わった後なら拍手してあげてもいいけど」

千恵は圭介の急所をチクリと刺した。圭介は一瞬、返す言葉に窮した。黙ったら負けだ。圭介の完敗である。

二

モータリゼイションの性急な滲透《しんとう》によってこの国の生活環境は慌しく変わりつつある。幹線道路に沿ってガソリンスタンドやドライブインやモーテルなどが立ち並び、田園風景は腹立たしいほど損《そこ》なわれて行くが、より早く、より豊かに、という時代の要請は止めようがない。くるま社会の発展途上期だから女性ドライバーは珍しい。男を助手席に待《はべ》らせて運転していると進んだ女に見られる。ハンドルを握らせておくと、千恵は機嫌がいい。運転免許のない圭介は雑用をすべて引き受ける従者と同じだ。ときどき主人の機嫌《きげん》をとらなくてはいけない。圭介はその務めを怠っていた。さっそく千恵に咎《とが》められた。

「なぜ黙ってるの」

音楽を聞いていたとごまかしたが、実は全く別のことを考えていた。もしあの戦争がなかったら、くるま社会はもっと早く来ただろうか。日本人は髷《まげ》を切ってひたすら西欧文明を追いつづけてきた。どんなに急いでも百年はかかっただろう。いまは明治百年を過ぎて間もない。すると、戦争があったけれど、日本の近代化は少しも遅れていないことになる。そうだとしたら、学徒出陣の若者たちの死が意味を失いかねない。ドライブを楽しんでいる千恵が事もなげに言った。

「彼らは明治風男性社会の末路を死で飾っただけよ」

千恵の放言に怒る間もなく圭介は、自動車修理工場の看板に有坂という文字を見た。碓水《うすい》峠《とうげ》に向かう国道十八号線に沿って有坂姓がやたらと多い。有坂志郎はあるいはこの地の出身かもしれない。

「ストップ」

有無を言わせずブレーキを踏ませるほどその声は命令調だった。圭介は有坂につながる縁を探しまわった。あっちへ行けこっちへ行けでは千恵もたまらない。

「もう嫌《いや》、帰る」

車の外の圭介に捨て科白《ぜりふ》を浴びせた。

「死んだ人を探してるんでしょう。お寺巡《めぐ》りでもしたら」

可愛気のない女だと舌打ちしたが、言われてみると理に適《かな》っている。

圭介は近くに宿をとり、この地方の寺を片端から訪ねてみることにした。全部となると五日はかかるだろう。初日は足馴《な》らしのつもりで宿を出た。ところが、四つ目の寺で早くも有坂志郎の墓碑にめぐり会った。

遠いはるかな追憶のイメージは、いつしか色彩を失う。鹿島灘上空で生死を分けたあの一瞬もモノクロとなって定着していたが、いま墓前に立つと俄《にわか》に色彩が甦《よみがえ》った。積乱雲はあくまで白くて白を極め、濃紺の海に逆落としに墜ちて行く九七式艦上攻撃機の日の丸が鮮烈に赤い。追体験はときに体験にも勝って鋭く迫ってくる。

有坂家の墓碑銘には家族の名が刻まれているが冴子の名はない。生きているからだ。墓前の花は供えて間もない。冴子は近くに住んでいるらしい。

「冴子さんはアメリカです」

住職の答えは圭介の期待を裏切った。戦後まもなく向こうへ渡ったから二十年も前になるけど、毎年供養料を送ってくるという。

冴子は日本のふるさとを捨ててはいない。兄志郎への心の絆《きずな》を保ちつづけている。圭介は直ちにこのことを三人の語部《かたりべ》に伝えた。

津上は、出水で有坂兄妹と数時間を過ごしたことがあるので冴子とは面識がある。先方と連絡がとれたのか、圭介は津上からすぐ来てくれという速達を受け取った。

寺の山門には今年も八重桜が婀娜《あだ》っぽく咲いていた。再度訪れた圭介を津上が労《ねぎら》った。

「お手柄でしたな」

そして、アメリカ南部の地方都市で投函された冴子の手紙を見せた。時候の挨拶にはじまる文章は次第に熱っぽく訴えかけてきた。

「兄の死を知って一粒の涙も流さない十八歳の少女、それが戦争が終わったときの私の姿でございます。兄の死は自殺だと直観しました。でも、たった一人の妹の存在に優る死の理由を絶対に認めることができなかったのです。私は兄を恨みました。そして生き残った男たちを軽蔑しました。私は日本の男たちに絶望したのです。そんなときにＧＨＱに勤務する一人の情報将校を知りました。オルニーというその男がいまの私の夫ボブでございます。夷狄《いてき》の男に媚《こび》を売る浮薄な日本の女たち、私もその一人と思われても仕方がございませんが、別便でお届けしました兄志郎の手記」

圭介は思わず手紙を閉じた。

「しめた、手記があるんですね」

津上がはしゃぐ圭介をたしなめた。

「手紙の先を読みなさい」

文面には冴子の真情が激しく綴られていた。

「兄の手記は人間の尊厳のために命を断つとも読めますが、私には日本帝国積年の軍国主義に圧殺されたとしか思えないのです。私は忌《いま》わしい過去から脱け出すために兄の手記を焼こうとしました。ところが、ボブが私の手から手記を奪い取りました。彼は日本人の私よりも有坂志郎を理解し、妹である私にも増して、兄へ親しみを寄せてくれました。異国の男のこのような心の広さは一体何なのでしょう。勝者のゆとりに過ぎないのなら彼との交際も長くは続かなかったと思います。私は彼のおかげで人間として失ってはならないものを失わずにすんだのではないでしょうか」

冴子の手紙はそのまま有坂の手記の序文になっている。手記は戦友の遺体を焼く荼毘《だび》の火柱をかいくぐって宇佐を出発したときから鹿島灘上空で自決する一ヵ月ほど前で終わっている。

山寺を辞去した圭介は宇佐へ直行した。去年の秋に初めて訪れたときは黄金色に熟《う》れていた宇佐平野が、いまは早苗田《さなえだ》の緑一色に若やいでいる。第三の語部《かたりべ》に冴子の手紙と有坂の手記を渡してから、かれこれ二時間になる。

離れの部屋で重松は瞑目していた。圭介は読後感を聞こうと傍《そば》近くに坐った。

「これだけじゃ片手落ちだ」

圭介は耳を疑った。

「どういう意味でしょう」

「花井の話も聞かんことにはな」

それができたら完璧だが花井は消息を絶ったままだと聞いている。重松は重い口を開いた。

「実はな、一度だけ会うたことがある。あれは確かに花井じゃった」

三

かつての串良基地はいまは町営の公園になっていて、一隅に白堊《はくあ》の慰霊塔が立っている。むかしの滑走路の外れだというから、爆装した特攻機はこのあたりから大地を蹴って発進したのだろう。慰霊のためには最もふさわしい場所だ。ここで塔にまつわる建立《こんりゅう》秘話を省《はぶ》くわけにはいかない。

塔から南へ数百メートル下った畑の角に、慰霊の文字を誌した白木の柱が立っていた。戦後まもない夏の終わりに、ここでたった一人の慰霊祭が行なわれた。着古した軍服の上から袈裟《けさ》をまとった若い僧の読経に蟬の声が唱和するだけで参列する者は誰もいなかった。県境を越えてやってきた若い僧は名を渋谷《しぶや》幽哉《ゆうさい》という。

仏門に生まれた渋谷は、龍谷大学在学中に出陣して有坂や花井と同じ戦歴を辿った。しかし、出撃直前に作戦が打ち切られた。渋谷にとって戦後を生きることは、すなわち出撃した友を弔うことだった。すぐにもそれを形のあるものにしたかったが、占領下の日本では戦死者を悼《いた》むことでさえ軍国主義の復活とみなされた。規制がゆるむのを待って渋谷は串良を訪れた。すでに飛行場は周辺の畑地に同化していて往時を偲ぶ術がない。渋谷は高隈山《たかくまやま》との関係位置から推して隊門があったとおぼしいあたりに一坪の土地を買い求め、そこに白木の慰霊柱を立てた。地元の串良町長は後《おく》れをとったことを渋谷に詫び、改めて慰霊塔を建立したいと申し出た。

そのような経緯があって、翌年の秋に塔の除幕式を兼ねた町主催の慰霊祭が行なわれた。渋谷から案内をもらった重松は、宇佐から串良へ駈けつけた。その日のハイライトは鹿屋の海上自衛隊基地から飛来する三機のヘリコプターによって花束が投下されることだった。参列した人々の耳は早くも爆音を捉えて眼は空に機影を探した。重松の眼だけが地上の一点に釘付けになっていた。滑走路の一部がいまは道路になってまっすぐ伸びている。その桜並木の木かげに立つ一人の男を見たからだ。近くまで来ているのになぜ慰霊塔から距離を保つのだろう。重松は思わず男の名を呟いた。

「花井だ」

投下された花束を追って人々は散った。

おかげで再会の場が整ったが、重松は話しかけることを憚《はばか》った。宇佐を出撃するとき、花井は死に行く者にだけ許される晴れやかなパフォーマンスを見せてみなを感動させた。しかし、花井は死なかった。とかくの噂を聞かないでもないが、その心中は察するに余りある。重松は今日まで固く口を閉ざして、花井との再会を誰にも語らなかった。重松の立場はわかるが圭介には別の立場がある。

「花井さんはそのときどんな服装をしてましたか」

「ふだん着のままだったな。ジャンパーを着て運動靴を突っかけて」

圭介は即座に決心した。

「串良へ行ってみます」

重松は乗り気ではなかった。

「行くなとは言わんが、花井の気持も察してもらわんとな」

花井もやがて五十歳になる頃だ。もう若いとは言えない。結婚して、しらす台地のどこかに住んでるのだろう。戦後のことはどうでもいい。圭介が知りたいのは、花井が有坂の死にどのように関わったかだ。

圭介は語部《かたりべ》たちにフェアな視点に立てと言われつづけてきた。しかし、自決の直前の姿を見ているだけに、圭介はともすると有坂へ傾きがちだ。その不均衡を修正するには、どうしても花井の釈明が要《い》る。有坂は手記を残してすべてを語っているではないか。花井も語らなくてはいけない。

四

日豊線の下り夜行列車の中で、圭介は眠れないままに思っていた。四半世紀とは修辞学《しゅうじがく》上の美辞麗句《びじれいく》ではない。歴史の節目《ふしめ》を数える時間の単位なのだと。戦後史はいま初めての節目を迎えている。このときに花井を探そうとする自分の行動が極めて時宜《じぎ》に適ったものに思われてきた。使命を帯びて、しらす台地を往く、そんな気持に昂《たか》ぶりながら都城駅《みやこのじょうえき》のホームに降り立った。

串良へ行くには、ここでローカル線に乗り換えなくてはいけない。その頃はまだ、町や村をつないで二条のレールが、大隅半島に蜒々と貼《は》りついていた。かつて宇佐から陸路串良へ向かった有坂たちもこのルートを辿ったと思うと感慨ひとしおである。

列車が入構してきた。二輌連結の朱色の気動車にはがっかりした。まるで重量感がない。特攻戦たけなわのあの頃は、黒い鉄塊のようなSLが敵機の銃爆撃をかいくぐって、しらす台地を驀進《ばくしん》していただろう。人は死に関わるときその存在感を重くする。当時の乗客はみなそうだった。だから蒸気機関車がふさわしい。死から解放されるとき人はその存在感を軽くする。だからいまは軽やかな気動車でいいわけだ。そんなロジックを弄《もてあそ》びながら、高隈山の麓を走ること三時間余り、正午を過ぎて、ようやく串良駅に到着した。肝属川《きもつきがわ》の右岸ぎりぎりに築かれたプラットホームに降り立つと、川面を撫でる風にほのかな潮の香を嗅いだ。

海は遠くないのだろう。折から夏に向かって咲く南国の花々に彩られて、串良駅はいまさりげなく明るい。しかし、かつて多くの若者がここを短い人生の終着駅とみた時代があった。花井は空から串良基地に降りたが、有坂は両の脚でこの場所を踏んでいる。串良駅はそのまま歴史のモニュメントだ。いつまでも残されていてほしいが、赤字路線の廃止に伴い近く取り壊《こわ》されるという。ここにもまた一つ滅《ほろ》びの美がある。佇《たたず》んでいる圭介に若い駅員が声をかけた。

「お客さん、なよしちょっとな」

圭介は改札口へ急いだ。切符を渡しながら試みに尋ねてみた。

「この町に花井という人はいませんか」

「いません」

そっけない返事を気にすることはない。花井の所在がすぐにわかったのでは、却って拍子《ひょうし》抜《ぬ》けがする。圭介には自信とゆとりがあった。

高隈山を正面に見てゆるやかな上り勾配の道を三十分ほど歩くと慰霊塔のある平和公園に着いた。銅板に刻まれている四百余名の名はそれぞれに慟哭の過去を秘めているだろうが、圭介の関心は他にあった。この地まで進出しながら死を逸した男たちのことである。当然のことながら銅板には有坂の名も花井の名も刻まれていない。重松が花井らしい男の姿を見たというのはどの辺《あた》りだろう。圭介は花井の幻《まぼろし》を追うかのように、桜並木の直線道路を歩いて町役場を訪れた。

窓口の係員は見知らぬ来客を丁重に迎えた。花井の人物像について語る圭介の説明を係員は肯《うなず》きながら聞いていたが、途中で話の腰を折った。

「そげな人は居りもはん」

一方的に断を下されて圭介は怒った。

「調べもしないで、なんだその言い方は。町民の名簿ぐらいめくったらどうだ」

これでは相手も怒る。

「町民の名どますっぱいおいがびんたん中へ入っちょる」

ジェスチュアたっぷりだから、耳馴れない方言も圭介に通じた。万に満たない人口だ。役場の吏員が全世帯の名を諳《そら》んじていてもおかしくない。ここは圭介の負けだ。

「茶でも飲まんな」

取って付けたような愛想を聞き流して、圭介は役場の外に出た。野や畑が落ち凹《くぼ》んでしばらく底を這うとまた元の高度にもどる。そんなしらす台地特有の地形を当てもなくさ迷っていると、農道が交《まじ》わるあたりに掲示板が立っていた。公民館で民謡の夕べが開かれるらしい。主催するのは串良町ではなく、東串良町になっていた。そういえば鉄道の駅も串良と東串良は僅かな距離だ。窓口がもう一つある。圭介は希望を取りもどした。

これまで花井という名には何の反応もなかった。ひょっとしたら、姓が変わってるかもしれない。宇佐の吉田屋旅館の例もある。養子ということは多分に考えられる。今度は花井という姓を伏せることにした。

東串良町役場での反応もはかばかしくなかった。年齢は間もなく五十歳、戦時中は特攻隊員として串良基地にいた。そんなデータには関心を示さなかったが、花井の学歴を聞くと、吏員たちは顔を見合わせた。

「岩切どん方の先生じゃなかどか」

先生と呼ばれている岩切某は、自宅の離れで中高生のための英語塾を開いているという。あまり世間づきあいをしないが、教え方が上手《うま》いので生徒の親たちには評判が良いらしい。吏員《りいん》の中にも子供を預けている者がいて、質問もしないのに、あれこれと細かく話してくれた。その中に第一級の情報があった。岩切某は養子だという。妻もそうだとなると夫婦とも岩切家の実子ではない。これには事情がありそうだが、岩切某の旧姓を知るのが先だ。戸籍原簿を調べてもらうと、果たして旧姓花井の文字があった。

日脚が伸びる季節でもあるし、南九州の日没はおそい。圭介がしらす台地の落ち凹んだ所に岩切家を探し当てたのは午後の七時を過ぎていたが、あたりはまだ明るかった。槙《まき》の生垣をめぐらせて奥に白壁の土蔵が見える。屋敷の中には楠の大木があって、いかにも旧家らしいたたずまいだ。先代はすでに亡くなって養子夫婦が当主だと聞いてきた。門柱に掛けられた英語塾の手書きの看板にはまるで自己主張がない。経営者の人柄が偲《しの》ばれる。現在がどうであれ、圭介が会いたいのは、かつての海軍少尉花井亮である。面会の心構えは整った。しかし、夕食時とはまずい。明日改めて出直そうかと迷っていると声をかけられた。

「誰《だい》さあごあんどかい」

勤め帰りの身なりで自転車を降りた婦人が圭介の前に立ちはだかった。

「奥様でいらっしゃいますか」

圭介に問い返されると、婦人は土地の言葉を改めた。

「岩切の家内でございます」

戸籍原簿によると、岩切雅代は東京出身で旧姓を安宅という。圭介には予備知識があるので初めから優位に立った。

「ご主人は以前は花井さんと仰言《おつしや》いましたね」

雅代は黙って肯いたが警戒の眼を向けてきた。圭介は来意を告げた。

「戦後まもない頃、私に電話を下さったのは、確かにご主人だと思います。そのとき私はまちがったことを申しましたので」

「いまになってわざわざお出でになるほど大事なことでしょうか」

「そうです。ご主人にとっても」

「私にはよくわかりません」

雅代は明らかに圭介を拒《こば》んでいる。圭介はつい高飛車に出た。

「有坂少尉の手記を持参したとお伝えください」

雅代は一瞬屹《きつ》となって足早に門の奥へ消えた。圭介は宇佐を発《た》つとき重松に念を押されている。

「花井の居所がわかっても、向こうが会いたくないと言うたら黙って帰るんじゃ」

どうやらそういうことになりそうな雲行きだ。圭介は門前払いを覚悟した。そのとき岩切家の当主が庭下駄を突っかけて出てきた。その顔は和《なご》んでいた。

「仙石圭介さんですね。電話したのは確かに旧姓花井、この私です」

花井は圭介の来訪を嫌ってはいないようだ。

「長い間、私はひそかに貴方《あなた》のお出でを待っていました。そのくせに今日という日が来るのを恐れてもいたのです」

「お気持はよくわかります」

「それはありがたい。さ、どうぞ」

英語塾の教室に使われている離れに案内されると、雅代が大急ぎで部屋を片づけていた。先ほどのこだわりは消えている。茶の支度をするからと席を外した。

「家内は幼稚園を経営してましてね、生活力があるんです。おかげで左団扇《うちわ》と言わないまでも助かってます」

花井は意外と如才ない。圭介が抱いてきたイメージとはかなりちがう。四半世紀という歴史の単位も個人にとっては厖大な時間の量だ。その間に直情径行の青年が温厚篤実な村夫子《そんぷうし》に変わっていてもおかしくない。まさか有坂との接点までぼやけてはいないだろう。圭介は有坂の手記を差し出した。

「お読みになれば、電話での私の答えが誤りだったと、おわかり頂けると思います」

花井は一礼して手記を受け取った。

「私の話はとうてい有坂の手記に及びません。ですから先に語りたいのですが」

生きてる者が死者に抱く劣等感は誠意の証《あかし》と言えよう。圭介は心よく承知して、これまでの経緯を伝えた。

「土浦時代のことは瓜生さんから、出水時代は津上さんに、宇佐に着任されて出撃されるまでのことは重松さんに詳しく聞いてます」

「では、私だけが知っている私だけの体験を聞いてもらいましょう」

花井の表情が引き締まり、早くも海軍少尉花井亮の片鱗を見せた。

「出撃の朝、私は中津の少女から贈られた振袖人形を抱いていました」

視覚に訴える巧みな語り口だ。しかし、少女の幼い愛は有坂に向けられていた。いまはそのことを告げるべきではない。花井は語りつづけた。

五

出撃前夜は季節外れの土砂降りだった。雨を含んだ飛行場は春を急ぐ大地の温《ぬく》もりで朝から靄がたちこめていた。滑走路は幽玄の彼方へと伸びているようで、出撃の舞台は、なにやらソフトな情緒に包まれていた。しかし、沖縄特攻作戦にまだまだ押せ押せムードが保たれていたときだから、出撃が迫るにつれて熱気と興奮は一気に高まった。今生《こんじょう》の別れを惜しんで、残る者は翼端について機と共に走った。行く者は友を振り切り、地を蹴って浮上した。

離陸した十二機は、空中集合を終えると、全機一斉にバンクを振って宇佐へ永劫《えいごう》の訣別を告げた。そのまま南へ、豊後水道上空を飛ぶのが串良への最短距離だし、気流も安定している。しかし、敵機と遭遇する危険がある。すでに九州の空は安全ではなくなっていた。指揮官機は九州西岸を南下するコースを選んだ。花井は三小隊二番機の機長である。飛ぶほどに視界はよくなり久留米上空で変針する頃には緊張もほぐれた。

「分隊士、ぼた餅と稲荷寿司《いなりずし》です」

電信席から森野二飛曹のあどけない歓声が飛んできた。予科練出の十七歳の少年は早くも機上食の包みを開けたらしい。

艦上攻撃機にはもう一つ偵察員の配置がある。矢島一飛曹は実戦にも参加しているので花井をなめているような態度がある。心が通い合うには時間が要る。三人がチームを組んで飛ぶのはその日が初めてだし、死を共にするからといってすぐに胸襟《きょうきん》を開くほど人間は単純ではない。個々に特攻を命ぜられた三人がたまたま一機の艦上攻撃機に乗り合わせただけだ。

——その日は爆弾も抱いていないし指揮官機について行くだけだから気持にも余裕があった。花井は膝の振袖人形に想いを注《そそ》いだ。すでに人形は贈り主の晶子のイメージから独立していた。強いて言えば夢で見た火焔地獄《かえんじごく》の中を逃げまどう後ろ姿の女の幻影に通ずるものがあった。敵艦に突入するときも人形は、この膝に抱かれているだろう。恋愛の経験もないのに花井は情死に似た心情を追っていた。

鹿児島の市街に二条の煙が上がっていた。大型爆撃機の空襲だとこんな燃え方はしない。

街は一面の火に包まれるだろう。敵は戦闘機らしい。指揮官は集団防禦の態勢をとろうと疏《まば》らになっていた編隊を固めた。燃える鹿児島を気遣《きづか》うようにその日の桜島の煙は薄かった。編隊は高度を下げつつ錦江湾《きんこうわん》を横切った。大隅半島の主峰高隈山の山頂を仰いだから高度はすでに千メーターを切っている。まもなく鹿屋基地を確認した。串良はその西隣りだ。あたりの地形になじんでおこうと改めて翼下に眼をやると、鹿屋基地に土煙が上がった。上空を仰ぐと投弾を終えた数機のB29が悠々と飛んでいた。高度六千だから差し迫った危険はないが、敵機の周りに黒煙が弾《はじ》けだした。高射砲弾の炸裂だ。宇佐の艦攻隊は地と空の立体的な殺戮の真っ只中にまぎれ込んでいたのだ。指揮官機が慌しくバンクを振った。すでに串良の飛行場は視野にある。解散した編隊はそのまま着陸態勢をとった。

主滑走路が北北西に走り、その途中から予備滑走路が西に伸びている。着陸の順番を待っているうちに誘導コースが混んできた。さっきの爆撃で着陸が困難になったのか鹿屋の戦闘機がわんさと押しかけてきた。遠慮しているといつ着陸できるかわからない。指揮所は「着陸急ゲ」の信号を繰り返している。それをいいことに戦闘機が派手に割りこんでくる。こっちは雷撃が専門だから操作がおとなしい。お嬢さん操縦と言われたりもするが魚雷の代わりに八百キロ爆弾を抱く。爆装零戦の二百五十キロとは桁《けた》がちがう。特攻機としての破壊力は抜群だ。なめられてたまるかと花井は、第四旋回をカットして強引に戦闘機の間に割り込んだ。気速を十分に落とす間もなく接地したので滑走距離が意外と伸びた。前方の他機を避けて右車輪のブレーキを踏んだ。機はその場に百二十度も回頭した。二人の部下は遠心力に降り回されて胆《きも》を冷やしたようだ。車輪の右脚に無理な力が加わったが地上滑走に支障はない。こういうときに、ほっと胸を撫でたりすると部下になめられる。すべて初めからの計算であるふりをするがいい。放胆な操縦は部下への有効なデモンストレーションになる。ここはセミやくざ集団の特攻基地だ、お上品ぶって何になる。部下を統率するのは人格ではない。はったりだ。偽悪《ぎあく》のポーズを誇示するように、花井は地上滑走の速度を早めた。後ろ向きで誘導していた整備員が慌てて走りだした。逃げる整備員を追ってさらに速度を上げた。着陸後に寸刻の無駄もなくウサ４２０号機はドンピシャリ掩退壕の真正面に停止した。整備の班長がやってくれますねと言わんばかりに挙手して迎えた。

花井が操縦席を出て翼の上に立ったとき、防空壕の入口にいる貧相な男と眼が合った。男は報道班員の腕章をつけていた。死から遠去かろうとする奴ほど醜《みにく》く老ける。この男もその類《たぐい》だ。ここは最前線の特攻基地だ。若い血が狂おしいほどに沸《わ》き立っている。場違いな人間どものうろつくところではない。特攻隊員の内奥《ないおう》がわかってなるものかと、花井は偽悪の仮面をかぶって地上に降り立った。

振袖人形を抱いた特攻隊員、これは絵になる。記事になる。報道班員がメモを手に駈け寄ってきた。

「お願いします。なにか一言」

原稿はとっくに出来てるくせに、なにをいまさらお願いしますだ。忠烈無比、鬼神も泣く殉国の至情とでも書くがいい。花井はこのじじむさい報道班員をいじめてやろうと思ったが、これ以上、悪ぶったりすると腕に抱いている振袖人形が悲しむ。花井は自分でも意外なことを口にした。

「矢内原忠雄先生によろしく」

戦争にひた走る世論の非難を浴びて自ら東大経済学部を去った碩学《せきがく》の名をまさか最前線の特攻基地で聞こうとは。殺気を孕《はら》んで空から舞い降りてきた若者に報道班員は強く取材の興味をそそられた。

「ぜひお名前を」

「学徒出陣の一特攻隊員、それで十分です」

言うなり花井は迎えのトラックに走った。トラックはあちこちの掩退壕で搭乗員を拾い指揮所へ向かう。荷台に揺られながら花井はあの日のことを思っていた。

昭和十五年が明けて間もない頃、旧制高校に在学中の花井は寮友数人と矢内原邸を訪れた。全寮晩餐会に出席してもらうためである。特高警察に監視されている矢内原忠雄に行動の自由はない。不遇の碩学は温容をほころばせながら寮生たちの勧誘を辞退した。

「わかってくれるね、私は出席するわけにはいかないんだよ」

寮生たちは門前払いも覚悟していたのに、茶を振舞われたばかりか親しく謦咳《けいがい》に接して感動した。中でも次の言葉は忘れられない。

「君たちが無事に大学を卒業してくれるといいのだが」

矢内原忠雄の恐れたことが現実となり、花井はいま特攻隊員として串良基地に降り立っている。

戦争は若者の命を蕩尽《とうじん》する。あのときの矢内原忠雄には、訪れる寮生たちを受難の世代とみるこまやかさがあった。せっかくの厚情を独り秘めていては礼を失する。受難の世代の名で、いまはるかに感謝したい。

花井の偽悪のポーズは消えた。走るトラックの荷台で深く大きく息を吸うと、四月半ばながら南九州の空気は花の香りを含んで甘かった。

指揮所前に整列するなり奥から声があった。

「おお、来たか、待ってたぞ」

到着を労《ねぎら》ったのではない。それは待ったなしの出撃を意味した。

串良には第十航空艦隊に所属する宇佐と姫路と百里原の航空隊から派遣された艦上攻撃機が集結している。宇佐の飛行長が先任らしい。号令台に立ち菊水三号作戦の発令を告げた。明四月十六日、南九州の各基地を発進する特攻は総勢百機、串良からは九七艦攻十機と二五一飛行隊の「天山」十機が爆装して突入するという。

黒板に記された搭乗割には花井の名もあった。一瞬の抵抗はあったが動揺はなかった。そうかといって興奮もしないし感動もない。わが終焉《しゅうえん》の地串良では少なくとも三たびの夜が与えられると予定していたのに、いきなりの出撃命令で心身の調整が狂ったのだろうか。妙な虚無感が襲ってくる。あと二十数時間生きてることさえ億劫《おっくう》になってきた。

士官宿舎といっても屋根を杉の薄皮で葺《ふ》いたバラックだ。部屋には竹製の使い捨てベッドいる。一夜の仮眠をとるだけが無造作《むぞうさ》に並べてある。すでに出撃した者のベッドは持ち去られたのか、歯抜けになっている。天井から吊された裸電球の鈍い光は闇にも増して心を暗くする。一夜の仮眠をとるだけだから、これで十分だというのか。花井は怒ることで激情を掻きたてようとしたが、虚無《きょむ》に湿《しめ》って気分は一向に昂揚しない。水ぬるむ南九州の夜は、早くも蛙の声が喧《やかま》しい。それがぴたりと止んだ。突然の静寂は却って不安を掻きたてる。時計を見ると二時を過ぎていた。もう眠れそうもない。だったら頭は冴えた方がいい。花井は出撃場面を想像して神経を刺戟することにした。脳裏の映像を追うと、滑走路の芝草が緑に溶けて流れる。六十ノット、七十ノット、まだ離陸しない。初めて抱く八百キロ爆弾は意外と重い。赤ブーストでエンドぎりぎりに離陸した。とたんに機首が上がった。失速して地上に落下した。機外に投げ出されたのは、花井とは別人の金田の遺骸に変わっていた。

もう二十日ほど前になる。宇佐から美保へ移動するとき、金田が離陸直後に失速して殉職した。花井は金田の声を聞いた。

「俺みたいにへまをやるなよ」

死者の忠告にこそ死に行く者の心は安らぐ。いつしか花井は深い眠りに落ちた。

おかげで目覚めはさわやかだった。野の鳥たちが奏《かな》でる夜明けのシンホニーを陶然と聞いた。わが生涯の最後の朝のなんとすばらしいことか、思いがけなく感得した法悦《ほうえつ》にひたりつづけたい。それには恰好の場所がある。ウサ420号機の操縦席だ。三尺立方の小さな小さな空間だけれど広大無辺の宇宙からもぎ取った俺だけの聖域だ。そこに体を埋めて出撃の時を待とう。花井は掩退壕へ急いだ。

ところが、わが眼を疑った。壕の外に引き出されたウサ420号機は右脚が折れて翼端が地面を突いていた。その姿はぶざまで哀れだ。整備員が説明した。爆弾を懸吊《けんちょう》すると、八百キロの重量で右脚が折れたという。無理な着陸操作で脚に亀裂ができていたらしい。修理するにしても今日の出撃には間に合わない。

「代替機を用意して下さい」

花井は執拗に飛行長に迫ったが予備機はなく、三小隊の二番機は編成から外された。搭乗割に斜線が引かれると、花井は自分の存在そのものが抹消されたような気がした。

菊水三号作戦に参加する宇佐の仲間は田平だけになった。早くから串良に来ていて言い知れぬ苦悩を体験したのだろう。昨日再会したとき田平の形相は凄味を帯びていた。そして、日頃おだやかな男に似合わない激しい口調で憂国の至情を吐いた。

「こんなことをしていて、日本はどうなるんだ。司令にぶちまけてくる」

串良の司令は田平たちが到着したとき傲然と訓示したとか。

「貴様たちが特攻隊員としてここまで来たからには、生きては帰さないからそのつもりでおれ」

押せ押せムードの真っ只中で、これっくらいの酷《むご》さにひるむ若者はいなかった。しかし、特攻とは不確実な戦果を求めて確実に搭乗員と飛行機を消耗することだ。作戦の回を重ねるごとに出撃機数は減って行く。やがて力尽きるのは明らかだ。田平はそれを言いたかったのだろう。

一転して送る身となった花井は、田平機のチョークを払った。敗れると知りながら空の彼方に花と散らなむと詠み遺した明治大学出身のロマンティスト田平少尉は、機上で訣別の挙手をした。笑うときに見せる糸切り歯が、その日は殊のほか白かった。三時間後に田平機の目標突入を報ずる長符は十数秒つづいて消えた。

六

九七式艦上攻撃機は旧型の雷撃機だから、すでに生産は中止されている。それでも日によって二機三機とどこからともなく空輸されてきた。しかし、花井には割り当てがなく、ひたすらウサ４２０号機が修理されるのを待った。指揮所で待機する日がつづいたが退屈する暇はなかった。連日のように空襲がある。逃げ足が早いのは地上で銃弾に倒れることを恥じるからだ。死に場所は他にある。

夜の士官宿舎は陰惨だ。もう誰も新たに友情を求めたりはしない。みなが黙りこんで心を閉《と》ざす。宇佐にいた頃はよかった。特攻に選ばれた者も選ばれなかった者も一緒に釣床を並べて寝た。残る連中は気の毒なほどしょんぼりしていたけれど、あれはあれで仲間全体のバランスがとれていたのだ。傍に生き残る奴がいてほしい。右も左も死ぬ奴ばかり、串良の夜は耐えがたい。

ようやくウサ420号機の修理が終わった。試飛行を兼ねて花井に戦闘任務が与えられた。国分基地を発進する「彗星」特攻の進撃を助けるために敵の電波を妨害し情報を混乱せよというのである。

この命令はありがたい。敵の哨戒圏の外を飛ぶから、それほどの危険はないし、後日出撃するときの予行演習にもなる。それに二人の部下との連帯感を深めるのにも役立つだろう。

矢島一飛曹には飛行コースを記入した航空図《チャート》を渡した。

「矢島兵曹、無事に帰れるかどうかは貴様の航法次第だ。頼むぞ」

お世辞が過ぎたかもしれないが、熟練下士官との妙なわだかまりは、できるだけ無くしておきたかった。

森野二飛曹には偽電用の平文を渡した。少年兵は早くも興奮していた。

「敵さんは、日本語の受信が下手だと思いますから、ゆっくり打ちます」

「小細工すると偽《にせ》がばれるぞ」

少年兵はペロッと舌を出した。

四月二十二日の朝まだき、ウサ420号機は串良基地を離陸した。錦江湾を突っ切り、開《かい》聞岳《もんだけ》上空に達する頃になって、ようやく東の空が赤らんできた。特攻機はここで変針して、ひたすら沖縄を目指す。祖国への訣別の思いをこめて、みなが開聞岳に挙手するという。今日はその必要はない。しかし、任務を帯びて戦場へ飛ぶ。花井は森野二飛曹に機銃の試射を命じた。実弾だから射撃の反動がズズンと重く操縦席にまで伝わってきた。

五百キロ爆弾を抱いた「彗星」艦爆六機が、そろそろ国分を飛びたつ頃だ。敵のレーダーを狂わせるには特攻機の進撃に連動する必要がある。花井は奄美大島南方のA点とB点で、三十分の時間差をおいて電波妨害作業を実施することにしていた。ところが、飛行コースの最初のチェックポイントである喜界島《きかいがしま》が、すでに雲量一〇のベタ雲に覆われていた。変針の基点から、早くも雲上の推測航法で飛ぶしかなかった。計器を頼りにA点に到達したと判断したが時間が早すぎた。その場に旋回しながら待機するしかない。複雑な運動をすると機位を失するおそれがある。

「矢島兵曹、現在位置をしっかり摑んでおくように」

予定時刻を待って機上から錫箔《すずはく》を撒布した。「彗星」艦爆六機は近くを飛んでるだろう。敵の電波を攪乱できたと確信してB点へ飛んだ。ふたたび錫箔を撒布した。

「任務終了、帰途に就く」

翼下の雲はまだ晴れない。

「目標横当島、針路三三五度」

矢島一飛曹は自信ありげに帰路の針路を示した。部下を疑い自分も迷うのは、機長として失格だ。花井は一瞬ためらったが、明瞭に応答した。

「了解、針路三三五度、降下する」

雲また雲、薄氷を踏む思いで高度二百まで降下すると、ようやく海面がせり上がってきた。島に激突する危険は去ったが、新たな不安が襲ってきた。飛べども飛べども海また海、視界良好となったが徒《いたずら》に水平線だけが鮮明だ。針路三百三十五度を保ちながら気速百十ノットで飛ぶことすでに二十分、とっくに東支那海へ突き抜けたのではないか。針路修正の時機を失すると大事を招く。決断を迫られたとき森野二飛曹が声を弾ませた。

「島です、左前方に島が見えます」

地形から判断して横当島にまちがいない。

「矢島兵曹、ドンピシャリだ。あとは貴様の言う通りに飛ぶ」

吐噶喇《とから》列島の南端を突っかけたから偵察員の航法に頼らなくてもいいが、花井は矢島兵曹の顔を立てて指示される針路を忠実に飛んだ。

指揮所に帰着の報告をすませたあと、花井は折りたたみ椅子を持ち出して、深々と体を埋めた。ふて寝を決めこむためではない。脳裏にこびりついたある疑惑に取り組もうとしたのだ。矢島一飛曹が指示する針路で飛ぶと、吐噶喇《とから》列島を島から島へ丹念に伝い飛ぶ結果となった。その間に二つの場所で不時着機の残骸を見ている。もしかすると矢島一飛曹は、後日に備えて不時着の場所を探したのではないだろうか。そう思うのは自分にも特攻拒否の心があるからだ。花井はそれを強く否定することで矢島一飛曹への疑惑を消した。

そのとき搭乗員の一団が徒歩でやって来た。ここは最前線の基地だというのに、動作が硬い。練習航空隊の灰汁《あく》がまるで脱けていない。そんな新参者に、花井は少しも親しみが湧かなかった。死の順番を待つ羊は、後れて来た仲間を喜んで迎えたりはしない。花井はシニカルな笑みを洩らして、より深く折りたたみ椅子に体を沈めた。両脚を組み、眼を閉じた。特攻崩れなどと言われる居直りのポーズである。

士官と下士官から成る搭乗員の一団は、指揮所前に整列して先任者が着任の報告をした。

「有坂少尉以下十七名、宇佐空より、陸路ただいま到着しました」

花井は弾かれるように立ち上がった。有坂もとまどった。駅館川に燃える茶毘の火柱をかいくぐって宇佐を後にしたときから、花井のことはまったく念頭になかった。訣別のドラマはとっくに終わっている。二人は生きてふたたび会うべきではなかった。

その夜、花井と有坂は、竹製の空きベッドに並んで腰を掛けたが、はからずも共有することになった予定外の時間を潰すのに苦労した。

「宇佐のみやげ話がある」

有坂はB29の爆撃を受けた宇佐の惨状を語り、花井が最も親しくしていた立石の最後を伝えた。

「そうか、俺より先に死んだか」

花井のショックを察した有坂は聞き手に回った。

「串良の話、何か聞かせてくれ」

「宇佐の分隊長松田大尉が戦死した」

「特攻か」

「いや、串良に着いたその日に、『天山』艦攻六機を率いて夜間雷撃に出たまま帰らなかった」

「そうか、戦死したか、やはりな」

外出日に隊内の小川で釣りを楽しんでいた姿が眼に浮かぶ。あの美丈夫に有坂は死の予兆を感じた。純な男は死んで行く。特攻でなかったことがせめてもの救いだ。

二人が語り合ったのはすべて死んだ男たちのことだった。そうなるわけだ。生きてる者にはもう関わりはないのだから。

同じことを同時に言いかけて、有坂は花井に発言を譲った。

「長かったな、土浦の夜以来」

「あと何日だろう」

「残った時間はそれぞれに生きよう」

「それぞれに死ぬか」

「おー、死生一如」

どちらからともなく、差し出した手を握り合った。二人は共にゴールに到達した。二人はそう思った。しかし、その後の二人の運命はがんじがらめに絡《から》み合って行った。

七

第四次菊水作戦が発令された。四月二十八日を期して南九州の基地群から総勢八十余機の特攻をかけるという。串良からは十二機の九七艦攻と七機の「天山」艦攻が参加する。その中の一機はウサ420号機だ。花井、矢島、森野のチームにいよいよ出撃の時が来た。

発進は明日の一五〇〇、沖縄に到達するのは夕刻になるだろう。出撃する者は薄暮攻撃を喜ぶ。戦果もあがるという。理由があってのことだ。生身の人間には、死後直ちに夜になる方がありがたい。永遠の休息は常闇《とこやみ》の夜にこそある。

三十六名の出撃搭乗員は飛行長を囲んで作戦の打ち合わせをした。

「沖縄に着くまでが勝負だ。あとは眼をつぶって突っ込んでもぶち当たるほど、敵のフネはうじゃうじゃいるらしい」

飛行長の訓示は相次ぐ特攻もそれほど効果がなかったことを暴露している。

花井はウサ420号機の整備状態を確認するために、二人の部下と掩退壕へ急いだ。そこにはすでに巨大な八百キロ爆弾が運ばれていた。爆弾にもそれなりの造型美があった筈だが、これは異様に黒くて醜《みにく》い。弾道を安定させる翼が取り外されているためだ。機体ごとぶち当たるのに、安定翼はいらない。理屈はそうだが、敵艦もろとも命を砕く身には、せめて爆弾の色と形は美しくあってほしい。これではまるで手足をもがれた黒豚の死骸だ。それでも花井は心を通わせようと膝を折って爆弾を撫でた。整備員たちは粛然と挙手した。

森野二飛曹には明日の準備がある。電信機や機銃を取り付けなくてはいけない。花井は矢島一飛曹だけを掩退壕の外に誘った。飛行場の芝草はこの十日ほどで一段と緑を濃くしたが、なお貪欲に陽を吸っている。

二人は並んで腰を下ろした。朝から立ちこめていた春霞が、午後になってからりと晴れた。

空は高くて蒼い。

「沖縄の空はもっと蒼《あお》いだろうな」

矢島一飛曹も空を見上げた。相手は聞く耳を持ってるらしい。

花井は会話が転がりそうな話題を探した。

「矢島兵曹はずいぶん飛んでるんだろう。五百時間かい」

「とっくに越えてますよ」

「そうか、俺はやっと百時間だ」

数字はクールだからいい。フェアに話ができる。

「貴様のような熟練搭乗員を特攻で潰すのは惜しい。帝国海軍も勿体ないことをする」

矢島一飛曹はせせら笑った。

「虫けら一匹とっととくたばれってんでしょうよ」

ここで黙ってしまったら負けだ。花井は心の奥の本音を吐いた。

「いまさら命を大事にしろでもないが、やけのやんぱちで突っ込んだりしたら往生際《ぎわ》がよくない。命を下さったお方に悪いとは思わないか。おふくろさんに」

花井は自分にも母親を思い出させたことを悔いた。これ以上、話すのがいやになった。すると矢島一飛曹の方から話しかけてきた。

「花井少尉、私は親不孝者です」

「わかってるよ、その面《つら》を見れば」

「あっさり言わんでください」

二人は初めて笑みを交わした。つい冗談を飛ばしたのが思わぬ好結果を生んだ。矢島一飛曹が吶々《とつとつ》と語りだした。

「私は、信州の山奥の高等小学校を卒業するとすぐに、大阪の金物問屋へ奉公に出ました。晴れの門出におふくろが皮の靴を買ってくれました。生まれて初めてはく皮靴です。私はうれしくてうれしくて出発の日は、跳《と》んだり撥《は》ねたり石を蹴《け》るやらで、はしゃぎどおしでした。するとおふくろが言いました。靴が汚れるから荷車に乗れと。そのときおふくろは私の荷物を駅まで運んでくれたんです。私は言われた通りに荷車に腰を下ろしました」

「あべこべだよ。お母さんを乗せて息子が車を曳かなくちゃ」

「ほんとですよ。すり切れた草履《ぞうり》だから裸足《はだし》も同じです。駅まで一里半の砂利《じゃり》道を足裏がどんなに痛かったか、私はとんでもない親不孝者です」

「そうじゃない。君は親孝行をしたんだ」

君と呼ばれた矢島一飛曹にも、君と呼んだ花井にも、一瞬のとまどいがあった。海軍は士官と下士官兵の間に身分上の差別を設けている。しかし、この期に及んで士官も下士官もあるものか。花井は矢島一飛曹に友として対した。

「君はまだ少年だったし、母親に甘えることが一番の親孝行だったんだ」

「花井少尉、私は、私は」

矢島一飛曹は絶句した。花井は立ち上がった。

「矢島兵曹、最後の昼飯は一緒に食おう。明日の一二〇〇、指揮所で待ってる」

これでいい。あとは残された時間を自分のためにだけ使おう。そう思った花井は、矢島一飛曹ほどの熟練搭乗員が、なぜ特攻に指名されたかを糺《ただ》そうとしなかったし、彼がしみじみと母親のことを語った真意を汲み取ろうとしなかった。

飛行場の外周をぶらつくうちに花井はいつしか飛行場の外に出てしまった。隊内へ引き返して陰惨な宿舎で夜を待つのもやりきれない。今夜はみな上陸するらしい。串良駅から二つ目の高山町には士官専用の料亭がある。花井も誘われていたが、飲んで騒いで最後の夜を有耶無耶《うやむや》にする気にもなれなかった。

明日の沖縄の戦場を茜色に染める夕日が、いまはまだ祖国の山河を照らしている。あたり一帯の畑には早くも麦が穂を孕《はら》んでいる。やがて収穫されると、水が張られて田植えがはじまるだろう。しかし、これからの季節の移り変わりなど一切関知しない。花井は当てもなく彷《さまよ》った。

用水池の畔《ほとり》に出ると、桜の古木が土手を固めて風情を添えていた。その幹にもたれて何気なく小石を投げた。すると水面に拡がる波紋の中からアンデルセンの童話が思い浮かんできた。

「ある日、池の畔に佇んでいた一人の少年が水の誘惑に抗《あらが》いながらふと思った。もしいま池に飛び込んだら神様が慌てるだろうと。少年の命の長さは予め定めてあるのに勝手に死なれると神様の計画が狂ってくるからだ」

花井は童話の中の少年を自分に置き換えた。わが身が砕け散るそのとき、神はこの若者にはなお数十年の寿命を与えてあったのだと、天意をないがしろにする人間どもの狂気を怒るだろうか。神よ、わがために怒り給え、その祈りは死の決意を不動のものとした。

八

花井は死ななかった。四半世紀が過ぎたいま、圭介の前で、その経緯《けいい》を語ろうとしている。しばらく口を閉ざしたままだ。圭介は語り手の気持を忖度《そんたく》して先を促すようなことはしなかった。そのとき雅代が姿を見せた。

「お食事の支度ができましたけど」

すでに夜の九時を過ぎていた。せっかくの好意には甘えるしかない。圭介は母屋《おもや》に案内された。

仏間につづく座敷に夕食の膳が用意されていた。長押《なげし》には先代の肖像写真が掲げられている。当主とその妻はどちらも先代の血縁ではない。先代はなぜ岩切家の後継者に二人を迎えたのだろう。

雅代は夫とその客のために専《もっぱ》ら給仕をつとめた。戦後派を気取る圭介の周辺には、主婦とメイドが一体という生活風景はまったくない。それだけに、岩切家の夕食の席に醸《かも》される雰囲気は至って新鮮だ。雅代は団扇《うちわ》を使っておだやかな風を送りつづけている。圭介は恐縮した。

「どうぞ奥様も召し上がってください」

「お客様の前で箸を取ってはいけないと、母に躾《しつ》けられましたので」

「母というのは」

「岩切の義母でございます」

　圭介は改めて長押の写真へ眼をやった。岩切家の当主が補足した。

「義母は薩摩の士族の出ですから、礼儀作法にはとても厳しい人でした」

そうだとしたら他国者《よそもの》を疎《うと》んじただろうに、岩切家はなぜ現在に至ったのか。

　雅代が膳を下げるのを待って、圭介は花井に問いかけた。

「この地にお住まいになってるのは、やはり戦時中の関わりからでしょうか」

「そうです」

「奥様と初めてお会いになったのも、串良の基地にいらしたときですね」

「そうです」

「出撃命令を受ける前か、それとも」

「後です」

　残された僅か数時間に、後日、夫婦として結ばれるほど濃縮された出合いがあったのだ。

それは運命的な偶然としか言いようがない。圭介が口にした偶然の一語に、花井はひどくこだわった。

圭介は第二の語部《かたりべ》である山寺の和尚から聞いている。出水にいたとき脱線事故があって帰隊時刻に遅れそうになった。そのとき花井は、一切の偶然を否定した。いまも同じ考えらしい。

「私と雅代が出合うまで、それぞれの行動は、必然に貫かれていた筈です。必然と必然が交錯する出合いを、私は偶然と呼びたくない。そもそもの出合いを偶然とみたのでは、いまを生きることの意味が薄れます。偶然は軽い。必然は重い。ずしりと重い」

雅代が食後の果物にと枇杷《びわ》を運んできた。花井が言いつけた。

「雅代は証人として、ここに坐っていなさい」

菊水四号作戦に名を連ねた花井に、死は決定的であった。それを覆《くつがえ》すことは絶対に許されなかった筈だ。許されないことが許され、あり得ないことがあり得たとなるとやはり証人がいる。交錯する二つの必然には主もなく従もない。質量共に均等だ。

「ですから、ワンサイドストーリーでは、真実を伝えることはできません」

そう言って花井は、事の経緯を雅代側に切り換えた。

九

昭和二十年を迎えて戦況は一段と悪化した。大都市への空襲は必至とみて、幼い命が失われることを恐れた政府は、学童の集団疎開に踏み切った。しかし、幼稚園の園児は親許から離すには幼なすぎる。東京深川の小名木川沿いにある幼稚園で保母をつとめていた安宅雅代は、おかげで園児たちと毎日を楽しく過ごすことができた。自分だけ軍需工場への徴用を免れて申しわけない気もしたが、これまでが不幸過ぎたという言いわけがあった。市電の運転手をしていた父を交通事故で失い、女学校の卒業まぎわに母を病気で亡くした。これだけでもう十分に不幸である。身寄りのない雅代は、幼稚園に寝泊まりして園児たちとの触れあいを生きがいにしていた。

三月九日の朝に、一人の園児の母が一晩だけ子供を預かってくれと頼みにきた。よんどころない用があって伊豆の実家へ行ってくるという。当時は子連れの旅は容易ではなかった。ターちゃんという男の子が自分から幼稚園に泊まりたいと言ってくれたので、雅代は気軽に母親の頼みを引き受けた。

その日は、午後から吹きはじめた北々西の風が、夜になると一層強くなった。風の音に怯《おび》えて、しがみついてくるターちゃんを、雅代は優しく抱いてやった。安心して眠る幼童に添い寝しながら、自分はもう少女ではないという想いにひとり恥じらいだ。間もなく二十《はたち》の誕生日がやってくる。

夜の十時頃に警報が出たが、すぐに解除された。いつものことである。夜半を過ぎて、ふたたび鳴り響くサイレンに、雅代は浅い眠りから覚めた。風もまだ吹き荒れている。なんて騒々しい夜だろうと外へ出てみると、海の方角を僅かに残すだけで空がぐるりと赤く染まっていた。皆既日食で月面の影から洩れる太陽のコロナを見るようだ。幻想的な紅《くれない》の巨大な輪が美しい。そのとき探照灯の光芒が低空で飛ぶ巨大な物体を捉えた。襲いかかるように迫ってきた物体は、雅代の頭上でその胴体を開いた。中から多数の黒い塊が落下した。すると、あたりに夥《おびただ》しい焰の柱が噴き上がった。

その後は無我夢中だった。気がついてみると雅代はターちゃんを背負って火焰地獄に闇を求めて走っていた。背中の帯が切れてずり落ちたが雅代はターちゃんは泣かなかった。泣かないターちゃんを健気《けなげ》と思い、手を取って引きずったが、ターちゃんは走ろうとしなかった。とっくに焼死していた。雅代はその場に崩れて慟哭《どうこく》した。

翌日から雅代は園児たちの生死を確かめようと、焦土の中を彷《さまよ》った。一ヵ月以上の時間を費やしたが、ただ一人の無事も確かめることはできなかった。全員絶望と知って雅代にはすべてが終わった。そう思ったとき、雅代の若い魂が、最後のロマンを求めた。地の涯まで旅をしてみたい。行きつく果てにわが命を終えよう。死の季節にふさわしい乙女の夢である。

しかし、昭和二十年の四月ともなると遠くへの旅は厳しく制限されていた。それなりの理由がないと許されない。雅代は焼ビルの中の区役所を訪ねて泣訴《きゆうそ》した。

「婚約者が南九州の特攻基地にいます。出撃する前に一眼会わせてください」

証拠を求められても空襲で焼けたと言えば罷《まか》り通った。

「婚約者が特攻基地に」――繰り返し訴えているうちに、自分でもそれが事実であるように思えてきた。そうなると雅代の演技は真に迫る。

切符を手に入れた雅代は列車を乗り継いで、西へ西へと流れて行った。東京は巨大な火葬場だ。もう二度と帰る気はしなかった。雅代はいつしか串良まで来てしまった。それでも使用済みの仮《かり》の口実を反古《ほご》にしなかった。町の数少ない旅館は、今生《こんじょう》の別れに駈けつけた特攻隊員の家族で、どこも満員だったが、婚約者に会いに来たと言うと納戸部屋を空けてくれた。おかげで二日も泊めてもらい十分に休養がとれた。疲れを癒すのは何のためか。今生の終りを飾るには心身共に健《すこ》やかでありたい。

初めて箱根を越えてはるばるやって来た雅代には、大隅《おおすみ》半島のしらす台地は、遠い遠い地の果てだった。鉄道線路が先へ先へと延びている。枕木を伝って歩くと、両側からレールに挟まれて心の横ぶれを防いでくれる。南国のこの地には早くも初夏の温気《うんき》がたちこめていた。気だるい夕景色の奥からかすかに汽笛が聞こえてきた。音はエコーに滲《にじ》んで幻想的に響く。未知の世から誘いかけてくるようだ。雅代は眼を閉じて無我の恍惚にひたろうとした。そのとき背後から声が飛んできた。

「危ない！」

雅代は土手下に突き落とされた。貨物列車が鉄輪をきしませて通過した。重量物を積んでいるのかレールがたわむ。雅代はうつ伏せたまま立とうとしなかった。

「大丈夫か」

男の声が降ってきた。雅代は上体を起こした。眼の前に飛行帽をかぶった若い男が立っていた。これが花井と雅代の初めての出合いである。

「怪我はなかったね」

雅代は虚ろな眼で宙をまさぐりながら呟いた。

「貨物列車、何を積んでたの」

花井は活《かつ》を入れるように語気を強めた。

「爆弾だ」

雅代は反射的に立ち上がった。

「爆発したらよかったのに」

基地の近くで女はなぜ自殺しようとするのか、容易に想像はつく。後追い心中にちがいない。花井はいたわるように問いかけた。

「誰が出撃したの、兄さんか」

雅代は答えなかった。思い詰めるほどだから、もっと濃密な間柄だろう。

「恋人、それとも婚約者」

「ちがう、ちがう!」

激しく否定したのは何かを肯定しているからだ。雅代には架空の婚約者のイメージが眼の前に立っている花井と劇的に重なった。それでつい取り乱してしまった。その間の事情は、花井にはわからない。雅代は非礼を詫びようとして、見知らぬこの地に漂い着いた経緯を詳しく語った。

東京空襲の激しさを伝え聞いた頃に、花井は夢の中で火と煙に捲かれる後ろ姿の女を助けようとけんめいに追った。追いついたとたんに、夢は自己嫌悪に苛《さいな》まれる現実に変わった。

しかし、あの忌わしさはすでにない。命と取り組む日々を重ねるうちに、すべて浄《きよ》められている。そして、いま《いま》夢の中の後ろ姿の女が安宅雅代の名を得た。花井は悪びれることなく虚心に言えた。

「僕は以前に君と会ったような気がする」

「私も」

仮想の婚約者がいま花井亮の名で姿形を得ている。錯覚であっても、再会とは他人であることを許さない出合いである。しかし、早くも別れが迫ってきた。

「明日、僕は出撃する。そして、ふたたび帰って来ることはない」

「見送るわ、飛行場の近くで」

「そのあとは」

「それっきりです」

雅代は却って死への傾斜を深めた。花井はとまどった。

「僕たちは何のために出合ったんだ。それじゃまるで意味がない」

「ううん、おかげでもう淋しくない」

雅代は花井と死を共有することで、これまで抱きつづけてきた孤独な自殺が甘美な心中に変わりつつある。

花井は困惑した。わが身は明日と限られた乏しい命、それがなぜ行きずりの女の生き死ににかかずらうのか。出撃は至上の命令である。瑣末《さまつ》な俗事は捨てておけと、海軍少尉花井亮は正論を吐く。しかし、人の子としての花井亮が激しく反論する。いまこの刻《とき》をなおざりにしたら、二十余年のわが生涯に汚点を残す。花井は雅代に思い止まらせようとけんめいに説いた。しかし、雅代の一言は花井の説得を根こそぎ覆した。

「死んで行く人には他人の死を止める力はありません」

しらす台地の道は白く乾いて埃《ほこり》っぽい。その道を、小刻みに先へ飛んでは止まる玉虫色の昆虫がいた。ハンミョウという鞘翅目《しょうしもく》のこの虫には道しるべという呼び名がある。当てもなく彷《さまよ》う花井と雅代を、五歩か六歩の距離を刻《きざ》んで先導してくれてるようだ。導《みちび》かれるままに二人は、三百メートルほども歩いただろうか。夕日が山の端に翳《かげ》ると、親切もこれまでとばかり剽軽《ひょうきん》な道しるべは翅音《はおと》を残して薄暮れの闇に消えた。歩く力も萎《な》えて二人は立ち止まった。花井は声を絞った。

「頼む、言ってくれ。生きて行きますと」

いい加減に解放してくれと聞こえなくもない。そんな身勝手なゴリ押しに説得力などあるわけがない。雅代はひとりとぼとぼと歩きだした。花井はもはやこれまでと諦めた。去るにまかせて見送っていると、その後ろ姿がふたたび夢の中の女と重なった。花井は夢の中の女に負い目がある。罪を償《つぐな》おう。償いの心があれば死を思い止まらせることもできるだろう。花井は雅代を追った。肩を並べるなり話しかけた。

「ね、幼稚園の歌を片っ端から歌おう。どう、鳩ポッポ」

「幼稚すぎる」

「じゃ、春のうららの隅田川」

「隅田川には焼けた死体がいっぱい浮かんでいる」

「どうして君はぶちこわすようなことばかり言うんだ」

「私を殺して」

花井は声を呑んだ。雅代は自分の言葉に昂《たかぶ》った。

「先に死にたい」

「ばかッ！」

「だって」

雅代は泣きながら両の拳で花井の胸を乱打した。こうなったら警察に保護を頼むしかない。しかしそれは最悪の選択だ。ではどうすればいいのだ。

花井は無断で隊の外に出ている。気になって時計を見た。雅代は目ざとく花井の心を読んだ。

「さよなら」

「いいんだよ。心配しなくても」

急いで帰隊することはない。串良は特攻基地だ。厳《きび》しく取り締まるだけでは却って戦意を損《そこな》う。搭乗員は特に大目に見られていた。「脱」と称する無断外出は日常化しつつある。出撃に支障さえなければそれでいい。花井が飛びたつのは明日の午後だ。まだ時間はある。陰気な宿舎で為すこともなく時が経つのを待つのは耐えられない。雅代に生きる勇気と希望を与えることができたら、それこそわが人生の掉尾《とうび》を飾るというものだ。当面の行動に納得がいくと、花井は歩きだした。雅代は黙って付いてきた。

花井は思い返した。先ほど雅代が殺してくれと迫ったことを。これほど激しい愛の告白がまたとあろうか。先に死にたいとは、極限状態にあってなお愛を訴える雅代の切なる想いである。花井は立ち止まってふり向いた。雅代は眼を外《そ》らさなかった。雅代がいじらしい。いじらしいと思えば思うほど自分がみじめになる。

「安宅雅代さん、そうだったね」

女は肯くかわりに男の名を確かめた。

「花井亮さん」

これでもう二人は行きずりの男と女ではない。言葉はなくても刻一刻と親密の度を加えていった。出撃前夜の時間には限りがある。だから愛が高まることを二人は恐れなかった。しらす台地はとっぷり暮れた。立ち止まると切なくなる。二人は歩きつづけるしかなかった。

十

槙《まき》の木の生垣をめぐらした白い土蔵のある旧家の前にさしかかった。門の石壁は吸湿性があるのか豊かに蔦《つた》を這わせている。その重厚なたたずまいにひかれて花井は足を止めた。どうにもならない今の今を思いあぐねて、なにやら権威めいたものに縋《すが》ろうとしていたのかもしれない。

表札には岩切とあった。その傍に出征軍人名誉の家と記された木札が三枚も連なっている。ここにも世間並みの悲しみが秘められているようだ。いまどき縋《すが》れる権威など、どこにもありはしない。佇む二人は声を浴びた。

「ぐらしかなあ」

東京育ちの雅代にもその意味がわかった。背後に立っている初老の婦人の眼には慈《いつく》しみが溢れていた。外出からの帰り途に二人の姿が眼にとまり、その後ずっと様子を見ていたという。連れ添う二人は誰の眼にも今生の別れを悲しむ恋人同志か新婚まもない若夫婦に見えるだろう。

婦人はこの屋敷の女主人で岩切しげ乃という。出征した三人の息子たちの母親である。息子たちはみな戦死していた。どの子も独《ひと》り身のまま短い生涯を終えた。男の子がもう一人いたら今の今にでも嫁を迎えてやりたい。たとえ明日戦死するとわかっていても。そんな想いに駆られていたとき、しげ乃は花井と雅代の二人に巡《めぐ》り合った。ぐらしかという憐憫《れんびん》の情の背景である。

しげ乃は二人を門の中へ招いた。躊《ため》う雅代を残して花井はしげ乃の後を追った。

「小母さん、あの人をお願いします」

「よかよか」

万事承知しているかのように、しげ乃は大きく肯いた。花井はほっとして体中の力がいっぺんに脱けるような気がした。しげ乃は花井の挙手を別れの挨拶とみた。戦死した息子たちもみなそうしたからだ。

「待ちゃんせ」

しげ乃は門の外に走り戻って雅代の手を取った。

「早う来んな」

二人は母家の土間に案内された。

「夕御飯はまだじゃろうが」

言われて二人は空腹を感じた。そのことをさもしいと思う間もなく、しげ乃は雅代に言いつけた。米を研いで炊飯《すいはん》の支度をするように。花井にも仕事を与えた。

「おまんさあは風呂炊《た》きじゃ」

しげ乃のてきぱきした指示に従って、二人は操《あやつ》り人形のように動いた。

岩切家の風呂は母屋と離れて井戸に隣り合っていた。釣瓶《つるべ》の水を木箱のタンクに吐かすと、水は管を伝って五衛門風呂の浴槽に溜まる。灯火管制がやかましいので焚き口の火が外に洩れないように板塀で囲ってある。

花井は教えられた通りに釣瓶井戸の水を汲んだ。雅代との出合いは、出撃前夜の秘事として誰にも知られたくない。そう思うと夜の静寂を破る滑車の軋《きし》みが気になった。しげ乃が声をかけた。

「畑の中の一軒家じゃが」

花井は釣瓶をたぐるピッチを早めた。滑車は心地よいリズムを生んだ。しげ乃は焚き口に藁を押し込み薪を用意した。

「明日は神様にないやっとじゃ。身も心も浄《きよ》めて行きやんせ」

「小母さん、私たちは」

「よかよか、ないも遠慮しぐれはいらん」

しげ乃は母屋の方へ去った。花井は重大なことを言いそびれた。雅代とは今日初めて会っただけの間柄であることを。そのことはいずれ雅代が打ち明けるだろう。こっちは命のしめくくりが精いっぱいだ。ひたすらトトトツートと、わが生涯に終止符を打とう。花井はマッチを擦った。焚き口の藁が勢いよく焔を噴《ふ》いた。

しげ乃は二人を相思相愛の恋人同志と思い込んでいるらしい。雅代にはそれが迷惑というわけではない。いまとなっては、行きずりの他人ですと言う方が却って不自然だ。雅代も二人の間柄について言いそびれた。そのことに神経を使う暇もないほど、しげ乃は矢継ぎ早に用を言いつけた。おかげで雅代は久しぶりに充実した時間を過ごすことができた。

かまどで釜が噴きこぼれた。雅代はうっかり釜の蓋を開けた。とたんにしげ乃に叱られた。

「なよすっとね」

雅代は不馴れなかまどの扱いにすっかりまごついた。しげ乃が燃えている薪を引き出してかまどの中はおこりの余熱だけにした。

「お母さんはご飯の炊き方も教えちょらんとね」

「母は死にました。二年前に」

「お父さんは」

「死にました。五年前に」

叱られたことへの言いわけに雅代は親の死を強調した。そのことについてしげ乃は何も言わなかった。

「茶でも飲まんな」

雅代を囲炉裏《いろり》ばたに招いて茶をふるまった。そして、突然に話題を変えた。

「おまんさあたちゃ、一つ布団に寝たことがあいやっとな」

「は⁉」

雅代はとっさに問い返した。意味が通じなかったのではない。質問の内容があまりに唐突だったからだ。しげ乃は雅代の初《うぶ》な狼狽ぶりを見て席を立った。

一人になると雅代はとめどもなく顔が火照った。しげ乃が二人を恋人同志と思いちがいをしてくれたのは好もしいとさえ思っていたが、ここまで飛躍されると惑乱する。

しげ乃が奥座敷から戻ってきた。帛紗《ふくさ》に包んだ物を雅代の前に置いた。

「あたいはまだ十八じゃった。嫁入りするとき女親《おなご》が持たせてくれもしたと」

雅代は促されて帛紗に手を触れた。結び目を解くとなかには和紙を綴った絵草紙《えぞうし》があった。

花鳥風月を彩った無題の表紙をめくると、なにやら男女の肢体《したい》が絡まった絵が描かれていた。

その絵を隠《かく》そうとして素早く次の頁をめくった。そこにも男女の秘戯《ひぎ》がより濃密に描かれていた。意図的に局部を強調した解説図は、雅代には卑猥《ひわい》な春画としか思えなかった。羞恥《しゅうち》が極まると罪の意識に変わる。雅代は花井の顔をまともに見ることもできないわが身の不浄《ふじょう》を悲しんだ。しげ乃が何か言ったようだが雅代は聞き逃した。しげ乃は同じ質問を繰り返した。

「年はいくつにないやったと」

「二十《はたち》です」

「あんときのあたいよか姉さんじゃなかかな」

もう大人なんだよと言い聞かせるしげ乃に雅代は母を感じた。しげ乃も雅代に子を感じたのだろう。

「嫁に行く前ん晩にな、女親《おなご》はこげなふうにしもしたと」

絵草紙を雅代の膝に置き、雅代の手を両手でつつんだ。

「よかね」

念を押すようにして外へ出て行った。

雅代の罪の意識は潮が退くように薄れて消えた。花井の顔をまともに見ることもできる。恥じらうことなく見つめることだって。別れの時が刻々と迫っている。あと一時間か二時間か。死に行く男のために何をしてやればいいのだろう。私は女、それに尽きる。雅代はなお消え残っている躊《ため》いを払った。そして絵草紙を開いた。

岩切家には別棟の離れ家があった。次の世代が世帯を構えるときのために建てたのだが、三人の息子たちは、そこに住むこともなく次々に戦死してしまった。わが家での最後の夜に、息子たちはみな離れ家に着衣を脱いで褌《ふんどし》ひとつになり、庭下駄を突っかけて風呂場へ行った。長男はこの地方では珍しく小雪の舞う冬の寒い夜に、裸の胸を叩きながら、次男は土砂降りの夏の夜に傘もささずに、三男は桜の花が散る中を、そして今夜、春の朧《おぼ》ろな月の光を浴びて、花井が行こうとしている。

離れ家の整理箪笥には、わが子のために手縫いの品が不用になったまま収められていた。しげ乃はま新しい男の下着を取り出して花井に渡した。出撃前夜にこの贈り物は有り難い。感謝の気持を形にするには、それを肌身につけた姿を贈り主に見せることだ。花井は着衣を脱いで新しい褌を纏《まと》った。

「小母さん、ありがとうございました」

不動の姿勢で立つ褌一丁の花井を、しげ乃はまじろぎもせず見つめた。明日は砕け散るこの若々しい肉体にこよなく似合うのは、同じように若々しい女の肌だ。三人の息子たちの未完の夢を、代わってこの若者に果たさせよう。しげ乃には一片の迷いもなかった。

しげ乃は湯上がりの浴衣も用意した。花井はそれを押し返した。

「ゆっくりする暇はありませんので」

しげ乃は花井が脱いだ紺の軍服に眼をやった。飛行服の下に海軍の正装である一種軍装を着用するのが搭乗員の身だしなみである。明日の死装束となる軍服は、串良での待機が長びいて汗くさくなっていた。揮発油で拭《ふ》いて汚れをとり、火熨斗《ひのし》をかけて香を炊きこんでおくとまで言われると、渡さないわけにもいかなかった。しげ乃が去りぎわに言った。

「三人の息子たちの最後の晩、風呂で背中を流してやりもしたと」

そう言ったしげ乃の意中を知らずに、花井は軽く受けとめた。

「僕の母も同じことをするでしょう。もしここにいたら」

六十二キロの体を浴槽に沈めると、どッと湯が溢れた。なんと豊かな気分だろう。花井は汗と埃にまみれたまま三日も湯を使っていなかった。汚れた肌では死のイメージまで汚れてしまう。いままでそんなことは思ったこともないのにと苦笑しながら湯の中で両手を伸ばした。幼い頃の裸んぼがキューピーに似てるとかで、母はキューちゃんと呼んでくれた。その肌は細胞分裂をつづけて二十余年、いまこのときを迎えている。そして、明日に終わる。不覚の涙が一すじ尾を曳いた。すると涙が止めどもなく流れた。花井は顔を湯の中に突っこんだ。息がつづくかぎり沈めたままにした。やがて顔を上げたとき、濡れっぱなしの顔には一滴の涙も残っていなかった。

洗い場に腰を下ろして夜風に涼んでいると、雅代の声を聞いた。

「背中を流させてください」

花井はわが耳を疑った。男の肌に触れることを、自ら申し出るとは。雅代のイメージが一瞬混乱した。ふたたび雅代の声を聞いた。

「小母さんに言われたの」

さっき離れ家でしげ乃がさりげなく語ったのはこのことを示唆《しさ》したのか。

雅代は遮光塀の外に立っていて姿を見せていない。雅代の声は訴えるようにつづいた。

いい。明日はさわやかな気持で出撃できる」

「そうか、もう死にたいなどと駄々をこねたりしないんだね。よかった、よかった。これで

「おかげさまで私は」

「お礼⁉」

「お願いします。お礼のしるしに」

「お別れにぜひ」

別れとは此岸に留まる者と彼岸へ去る者とのいまを限りの最後の接点をいう。

「不思議なご縁だったね」

呟くように言うと、花井はその場で背を向けた。雅代を迎える姿勢である。

遮光塀の後ろから雅代の姿が白々と浮かび出た。身に一糸もまとっていない。全裸をさらけだしている。花井はその姿を見ていないが、背後に強く女を意識した。しかし、この場を雅代との訣別の儀式だと思っているから、十分に抑制《よくせい》が効いたし、冷静でもあり得た。儀式とは粛然《しゅくぜん》と進行するものである。

雅代は花井の背後に膝をつき、手桶で湯を汲んだ。男の背中を濡らすと、絵草紙の中の妖しく絡《から》みあう男女の画像が息苦しいほど鮮明に浮かんだ。この夜、雅代は俄に成熟した。突然の成熟に童女は清純なロマンティシズムとのバランスを崩した。そんな不安定な情緒に揺れながら、雅代は劣情を浄化しようと、ひたすら花井への愛を募《つの》らせた。その花井は死の前夜を迎えている。時間がない。逼迫《ひっぱく》した状況が雅代を放胆にした。脳裏に蠢《うごめ》く絵草紙の女を、

わが裸身《らしん》と差し替えることさえした。男の背中の石鹼を洗い流したとき、花井が儀式の終わりを告げた。

「ありがとう」

今生の関わりを、すべて整理したという思いから、花井はもう一度言った。

「ほんとにありがとう」

ありがとうとは去れということか。一度ならず二度まで繰り返されて雅代は思わず口走った。

「いや！」

言うなり頭から湯を浴びた。そして濡れた体を花井の背に投げた。

突然の乳房の感触に、花井は動転《どうてん》した。もんぺの袖と裾をたくり上げているとばかり思っていたのに、雅代は身に一糸もまとっていなかった。激甚《げきじん》な羞恥が体内を走ると花井は外へ跳び出した。一瞬おくれて雅代が後を追った。すべて反射神経に弾かれた無我夢中の行動である。

全裸の童貞童女は庭を走った。追いつ追われつ目まぐるしく攻守所を変えた。体が触れると狂おしい情欲《じょうよく》が突き上げてくる。明日の死がそれを冷却する。今日の生がそれを燃焼させる。生と死と性の三つ巴の葛藤に二人は完全に理性を失った。喚《わめ》き叫び土にまみれてのたうちまわった。異常な興奮は永《なが》くはつづかない。二人は地べたに崩れ坐ると、激しく息を交わしながら額《ひたい》と額で支えあった。二つの額はどちらからともなくかすかな震動を伝えはじめた。

相手は泣いている。互いにそう思った。嗚咽《おえつ》が高まると互いに両手を相手の肩に伸ばして支えあった。死ぬためにいまを生きている男と、死のうとして生きてしまった女とが、全裸のまま向かいあっている。そんな姿を二人はそれぞれの語彙《ごい》で胸の奥に綴《つづ》った。表現は異なっても意味は同じだ。

「死こそ実像、生はその投影に過ぎない」

全裸の二人は額と両手で支えあった態勢を崩そうとしなかった。崩したらその後どうしていいのかわからなくなる。

しげ乃がやってきた。おおげさにおどけた。

「んだもしたん、二人とも赤児んごつある。そげんしちょっと風邪をひくが、来やんせ」

風呂の洗い場に二人は並んで坐らせられた。しげ乃は桶で湯を汲み、二人の体の泥を洗い流した。花井も雅代も自ら行動する意志を失っている。言われた通り、まるで赤んぼだった。

茶の間の柱時計が九時を打った。しげ乃はことさらに軍服の手入れに手間暇をかけた。できるだけ二人っきりにさせておこうという気配りからである。

借り着の浴衣姿で二人は離れ家の一室に向かいあい夕食の箸をとっていた。

奥の座敷には一つ夜具に二つの枕が用意されていたが、布団は体温を吸っていない。二人には暗黙の合意があった。終焉《しゅうえん》の時は明日の夕刻、所は沖縄の海、花井は終わりを完《まっと》うするためにいまは未完のままでありたいと思う。雅代にはこれから長い時間がつづく。いまここで燃え尽きたら生きる力を失うだろう。二人はそれぞれに未知の恍惚《こうこつ》に潜む陥穽《かんせい》を恐れた。

雅代が申し入れた。

「歌って下さい。幼稚園の歌を」

「うん、歌おう」

二人は思いつくままに合唱した。一つの童謡を歌い切るのではなく次から次に別の童謡に切り換えた。雅代は立ち上がって遊戯まで加えた。花井はそれをけんめいに真似た。二人が興にのってきたとき花井は手と脚の動きを止めた。

「時間だ」

雅代は非情の現実に引き戻された。悲しみを和らげるにはより悲しませるしかない。花井は雅代に両手を差し出した。

「おいで、僕の命の音を聞かせてあげる」

雅代は声を呑んで花井の胸に体を投げた。花井は確《しか》と雅代を抱きしめた。そして、一拍二拍、心音を伝えると永劫《えいごう》の訣別を告げた。

「さよなら、お元気で」

抱擁を解かれた雅代はがくりと膝を折った。花井はもはや助け起こそうとしなかった。

十一

帰隊を急ぐ花井は腕時計をおぼろな月にかざした。すかし見ると、長短二つの針が全く重なっていた。御前零時だ。すでに日が改まって出撃の当日を迎えている。前夜のうちに帰隊するつもりで岩切家を辞去したが途中で道をまちがえたようだ。しらす台地の地形は同じような起伏があってまぎらわしい。ときどき月が雲にかくれる。灯火管制で闇に洩れる灯《あか》りは一つもない。ひときわ黒い高隈山の遠景が目安にはなるが、道は曲がりくねっていて方角が定まらない。いつしか蛙の声もやんだ。

音のない闇が一層勘を狂わせる。突然、試運転の爆音を聞いた。耳をすますとかなり遠い。しかしなぜ真夜中に試運転をはじめたのだろう。他の実戦部隊が黎明《れいめい》攻撃に出かけるのかもしれない。いずれにせよ爆音をたぐって行けば飛行場の一角に取りつける。

ようやく見憶《おぼ》えのある道路に出た。飛行場のエンドから隊内に入るのが近道だが、無断外出をごまかすようなことはしたくない。堂々と正門から帰隊することにした。ここまで来たらもう焦ることはない。花井は岩切家とおぼしい方角に向かって挙手した。雅代は健《すこ》やかに生きてくれるだろう。これまでの一連の行動をいま顧《かえり》みてわが生涯の誇りとさえ思う。俯仰《ふぎょう》天地に愧《は》じずの気概も新たに、花井は隊門へ急いだ。

「誰かッ!」

闇の奥から誰何《すいか》された。花井は語気鋭く弾《はじ》き返した。

「士官!」

衛兵は捧げ銃の礼をとった。それを出撃搭乗員に対する畏敬の印《しるし》とみて花井は挙手を返した。そして、隊門の中へ一歩踏み入ったとき、衛兵司令が行く手に立ちはだかった。

「花井少尉か」

「そうです」

「直ちに私物をまとめて副官室へ出頭せよ」

「本日出撃します」

「その必要はない」

昨夕、敵機部動隊北上中の情報を得た司令部は、当初の薄暮奇襲攻撃を、急遽、昼間強襲に変更、宇佐八幡護皇隊は夜明けを待たずに発進することになった。上陸中の者は昨夜のうちに慌しく呼び集められたが、所在不明の者は編成から外されたという。

花井は脳天を割られたような衝撃を受けた。時が時だけに後発航期罪はおろか戦時逃亡の罪を問われかねない。弁明するにしてもこの場は黙って従うしかない。花井は宿舎へ向かった。後から衛兵勤務の下士官が付いてきた。下士官は懐中電灯と拳銃を十字に組んで肩から吊っている。花井は早くも罪人扱いにされた。こんな姿を仲間に見られたくない。幸いに宿舎には誰もいなかった。みな飛行場へ出かけたのだろう。竹のベッドに走り書きのメモが置かれていた。

「人形を貰って行く。有坂少尉」

雅代と出合った花井には、振袖人形を抱く資格はない。そのことは自覚しているが、代りに出撃するのが有坂とは思ってもみなかった。土浦の夜以来、厳《きび》しく、激《はげ》しく心を研《と》ぎあってきた間柄だけに、どたんばでの逆転はどうにも納得できなかった。編成を元に戻してもらおうと花井は一方へ走った。監視していた下士官が大手を広げて立ちはだかった。

「だめです」

「どけ！」

体当たりをくわせたが、大男の下士官はびくともしなかった。花井の方がぶざまに腰から落ちた。下士官は冷たく言い放った。

「私の任務は花井少尉を連行することであります」

委ねられた権力を誇示するかのように、大男は懐中電灯の光で花井の眼を射た。ひたすらゴールに死をみつめて、ようやく出撃の日を迎えたいまこのときに、罪人呼ばわりにされるとはがまんがならない。海軍に身を投じて以来、一年有余にわたるわが行住坐臥《ぎょうじゅうざが》のどこにどのような罪があるというのか。花井は坐り込んだまま両の拳で床を叩いた。

暖気運転の爆音は夜どおしつづいた。間もなく夜が明ける。その間、花井は誰もいない副官室で待たされたままだった。忘れ去られたわけではない。入口の扉は開け放されていて、例の大男が行きつ戻りつ見張っていた。床に響く靴音が神経を苛立《いらだ》たせる。心理的な苦痛を加えるという陰湿《いんしつ》な懲罰《ちょうばつ》がすでにはじまっている。

花井は床に腰を落として脚を組んだ。やがて厳しい査問がはじまるだろう。屈辱に耐える自信はない。雅代を生かそうとした一切の言動も、いまや虚妄《きょもう》となり果てた。気分は落ち込むばかりだ。自決することまで考えた。すると花井の脳髄を揺さぶって轟音が走った。十数時間前に間一髪で雅代の命を救ったあのときの鉄輪の響きだ。一瞬の幻聴が花井の正常な思考を甦《よみがえ》らせた。

雅代が死を思い止まってくれたのに、お前は生きろ俺は死ぬでは筋が通らないではないか。花井に許される唯一の死は特攻だけだ。屈辱にまみれて自ら命を断つなど以ての外である。

近づく足音に花井は囚《とらわ》れ人の現実に返った。起立して不動の姿勢をとり、数人の高級士官を挙手で迎えた。初めて見る顔ばかりだった。ここまできたらなるようになれと、花井は肚《はら》を据《す》えたが、侮辱の眼差《まなざ》しだけは耐えがたい。

そのとき離陸する爆音を聞いた。有坂が出撃すると思うと、じっとしておれなかった。花井は窓辺に駈け寄り爆音に向かって挙手した。発進するウサ４２０号機を思い描きながら呟いた。

「有坂、すまん」

背後に下劣な声を聞いた。

「しおらしいふりをしてもおそい」

花井はしおらしいふりをつづけた。気持を鎮めるのに、しばらくの間が必要だったからだ。

部屋には二人の士官だけが残っていた。一人は大佐の階級章をつけている。串良の司令だ。もう一人は副官らしい。花井の供述を記録しようとペンを握っている。串良の司令については、出撃した田平の証言がある。宇佐八幡護皇隊の第二陣を迎えたとき司令は暴言を吐いた。

「貴様たちが特攻隊員としてここまで来たからには、生きては帰さんからそのつもりでおれ」

司令の暴言に応えて田平は、美《うるわ》しの空の彼方に花と散らなむと詠み遺《のこ》した。田平に倣《なら》って精神は高潔でありたい。こんな愚物に屈してなるものかと力んでみたが、相手は生殺与奪《せいさつよだつ》の権を握っている。

「なぜこっそり脱《ぬ》け出したんだ。特攻がいやで姿をくらましたんだろう」

「ちがいます」

「黙れ」

仲間の大石もこんな調子でとっちめられたにちがいない。第三次菊水作戦に出撃した大石は、潤滑油が洩れて風房が汚れ、視界を閉ざされたのでやむなく基地へ引き返した。直ちに司令に呼び出されて一時間近くも経ってからやっと解放された。何を言われたのか大石はその後三十八度の高熱を発した。これほどまでに打ちのめされるとはよほどのことだ。

わが子はまだ生きていると伝え聞いた大石の母は、とるものもとりあえず串良へ駈けつけた。そして二十三歳に成人したわが子を抱いて三たびの夜を過ごした。

「お母さん、ありがとう。僕はこの通り元気になったよ」

元気になったとは、死に行く気力を取り戻したことを意味する。

海軍少尉大石政則はいまのいまこの刻に沖縄の戦場を目指して飛んでいる。大石と前後して有坂も南の空を飛んでいる。栄光と屈辱、査問の場に引き据えられたわが身のなんとみじめなことか。花井は司令の濁声《だみごえ》をうわの空で聞いていた。そんな態度をふてぶてしいとみたのか、司令は副官に記録するように命じた。

「反省の色なし、危険思想ありと認む」

司令の追求は一層厳しくなった。

「言え、どこで何をしてたんだ」

岩切家と雅代には絶対に迷惑をかけてはならない。

「砂浜をぶらついていました」

花井はしらを切り通した。司令はにやりと下卑《げび》た笑みを洩らした。

「近頃、あちこちで白首の女狐《めぎつね》が出没するそうだな」

基地の周辺では妖《あや》しげな女が媚《こび》を売っていた。淫《みだ》らな想像を突きつけられると、雅代と過ごした時間を冒瀆されたような気がするが、下手に抗弁すると却って悪い結果を招く。ここは口をつぐむしかない。司令はわが意を得たように副官に眼で合図した。副官はせわしげにペンを動かした。猥雑な文字を書き連ねているかと思うと腹立たしいが、これで岩切家に累《るい》が及ぶことはない。花井は一抹の安堵を得た。

宇佐の飛行長付の大尉が入ってきた。花井が宇佐を飛び立つとき、編隊の指揮をとった男だ。串良では専ら命令の伝達役を勤めている。大尉はいきなり花井に話しかけてきた。

「だいぶとっちめられているようだな」

それが癇《かん》にさわったのか、司令がいきりたった。

「貴様に用はない。帰れ」

大尉はひるまなかった。

「うちの飛行長に言われましてね、花井少尉は次の機会に出撃させるから貰《もら》い下げてくるようにと」

当時は空地分離の制度が徹底していた。実戦部隊の搭乗員は、機を操縦して手ぶらで移動すればいい。あとはすべて基地の方で世話をする。串良の司令には基地の管理運営上の広汎《こうはん》な責任と権限があるが、作戦に関しては帷幄《いあく》の外に置かれている。それがおもしろくないのか何かと虚勢を張る。

「特攻隊員であろうと軍紀を乱す奴は容赦はせん。近頃隊内の規律は乱れる一方だ。出撃に遅れるとはかんべんならん」

弾火薬庫に隣って、しらす土層の崖を抉《えぐ》った横穴壕があった。隔離しないと他に悪い影響があるということで、花井はここに軟禁されていた。入口に枠を嵌《は》めて木格子の扉を取りつけてあるが士官の身分に免じてか錠は施されていなかった。不定期の巡邏《じゅんら》があるからこれで十分に自由を拘束される。当番兵が運んでくる食事の数量からして近くに同じような横穴壕がいくつかあるらしい。隊の中枢部からは遠く離れているので、めったに人影を見ることはない。三日目の今日になって慌しく人の動く気配がした。弾火薬庫から爆弾が運び出されたようだ。誰かが出撃するのだろう。そうと知っても、いまの花井には他人事にしか思えない。

花井は竹のベッドに体を投げた。しらすの土層はもろい。手を触れただけで横穴壕の壁がぼろぼろと崩れ落ちる。出撃の機会を与えるとは、失われた名誉を挽回するために自分で自分を始末しろということか。花井は止めどもなくマイナス思考にとりつかれた。とかく当舵《あてかじ》を怠るのがこの男のわるい癖だ。壕の外で時ならぬ声がした。

「花井少尉はいるか、花井、どこだ」

外に出てみると、十河《そごう》が息を弾《はず》ませながら自転車で駈けつけた。十河は有坂と一緒に、陸路、串良へやってきた宇佐の仲間である。

「時間がない。要件だけ伝える。有坂は突入しとらん。途中の島に不時着したらしい」

「ほんとか」

「気にしてると思ってな、じゃ」

行きかける十河を花井が押し止《とど》めた。

「出撃するのか」

「最後の晩飯は空で食う」

「後から俺も行く」

「無理することないって」

挙手して訣別の笑みを投げると十河は自転車を飛ばして去った。

花井の居場所を突きとめるだけでも容易ではなかっただろう。この期《ご》に及んでまで残ってる奴のことを心配してくれるとはどえらい男だ。花井のマイナス思考は瞬時に止んだ。

しかし、なぜ有坂は不時着したのだろう。前日に試運転をしたとき、ウサ４２０号機の点火栓は左右落差ゼロだった。エンジンのトラブルが起きたとは考えられない。

有坂はどんな気持で飛び立ったのだろう。花井が帰隊しないことに、あれこれと臆測を働かせたにちがいない。そして、どたんばの裏切りと断定したのだ。代わりに行けとはバカにしてる。有坂は突然の出撃命令に我慢がならなかったのだ。花井への憤りから故意に操縦桿をひねったのだと思う。

花井は有坂を疑ったのではない。有坂の怒りを借りて自分を責めたのだ。責めてみても釈《しやく》然《ぜん》としない。無用の詮索《せんさく》は有坂の人物像を歪《ゆが》めるだけだ。

花井自身の品性さえも汚す。花井は大きくかぶりを振った。

第五章 遺書

四半世紀が過ぎたいまも、花井はウサ４２０号機の不時着の真相を知らない。眼の前に置かれている有坂の手記はすべてを明かしてくれるだろう。圭介は花井の表情を読んだ。書き遺した者は永遠に若さを保っている。読む者は生きて老醜《ろうしゅう》をさらしている。そのギャップが、花井に真相を知ることへの畏《おそ》れを抱かせたようだ。花井は押し戴くようにして手記を手にすると、初めて頁《ページ》を開いた。

敵機動部隊北上中の情報を得て、菊水四号作戦の発進時刻は大幅に繰り上げられた。上陸中の者が続々と帰隊した。

「どうせ行くなら早い方がいいや」

誰かの一声にみなが同調した。有坂の宿舎は花井とは別棟になっていた。午後九時を過ぎた頃に花井の姿が見当たらないと聞いたが、そのうちに帰ってくるだろうと気にもとめなかった。午前二時に総員集合がかかる。それまでに仮眠をとっておこうと、有坂はベッドに体を横たえた。うとうとまどろんだ頃、従兵に起こされた。宿舎の入口に飛行長付の大尉が待っていた。

「有坂少尉、ごくろうだが、ちょいと行ってくれんか」

「どこへですか」

「沖縄だよ」

「は⁉」

「花井少尉がまだ帰っとらんのでな」

事情を詳しく聞こうとしたが、大尉は事もなげに言った。

「どうせこの次は貴様の番だ、いいな、頼んだぞ」

出撃命令はいともあっさりと伝えられた。

時計を見ると午前零時だった。その頃に花井も帰隊を急ぐ夜道で時刻を確かめている。花井は有坂を意識していないが、有坂は事情が異なる。花井の代役という二次的存在から脱け出すのに多少の時間を必要とした。

中津の街に住む少女の心は花井にはない。有坂にある。振袖人形はわが胸に抱かれてこそ沖縄の海に砕け散るべきだ。有坂は花井のベッドから振袖人形を連れ去った。これで代役というわだかまりは消えた。

ウサ420号機は機長が交替するだけだから、有坂は矢島一飛曹と森野二飛曹を部下としうとした。お互いに相手を知らない。どんな人物か知る暇《いとま》もない。有坂は機長としての威厳を保とた。

「黙って俺について来い」

森野二飛曹は素直に返事したが、矢島一飛曹は妙にすねて視線を逸《そ》らした。機長の交替が不満なのか。そうではないと言う。

指揮所の裏で二人だけになると矢島一飛曹はなにやら含みのある言い方をした。

「零戦の特攻は一人です。こっちは爆弾がでかいからといって命を三つも潰すことはないと思うんですがね」

「操縦員だけで飛んで行けというのか」

「いえ、私は行きます。でも森野は、あいつはまだ子供です」

みんながひたすら死へのめり込もうとしているとき、若い命を救えとは凄いことを言う。しかし、そんな勝手が許される軍隊ではない。有坂は矢島一飛曹の申し入れを一蹴した。

「馬鹿なことを言うな」

「花井少尉ならわかってくれます」

「機長は俺だ」

有坂が声を荒《あら》らげると、矢島一飛曹は明らさまに不快な顔をした。このままでは気が重い。お互いに納得《なっとく》のいくまで話し合いたいがもう時間がない。

艦上攻撃機の特攻は編隊を組まずに単機で発進する。撃墜される危険を分散するためだ。

すでに三機が離陸した。八十番を抱くと、なかなか浮上しない。どの機も滑走路ぎりぎりいっぱいで、やっと離陸した。ウサ420号機は、まだ間があるのに早くも掩退壕を出た。発進地点には先行の一機が待機している。その後方で停止すると、有坂は森野二飛曹を呼んだ。通信席から操縦席へ行くには一度地上に下りてから主翼に上ることになる。有坂は森野二飛曹にメモを渡した。

「至急指揮所へ届けてこい」

命ぜられたら理由を問うことなく直ちに行動するのが軍隊の鉄則である。少年は反射的に指揮所へと走った。

先行機が地上滑走をはじめた。

「矢島兵曹、行くぞ！」

言うなり有坂はスロットルを入れた。ウサ420号機は先行機につづいた。置き去りにされた森野二飛曹は呆然と見送った。少年兵に渡されたメモには、元気で生きて行けと書いてあった。

二機は滑走路を突っ走った。その間二百メートル。爆装すると機は滑走路のエンドをきった後、一瞬、谷に沈む。そして、地上すれすれに上昇する。先行機も沈んだ。とたんに大爆発が起こった。後続のウサ420号機は避ける間もない。有坂はとっさに赤ブーストに入れてスティックを引き、一か八かの急上昇を試みた。機は浮上したが爆煙に突入すると乱気流にがぶられて機体が激しく揺れた。土砂が降り、小石が翼を叩いた。風房を濡らした水滴が心なしか赤い。仲間の血を浴びて出撃するのも特攻の門出にふさわしい。

「矢島兵曹、行こう、二人で」

自ら望んだのに、矢島一飛曹は呆然自失、ただのバラストと化していた。

赤ブーストのままではエンジンが過熱する。スティックを押しぎみにスロットルを絞った。正常な操作で機はゆるやかに上昇した。その胴体にはあのグロテスクな黒い塊が張りついていた。

翼下に錦江湾が青い。右に桜島の山頂が同じ高さに見える。有坂は後席のようすを探った。

「矢島兵曹、桜島に挨拶して行こう」

返事がない。まだ心を開いていないようだ。有坂はつとめて話しかけることにした。

「生まれてこのかた二十三年、俺の人づきあいはおふくろに始まって矢島兵曹に終わる。始めと終わりは大事にしたい」

「わしもそう思います」

「そうか、そうか」

これでお互いの反目は消えるだろう。有坂は鼻につんとくるほどうれしかった。

「開聞岳《かいもんだけ》、ヨーソロ」

大きくバンクを振って変針した。すると振袖人形が転がり落ちた。横辷りしているからだ。花井を経由しているが、有坂の膝の上こそ在るべき場所、人形はパッチリ眼を開けた。有坂はアコちゃんという少女への想いをまだ整理していなかった。少女に初めて芽ぶいた幼い愛を育《はぐく》むことはないが、芽ぶかせただけで心は十分に満たされた。

開聞岳上空から外海に出るとそこはもう戦場だ。東支那海側を飛ぶと島伝いに沖縄へ辿り着ける。しかし、敵機と遭遇する確率が高い。有坂は危険を避けて太平洋側を南下することにした。予定の進撃コースを記入した航空図は偵察員に渡してある。屋久島上空で機位を確かめると予定の針路を南下した。コンパスの針は百九十度を示して動かない。ウサ420号機は西寄りの風を受けて、ひたすら南へ飛んだ。島影はすべて視界から消えた。水平線がぐるりと三百六十度、機はまるで巨大な円の中心に静止しているようだ。

「現在位置」

矢島一飛曹は即答した。

「喜界島《きかいがしま》の方位百二十度、四十浬」

そのときまで二人の対話はおだやかに交わされてきた。操縦員と偵察員、上官と部下、そして、死を共にする仲間として。しかし、それを打ち切るときが来た。矢島一飛曹は漏斗《ろうと》状の送話口をきゅッと口に押し当てた。

「聞いてください。わしはフィリピンで三度特攻に出され、三度とも帰ってきました。おかげで札つきの不忠者ってわけです。そうなると、海軍はしつこい。くたばるまでは何度でも突っ込ませる気らしい」

有坂は狼狽した。背後から矢島一飛曹の鋭い視線が刺すように痛い。黙ってると機長としての権威を失う。有坂は問い返した。

「貴様は初めからそのつもりだったのか」

「冗談じゃない。最初は天候不良、二度目はエンジン故障、三度目は目標不明、三度ともおふくろに遺書を書いて出かけましたよ。だけどもういやだ。有坂少尉、聞いてるのかね」

「喋りたいだけ喋ろ」

「わしは言われましたよ。国賊は死刑だが、お慈悲で特攻に出してやるとね、畜生ッ」

湿《しめ》っぽい声が有坂の肺腑《はいふ》を衝《つ》いた。矢島一飛曹は畳み込んできた。

「有坂少尉、同じ棺桶の前と後に乗ってるんじゃ、あんたもわしとたいして違わんでしょうが」

そして結論を急いだ。

「行くことはねえ、不時着するにはもってこいの島がある。わしが誘導します。右旋回、二百八十度」

特攻を拒否する矢島一飛曹を、有坂は心情的に理解した。理解しても行動を共にすることはできない。軍人としての忠誠心にも増して花井との黙契《もっけい》は重い。死を讃美《さんび》するのではない。互いに競いつつ二人がひたすら目指したのは、人間として、より純粋であろうとした結果の死である。いまになってそれを忌避《きひ》することは絶対にできない。

ウサ420号機は実戦機だから操縦装置があるのは前席だけだ。矢島一飛曹は急きたてた。

「右旋回、二百八十度、右旋回！」

有坂は逆に左へ操縦桿をひねった。

「この場で旋回しながら待つ。頭を冷やせ。三周したら俺は行く。それまでに決心がつかなければ勝手にせい。いやなら飛び降りろ」

森野二飛曹がいたらきっと有坂に味方するだろう。矢島一飛曹は予《あらかじ》め計算していたのだ。それを見抜けなかった有坂は機長としての器量に欠ける。

西南太平洋の上空三千メートル、雲量三の蒼穹《そうきゅう》を極小の点がゆるやかに旋回しつづけた。ウサ420号機の電信席は空っぽだ。受信も送信もできない。基地では機位不明とみているだろう。だが、そのとき機上では、生か死かの激越な論争が互いの魂を抉《えぐ》っていた。そのことを知る者は誰もいない。ウサ420号機はなお戦場の圏内を飛ぶ。任務は厳として存在する。有坂は機長としての姿勢を崩そうとしなかったが、矢島一飛曹は執拗《しつよう》に食い下がった。

「不時着したら機体はぶっこわれる。エンジン故障と報告しても調べようがない」

「黙れ！」

とたんに背後で銃声を聞いた。矢島一飛曹が空に向かって拳銃を放ったのだ。

「あんたを撃てばわしも助からん。それでもいいんだ。死刑代わりの特攻じゃ、おふくろにもらった命が泣く」

花井が聞いたら山国の砂利道を足裏の痛みに耐えながら荷車を曳く年老いた農婦を思い浮かべるだろう。しかし有坂には概念としての母親に止《とど》まる。感情にまぶされることがない。反応はクールだ。

「誰にだっておふくろはいる」

最後の切り札も虚しかった。矢島一飛曹は抵抗する気力を失った。

「有坂少尉、お願いします」

哀れっぽい声で訴えられると有坂の心も湿《しめ》った。

「貴様みたいな孝行息子を、道連れにはしたくない。しかし、いまとなってはどうしようもないだろうが」

本音はときとして弱音に近似する。俺だって妹との今生の縁を断ち切った。貴様も母親への恋慕の情を捨てろ。そんな思いを込めて有坂は絶叫した。

「矢島兵曹、観念せい！」

相手は沈黙した。有坂は決意を新たにした。

「元の針路、沖縄ヨーソロ」

ウサ420号機はふたたび機首を南へ向けた。機上の二人にもはや声はない。雲量三の特攻日和がなおつづく。

「右十度、黒点二ツ！」

矢島一飛曹の声は別人のように凛《りん》として戦場の緊迫感を伝えた。熟練搭乗員はさすがに眼が利《き》く。有坂は数刻遅れて機影を視認した。同じ高度で反航してくる機影は敵か味方か。

「熊ん蜂です」

綽名にそっくりのグラマンF6F戦闘機はこちらの倍以上の速力を出し十三ミリ機関砲四梃を備えている。敵機が翼を返した。有坂は反射的に遠去かろうとした。矢島一飛曹が機体を叩いてどなる。

「逃げたら墜《お》とされる」

　これが空戦の原則だ。彼我の綜合運動が複雑なほど射線が狂う。有坂は機を敵側へ辷らせた。敵は撃ってきた。間断なく飛来する曳光弾が直前になって弾道を曲げる。あわやと思わせながら弾丸は命中しない。捨て身の戦法が利《き》いたのだ。ウサ420号機は敵機の翼下をかいくぐった。有坂はベテラン下士官の二度目の助言を聞いた。

「爆弾を捨てる！」

　捨てたら特攻機としての破壊力を失う。敵機は撃ってこない。こっちが太陽を背にしている。見失ったのかもしれない、慌てて爆弾を捨てることはない。それでも矢島一飛曹は捨てろと迫った。下士官は士官に対して命令形を終止形で代用する。

「捨てる、捨てる、爆弾を捨てる！」

　敵機は去るとみせて反転した。後上方に占位しようとしている。それを許すと最悪だ。海上を這って逃げるしかない。敵機の動きをみて有坂は急降下した。爆弾を抱いたまま引き起こすと、九七艦攻は空中分解するだろう。捨てた爆弾が爆発するかもしれない。高度五百以下では危険だ。すでに七百を切った。機を失してはならない。決断を迫られた有坂は投下把《は》柄《へい》を引いた。一瞬、機体が浮いた。爆弾が落下したことを有坂は体全体で感じた。身軽になると降下角度を徐々に浅くしていった。矢島一飛曹が刻々敵機の動きを伝えてくる。それに応じて機首を振った。敵はふたたび撃ってきた。十三ミリの銃弾が電柱のような太い水柱を上げる。林立する水柱が消えたとき、ウサ420号機はなおも飛びつづけていた。敵機がつんのめるように、洋上すれすれに引き起こして反転した。もう一度食い下がられたらおしまいだ。まちがいなく撃墜される。

「スコール！」

矢島一飛曹が叫んだ。左前方に濃い灰色の幕が垂れている。そこへ逃げ込もうと、有坂はエンジンを全開にした。それを察知したのか敵機は攻撃態勢を急いだ。洋上零メーターではジグザグ飛行はできない。まっしぐらに突っ走るのが精いっぱいだ。敵は撃ってきた。ずンと水柱が並び立った。それをかいくぐって、ウサ420号機は辛うじてスコールに逃げおおせた。視界零《ゼロ》、篠《しの》つく雨が翼を打つ。いまにも叩き落とされそうだ。手がひとりでにスティックを引く。高度を上げて零メーター飛行の緊張からも解放された。焼けたエンジンがもうもうと蒸気を吹く。有坂は喉がからからだった。風房を開けっぱなしにしてスコールを口で受けた。

「矢島兵曹、うまいぞ、飲め飲め！」

仲間がいるおかげで渇《かつ》を癒す喜びも倍になる。突然、雨の幕が払われた。陽光が眩《まばゆ》い。

「矢島兵曹、見張り！」

有坂も八方に眼を配った。敵機の影はどこにもない。改めて針路を定めようと後席に問いかけた。

「現在位置は」

返事がない。そういえば、かなり前から矢島一飛曹の声を聞いていない。有坂はもしやと振り返った。不安は的中した。矢島一飛曹は偵察席にのけぞって頭から血を流していた。

「矢島兵曹、しっかりしろ！」

有坂は座席のバンドをはずした。伸び上がって確かめた。生きている気配はまったくない。矢島一飛曹の戦死が、有坂を二人の煩《わずら》わしさから一人ぼっちの孤独へと突き落とした。

気だるい耳鳴りがする。エンジンの音だった。ペラだけは快調に回転している。行くにも沖縄はまだ遠い。方角さえもわからない。水平線の彼方に島を求めて高度を上げた。爆弾を捨てたウサ420号機は軽くて頼りない。紙飛行機のように風に舞い上がった。有坂は底なしの虚無に墜ちて行った。空飛ぶ棺桶にまだ一人生きている奴がいるとは、どうにも始末がわるい。無為の時を過ごすとき、人は視界を閉ざす。有坂は座席をいっぱいに下げて首を垂れた。足もとに振袖人形が転がっていた。人形も死んでる。血まみれだ。一瞬身ぶるいがしたが、血は後席から流れてきたのだと気がついた。マフラーで血を拭きとると、人形はぱっちり眼を見開いて微笑を投げてきた。ほのぼのと気持が和んでくる。有坂はひとりぼっちの孤独から救われた。無為の虚無からも立ち直った。すると矢島一飛曹の声が甦《よみがえ》った。

「死刑代わりの特攻はごめんだ。おふくろにもらった命が泣く」

その矢島一飛曹は骸《むくろ》となって無念の形相《ぎょうそう》がおぞましい。この遺骸までも沖縄の海に砕くのか。それはもう狂気の沙汰としか言いようがない。有坂が戦場へ飛ぶことを断念したのはこのときである。そして、戦死した部下を基地へ連れて帰って、ねんごろに葬ろうと自らに誓った。有坂は新たな目的と任務を得た。

ウサ420号機は機位を失したまま基地とおぼしい方向へゆるやかに反転した。針路十五度、喜界島を探りつつ北北東へ飛んだ。しかし、行けども飛べども、海また海、反転したときの推定位置に誤差があったらしい。これでは針路を修正しようがない。

発進後すでに三時間あまり、いまはもう死後の時間の筈だ。紺碧の空に巨大な虹がかかっている。幻想的な景観はあの世のものかと疑うほどだ。機影が一つ虹を背に飛んでいる。星のマークは米軍機だ。至近距離に接近したが、有坂は身構えようとしなかった。敵も七つの色に酔っているらしい。バンクを振って飛び去った。有坂は挙手して見送った。

エンジンが息をつく。燃料コックを切り換えるとペラの回転は正常にもどった。すでに日本海軍には片道攻撃の特攻機にたっぷり給油するほどのゆとりはなかったが、整備員が餞別代わりだと言って補助タンクにも少しだけ注入してくれた。おかげでウサ420号機はまだ飛べる。しかし、九州本島まではとても無理だ。燃料があるうちにどこかの島を発見するしかない。有坂は大きく左に変針して盲目飛行に賭けた。翼下に雲がちぎれて飛ぶ。雲の切れ間に見た海の色がいやに緑がかっていた。不確かなものに迷ってはならない。しかし、燃料計の針は零に近い。一瞬の緑に期待するしかない。反転して雲の下に出た。

「島だ」

断崖が屹立《きつりつ》している。幸い裏側には砂浜があった。旋回しながら不時着の場所を探していると異様な光景を眼にした。砂浜の端に二機か三機か、いや四機の残骸が折り重なって翼を折っている。その場に吸い込まれそうな誘惑に駆られる。魔の地点の謎が解けた。不時着するための進入コースは一つしかない。砂浜を滑走路に見たてて接地すると、そのまま突っ走ってあの場所で停まる。有坂もそれに倣《なら》おうとした。進入コースに占位しようとするとプスンとペラが停まった。ついに燃料を使い果たした。そのままグライドするしかない。気速六十ノットを保って降下すると、かなり手前で着水してしまう。距離を延ばしたいが機首を上げると失速する。海面がぐんぐんせり上がってきた。不時着するときはスティックで胸を突かないように、切腹の要領でやれと教えられていた。斬り上げて横一文字にかっ割《さ》くあの要領だ。波のうねりで高度が判定しにくい。尾輪が波の背をかすったとき、スティックをいっぱいに引き起こして横に倒した。脚を収めての胴体着水だから、機は思ったよりも長く海面を辷って洋上に停止した。

有坂は素早く傘帯《さんたい》の止め金を外して機外に出た。遺骸からも傘帯を外した。死んだ人間ほど厄介な物体はない。やっと引きずり出したが、機体は早くも尾部を逆立てて沈みはじめた。有坂は遺骸の肩に腕を入れたが翼面を滑って海に落ちた。機体が沈む渦流に巻きこまれたのか水圧で苦しい。夢中でもがいてやっと浮上した。あたりは一面の海原で島が消えている。眼が沖を向いているからだ。そんなことにも狼狽するほど平常心を失っている。近くに遺骸が漂っていた。救命胴衣《ライフジヤケット》には浮力がある。有坂は泳ぎながら遺骸を陸地へと押しやった。有坂には任務があった。矢島一飛曹をねんごろに葬ることだ。もし任務を放棄したらその場で気力を失っただろう。

ようやく足が海底の砂に着いた。遺骸を背負って歩けるから、ずいぶんと楽になった。ところが、水深が浅くなるにつれて遺骸は重くなり、べっとりまとわりついてくる。カッと眼を見開いた死人が凄まじい形相《ぎょうそう》で背後から締めつけてくる。有坂は背筋に冷気が走って遺骸を振り落とした。遺骸は眼を閉じていた。

「矢島兵曹！」

大声で呼びかけると恐怖は去った。

遺骸を曳きずって浜へ向かったが、砕ける波に奪われた。奪い返してもまた奪われる。やはり背負うしかない。ようやく海水から足が抜けた。ほっとしたとたんに力尽きた。有坂は数歩よろめいて濡れた砂につんのめった。それっきり意識を失った。

どれほどの時間が過ぎたのか、気がついてみると、遺骸がない。有坂は沖をまさぐった。基地を飛び立ってからずいぶん時間が経ったようだけれど、海にはまだ朝の光が砕けて眩《まぶ》しい。矢島一飛曹の遺骸は行動を共にすることを拒むかのように消えた。振袖人形も機体と共に沈んだ。孤島の浜に佇《たたず》む有坂の心境を裏返すと人形の声になる。

「沖縄へ行くって約束したのに、話がちがうじゃないの」

惨憺たる徒労の果てに、すべては消えて失《う》せた。ひとり有坂の肉体と心だけが消え残っている。

戦後のある時期に北緯二十九度以南がアメリカの信託統治領となった。そのために吐噶喇《とから》列島の宝島は島内に国境線が布《し》かれるという数奇《すうき》な運命にさらされるが、太平洋戦争の末期には沖縄へ飛ぶ特攻機の不時着場となって、いくつかの若い命が死を免《まぬが》れた。

精魂尽き果てた有坂は、宝島に駐屯する海軍通信隊に収容されて泥のように眠った。まる一日が過ぎた。意識と無意識の狭間《はざま》で有坂は走馬灯のようにぐるぐる回る幻影を知覚した。回転が次第に緩《ゆる》やかになり、これまでに関わってきたあの顔この顔が、次から次へ現われては消えた。やがて正面に静止したのは串良に置き去りにしてきた森野二飛曹の顔だった。有坂は跳び起きた。全神経が逆立ったような突然の眼覚めである。もし静止したのが冴子の顔だとしたら、有坂はどんな反応を見せただろう。仮定の想像は慎《つつし》もう。有坂は手記に書き遺している。

「深い眠りに墜ちても、かすかな意識が覚めていたらしい。それが森野兵曹の幻影を呼んだ」

有坂の意志が働いているからには冴子の幻影が割り込む隙はない。不時着以後、有坂は再度の出撃を片時も忘れていなかった。今度こそ連れて行ってくれと涙にまみれて挙手する少年の顔が浮かぶ。有坂は少年に返す言葉を探した。

「森野兵曹、飛ぼう、沖縄の戦場へ」

元気で生きて行けと置き去りにした前回との矛盾はない。

有坂は、一刻も早く串良へ帰ろうと焦った。しかし、迎えの水上機も船も一向に姿を現わさなかった。沖縄の戦闘はなおつづいている。なぜ不時着搭乗員を救出しようとしないのか。落伍者は捨てておけというのか。

島には十人ほどの不時着搭乗員が通信隊の世話になっていた。このままでは他人様の限られた食料を喰い潰すことになる。相手も近頃はあまりいい顔をしなくなった。生きるとはなんとぶざまことだろう。居候《いそうろう》たちが、わが身の始末を本気で考えはじめた頃になって、ようやく迎えの海上トラックが接岸した。

有坂はふたたび串良の地を踏んだ。出撃してから一ヵ月近くも過ぎていた。季節はすでに初夏である。基地の様相は一変していた。地上の建造物は悉《ことごと》く破壊され、艦上攻撃機の基地だというのにそれらしい機影はない。あちこちの掩退壕には、偵察訓練用の練習機「白菊」が、二機ずつ収容されていた。爆装して七十五ノットという低速ではとても昼間の戦場は飛べない。「白菊」は陽が落ちるのを待って単機ひそやかに基地を飛びたつ。かつての熱気や興奮はもうどこにもない。

宇佐の艦攻隊はすでに串良から撤退していた。神風特別攻撃隊宇佐八幡護皇隊の名はすでに過去のものとなっていた。半地下壕の本部に見知った顔があった。有坂に出撃命令を伝えたあの大尉だ。有坂は威儀を正して報告した。ところが、拍子抜けがするほど和やかな労《ねぎら》いの言葉が返ってきた。

「ごくろうさん、ゆっくり休んでくれ。この辺にはろくなレスもないし別府まで行くかね」

「別府にストップするぐらいならまっすぐ宇佐へ帰ります」

「宇佐の仲間はみんな移動した。これからは本土決戦だよ」

寛容な扱いは有り難くないこともないが、覇気《はき》を失った海軍が腹立たしかった。有坂は出撃時の独断専行を裁《さば》けとばかり詰め寄った。

「森野兵曹にまさか戦線離脱の汚名を被《き》せたりはしてませんね」

「死んだ」

「なんですって」

「次の日に艦載機がわんさとやってきてな、森野兵曹は防空壕の入口で即死した。いま一歩、退避がおくれたらしい」

そうではあるまい。少年は出撃できなかったことを苦にして、われとわが身を敵機の前にさらしたのだ。「生きろ」と願って置き去りにしたことを捨て身の人間愛と錯覚した愚かしさよ、あれは出撃に弾みをつけるための小細工だ。見かけだおしのスタンドプレイにすぎない。生きてしまったばっかりに、有坂志郎という人間の鍍金《めっき》が、ぼろぼろに剝《は》げてきた。有坂は手記に大書した。

「わが生は死に劣《おと》る。死にぞこないとはかくなる者をいう」

手記はここで終わっている。宇佐を経て百里《ひゃくり》原に移動した有坂には、その後なお二ヵ月近い起き伏しがあるが、その間のことは一言も触れていない。

第六章　抱擁

一

死にぞこないとは、有坂が自分に突きつけた刃《やいば》である。刃はいまも錆《さ》びていない。花井の平穏な日常を切り裂《さ》くだけの鋭さがあった。花井は、有坂の手記を閉じて瞑目《めいもく》した。

圭介はしらす台地を訪れることにずいぶんと惑《まど》った。花井に与える衝撃を思うと容易に決心がつかなかった。有坂は花井に代わって出撃している。有坂を自決へ追いやるほどに苦しめたと知ったら、花井は自分自身を許さないだろう。それを思うと有坂の手記を読ませることをためらった。

圭介は改めて土浦航空隊の厳冬の夜に始まる有坂と花井の心の軌跡を復習《さら》ってみた。二人は、総員戦死の旗手たらんと競い、共にゴールを死と見ている。それはいつしか二人の黙契《もっけい》となった。有坂の自決はそれに適う。花井は黙契に背《そむ》いたのか。花井は死ななかったのではない。死を超《こ》えて生きたのだ。だから有坂の死にもたじろがないだろう。圭介はそれを確信して岩切家の門を敲《たた》いた。

期待した通りに花井は、突然訪れた有坂寄りの圭介を虚心に迎えてくれた。しかし、まだ圭介の推論を裏付けるほど十分に語っていない。花井の沈黙は長くはなかった。

「有坂に較《くら》べたら、私の体験は密度が薄い。死へ近付いて行った者と、死から遠ざかって行った者の違いでしょう」

横穴壕に軟禁されていたとき、花井は有坂が生きていると知らされて、出撃に後《おく》れたことの疚《やま》しさが薄らいだ。そして、再度の出撃命令を待った。

待つこと三日、副官がやってきた。花井は威儀を正して使者を迎えた。ところが、伝えられたのは意外な命令だった。

「鎮守府軍法会議へ出頭せよ」

「私は近く出撃することになってます」

「花井少尉の出番はなくなった」

「部外者が作戦に口を出すとは無礼です」

「黙って聞け。艦上攻撃機による沖縄方面の作戦は終了した」

出撃という免罪符が失効すると、串良の司令は即座に花井の軍法会議送りを決定したらしい。

花井は戦列を離れて列車で佐世保へ向かった。一種軍装に飛行靴と飛行帽で丸腰という出《いで》立《たち》は出撃のときの死装束そのままだ。岩切家の女主人が焚き込んでくれた香りはとっくに消えている。護送役の副官は花井を窓際に坐らせて、当人は通路側に位置した。万一の逃亡に備えているのだろう。おかげで視線を交わさずにすむ。要するにこの男は、特攻出撃を他人事とみる傍観者なのだ。主計大尉の襟章が晴れがましい。花井はこの男を徹底的に侮辱することで道中の退屈を紛らすことにした。

当時の鹿児島本線はロングレールではない。列車はレールの継ぎ目でゴトンと音をたてる。川内駅を過ぎて間もなく、音と音の間隔が短くなった。速度を増したからだ。やがて下り勾配が尽きると車窓に明るい海景色が拡がった。

海軍に入団するときも花井はこのルートを辿っている。行き先は同じ佐世保だった。あのときは激動の世界史に参加するという誇らかな気負いがあった。それから一年半、囚われの身とは、今昔《こんじゃく》の感ひとしおである。ゴトンゴトンと鉄輪の響きが過去の一切の栄光を砕いて行く。

搭乗員は空の機影に目ざとい。二機の一式陸攻が高度を下げつつ旋回していた。出水に着陸するのだろう。かつての練習航空隊は大型機の基地になっている。

列車は出水駅に到着した。懐かしいはずのこの地も、いまはうとましい。早く出発してほしいが、いやに停車時間が長い。老いた駅員がホームを走りながらメガホンを口にして伝えた。

「空襲警報発令、退避」

副官は反射的に立ち上がった。

「急げ」

言うなり車外に姿を消した。やおら腰を上げた花井は侮蔑《ぶべつ》を声にした。

「なんて逃げ足の早い御仁《ごじん》だ」

駅員は高齢者が多く、人手も足りないから十分な避難誘導ができない。ホームに溢《あふ》れた乗客は右往左往するばかりで混乱がパニックを呼んだ。そこへ副官が駈けつけた。

「みなさん、落ちつくんです。私の後について来てください。帝国海軍が誘導します」

その一言が利《き》いたのか、パニックは嘘のように鎮まった。とっさに人心を収攬《しゅうらん》するとはすごい。花井は認識を改めた。副官はいち早く避難場所を調べたらしく行動に迷いがない。群集の先頭に立って畑の道を進んでいる。花井も後ればせながら協力した。幼い子を背負い、老人を励ましつつ後を追った。先頭を行く副官が声をかけてきた。

「花井少尉、しんがりを頼んだぞ」

空襲に怯《おび》えている群集に、突然、爆音が襲いかかった。ふたたびパニックが起きた。花井は声を振り絞《しぼ》った。

「味方です。味方機の爆音です」

出水基地の陸上攻撃機が空に避退するのか続々と飛びたっている。群集の中に安堵の声を聞いた。

「海軍さんの言うことにまちがいはなか」

花井にはまだ海軍少尉の権威が保たれていた。戦列を離れた身は戦力として微小の単位にも値しない。それなのに人びとは信頼を寄せてくる。花井の思いは複雑だ。

避難する集団の先頭が横穴壕に到着する頃になって、またも爆音を聞いた。二度目のせいか狼狽する者はいなかった。

花井は南西の空に芥子粒《けしつぶ》のような数個の機影を見た。敵機は編隊を解いて襲撃態勢を整えている。

「退避、急げ、急げ」

花井は群集を横穴壕の中へ追い込んだ。早くも急降下の爆音を聞いた。花井は近くの蛸壺《たこつぼ》に跳び込んだ。人間一人が屈《かが》んでやっとの簡易防空壕だ。飛行場を銃撃して引き起こすグラマン戦闘機が翼をひるがえして頭上を通過する。沖縄の海のつもりが、出水の野辺となり、八百キロ爆弾ではなく十三ミリの銃弾で果てるとしたら、最悪の場所での最低の死だ。

そっと頭をもたげてみると、すぐ近くの蛸壺から副官の頭がせり上がってきた。

「よう、そこにいたのか」

相手は心憎いほど落ちついている。花井はこの男に一目おいた。

「副官、失礼をお詫びします。私は副官を傍観者だと軽蔑してきました」

「いまどき傍観者は貴重だぞ。物事を客観的に、危ない！」

ゴーッと爆音を轟かせて二人の頭上を敵機は去った。

列車は発車の汽笛を連続して吹奏したが、かなりの乗客が置き去りにされたようだ。二等車には花井と副官の二人だけになった。副官はひそひそ話ではなくはっきりした声で語った。

「この戦さはもう終わりだよ。俺がそう思うぐらいだから、海軍の上層部はとっくに自覚してるんじゃないかな」

「そういう話は聞きたくありません」

「どういう話がしたい」

「私はいまでも特攻隊の一員です」

「いいかい、花井少尉、軍法会議に送られるのは戦う資格がないってことだ。特攻隊員としての死の美学は当分棚上げにしろ」

ときならぬネガティブな助言を有坂が聞いたら、どう思うだろう。有坂は南海の孤島に不時着したまま戦列を離れて生きている。

副官にはおもしろい癖があった。自分のことを話すときは必ず煙草をくわえる。

「実はな、傍観者でございと横着に構えてもおれないんだ。花井少尉を軍法会議に護送したらその足で海上に出る」

すでに海上兵力の大半を失った日本海軍では、五百トン未満の海防艦が船団護衛の任務に就いて、機雷原の海を銃爆撃にさらされながら悪戦苦闘していた。副官は海防艦戦隊の主計長として赴任するという。

「艦には蛸壺もないし、今度は危ない」

おどけながら煙草の火を揉み消すと副官は急に真顔になった
「十中十死の命令は統率の道を逸脱している。遠くは日露戦争のときの旅順港閉塞《へいそく》隊にしても、近くは真珠湾攻撃の特殊潜航艇にしても、決死隊ではあったが必死隊ではなかった。日本海軍の伝統的な良識を反古《ほご》にして海軍刑法の権威などあったものじゃない。特攻隊員個人を裁く前に、統率の本義を問い直すべきだ。花井少尉、胸を張って堂々と軍法会議に出頭しろ」

「しかし、責任を問われる部分に就いては、応分の罰を受けるつもりです」

副官はろくに聞いていなかった。さも重大事であるかのように口を花井の耳もとに寄せた。

「これは軍極秘だぞ。軍法会議に提出した調書だがね、花井少尉が帰隊に遅れた理由は、ひとり砂浜に寝転んで夜空を仰ぎながら出撃前夜の精神統一に務めた、ということにしてある。おおむね本人の供述通りだ。ほんとは白首の女狐とたわむれた話を艶《つや》っぽく書きたかったのだが、残念ながら俺にはその方の文才がない」

副官は大口を開けて笑った。花井は立ち上がって一礼した。

「御配慮ありがとうございます」

日没後に、列車はようやく佐世保に到着した。軍法会議の門をくぐったのは、夜もかなり更《ふ》けてからだった。清潔で静寂な構内の空気は一切の情緒を拒《こば》んで、ひんやりと冷たい。控室で待っていると出頭の手続きをすませた副官がもどってきた。

「取り調べは明日になるそうだ。今夜はここで泊《と》まることになるらしい」

警査が入ってきた。身分は下士官だが長剣を吊っている。

「花井少尉、どうぞこちらへ」

花井は副官に眼で別れの挨拶をした。

「これでもう会うこともあるまい。では」

副官は花井の肩を叩いて去った。

二

警査の後に従った花井は、二段ベッドのある部屋に案内されて、紙と鉛筆を渡された。

「現在の心境を書いて提出して頂きます。重要な調査資料になりますので、明朝八時までにお願いします」

言葉は丁重だが、能面のような顔は人の心を全く感じさせない。花井は手にした鉛筆を置いた。ここまでくると居直ることにも抵抗がなくなる。長年の優等生は白紙答案の快感を初めて知った。

翌日の午後になってようやく呼び出しがかかった。法務少佐の検察官は、さすがに知的な雰囲気をまとっていた。しかし、知性が権力と結託すると相手を慴伏《しょうふく》させて有無《うむ》を言わせない。

「委細取り調べがすむまで未決拘留するからそのように承知せよ」

非情の言葉は一段高い所から降ってきた。それを反芻《はんすう》する間もなく警査が花井の正面に立った。

「規則に従って頂きます」

花井の両手首にガチャリと手錠が鳴った。

佐世保刑務所に移送するために、花井はトラックに便乗させられた。荷台には白い獄衣《ごくい》の男たちが体を寄せ合っていた。その日の取り調べを終えて獄房へもどされる囚人たちだ。手錠を掛けられて乗り込んできた士官へ、獄門笠の奥の好奇の目が一斉に光った。花井は足を停《と》めて睨《にら》み返した。

「貴様たちのような破廉恥罪《はれんちざい》とはわけがちがう」

声にならない呟きが虚《むな》しい。花井は運転台の屋根にもたれて、荷台の一番前に位置した。走るトラックの前と後を、憲兵と警査のサイドカーが伴走する。なんという仰々《ぎょうぎょう》しさだ。戦争もどたんばに来たというのに、わかってるのかと言いたくもなる。花井は皮肉っぽい眼で沿道の街並みを眺めた。

佐世保は別府と同じように戦災を受けていなかった。なぜ軍港と湯の町を無傷のままにしておくのか。アメリカの意図も知らずに、国民は佐世保が無事だからまだまだ戦えると錯覚している。あの検察官からしてそうだ。花井はやたらと批判がましくなった。物事が客観的に見えてくる。副官が言ったように戦う資格のない者は傍観者になるしかないのだ。しかし、トラックが揺れると手錠が手首の肉を噛んで痛い。花井はそのたびに未決囚というわが身を思い知らされた。

刑務所に着くと手錠を外《はず》されて所長室に連行された。「軍籍に在るかぎり軍人として忠誠を尽くせ」と言うが、戦闘配置から遠去けておきながら権柄《けんぺい》ずくの訓示は滑稽だ。滑稽なりに拝聴していると、二等水兵以下にまで後退したような気分にさせられる。花井自身が混乱していた。

つづいて看守長室に連行された。入獄の心得として一切の規則に従うことを誓《ちか》わせられて、最後に止《とど》めを刺された。

「本日ただいま以降、三十一番と呼ぶ」

花井亮の名を失うとその人格も消滅した。

未決四三十一番は奥の部屋で素裸《すはだか》にされた。脱獄に備えるのか、痣《あざ》や黒子《ほくろ》や傷跡など体の特徴を細かく記録された。四つ這いにされて尻の穴まで覗かれた。

あの夜、花井は岩切家の五右衛門風呂に体を沈めて、明日は砕け散るわが肉体をいとほしんだ。その肉体は砕け散ることなく、いまこの屈辱にさらされている。

検査が終わると白い獄衣を渡された。襟を合わせる紐が付いているだけで帯はない。汗くさい一種軍装の死装束よりはこの方がよほどましだ。花井のシニカルな表情に看守は笑みをこぼして肯いた。軍法会議の警査とちがって刑務所の看守には心を感じる。そう思うのはこっちが弱気になっただけのことで、いい加減に観念しろという侮《あなど》りの裏返しかもしれない。

いよいよ入房だ。背後に頑丈な扉が閉められてガチャリと錠がかかった。その瞬間、花井は子供の頃の母の言葉を思い出した。

「キューちゃん、あまり偉い人にならないで」

房《ぼう》は白一色の壁に囲《かこ》まれていて、隅《すみ》に便器が置かれ、その横に毛布が四枚重ねてある。手の届かない高い位置に、外気を取り入れる小さな窓があって僅かに娑婆とつながっている。激変した環境は、否応《いやおう》なしに新たな心の対応を迫ってくる。花井は、いつしか妄想を楽しむことを覚えた。

もしここが銃弾の飛び交う戦場になったら。あり得ないことではない。海軍は刑務所の囚人を射殺するだろうか。動物園の猛獣のように。司法の権威にかけてそうはするまい。獄房から解放して囚人部隊を編成するだろう。武器として小銃を渡されたら。標的は三つある。敵兵を狙うか。陳腐《ちんぷ》な選択だ。刑務所長を撃つか。泥くさい選択だ。われとわが脳天に銃口を向けるか。これが一番すっきりする。死を想うたびに雅代の幻影が立ちはだかる。そこで妄想は消滅する。その繰り返しだ。

獄衣に獄門笠という出立《いでたち》で、刑務所の外に出るのはその日が初めてだった。入獄してから十数日が過ぎていた。どんな悪いことをしたのだろうと、世間の恐れと侮りの眼にさらされて花井は軍法会議に移送された。初めて出頭した日に、検察官は委細取り調べると言ったが、その後、何を調べたのだろう。もしや岩切家のことがと気にならぬでもない。しかし、再会した検察官には悪役を感じなかった。花井を被告呼ばわりもしなかった。

「貴官は訴追の要件を欠如《けつじょ》している」

その意味が全くわからなかった。検察官は言葉を補った。

「四月十五日の日付で海軍少尉花井亮の名は、海軍省人事局の士官名簿から抹消されていた」

死んだことになっている者を裁くわけにはいかない。当然だ。問題の四月十五日とは花井が宇佐を飛び立って串良に到着した日だ。その後、花井は今日まで劇的な喜怒哀楽にのたうちながら生きてきた。その間、彼は公《おおやけ》には死んでいたのである。

単なる手続き上のミスではあるまい。出撃命令を受けたその時点で早くも死の烙印《らくいん》を押すとは、非情もここに極まった。事はすべて人命無視の特攻思想そのものに胚胎《はいたい》する。花井は玩弄《がんろう》されたわが命の転変《てんぺん》を知ったが、怒りを他者のためにたぎらせた。

特攻機は無人のロケット弾ではない。爆弾を敵艦上に炸裂させたのは搭乗員の不屈の闘志だ。散華《さんげ》した宇佐艦攻隊の仲間の顔がちらつく。寺田、堀之内、村瀬、富士原、大石、田平、十河、大谷——出撃前夜のヒューマンドキュメントはさまざまに異なるが、彼らの献身は均《ひと》しく憂国の至情に発している。彼らは機上に慟哭しながら、砲煙弾雨を衝いて突入した。しかし、彼らはまだ生きてるときからその名を消されていた。

釈放された花井は、佐世保鎮守府付という無役のポストを経て特攻艇の基地に赴任した。紀伊半島の突端近く、熊野灘に面して建設中の基地は、資材不足で、工事は遅々《ちち》として進まなかった。無為の日々を過ごすうちに八月十五日を迎えた。終戦とは真空のような静寂である。花井はそのように感じた。静寂が薄れて潮騒《しおさい》を聞くようになると、花井の思考はようやく未来へ向けて動き始めた。

三

花井の戦後は有坂に会いたいという想いからはじまった。途中の島に不時着した以後の消息は全く知らない。しかし、どこかで終戦の詔勅を聞いているはずだ。事実、有坂は百里原航空隊に近い農家のラジオで日本がポツダム宣言を受諾したことを知った。

有坂も花井に会おうと思っただろうか。一週間後に鹿島灘に突入して自決したことからして否定的な推測しか生まれない。

そうとは知らずに花井は一途に有坂のことを思いつづけた。

戦時中の二人の間柄は死に競《くら》べの日々であったが、厳冬の土浦航空隊で初めて出合ったとき、互いに相手の人格が発散する雰囲気に心をひかれている。あのときの含羞《がんしゅう》の語らいがなつかしい。友情の芽は戦争で凍結されたが枯死《こし》してはいない。花井はそれを確信した。焼け野原の東京には雨露をしのぐ場所さえなかった。やっとのことで多摩川沿いの農家の物置を借りた。法外な家賃を要求されたが花井の懐《ふところ》はたっぷり余裕があった。

政府は、連合軍の本土進駐に備えて、早急に陸海軍将兵を復員させる必要があった。そのために終戦時の階級を一つ上げて二十四ヵ月分の給料を退職金として支払った。花井たちのクラスがポツダム中尉と呼ばれる所以である。金額にして三千円近くになった。大学卒の給料が八十円という時代だからたいへんな金額である。

終戦の年は慌《あわただ》しく暮れた。年が改まると花井は毎日のように三田界隈《かいわい》へ出かけて行った。有坂の出身大学が近いからだ。校門を出入りする復員学生の中に海軍の軍服を着た者を見かけると有坂の消息を尋ねた。何の手がかりもないまま数ヵ月が過ぎた頃に、有坂が殉職したという噂を耳にした。それも戦後になってからだという。もしや自決したのではという疑惑は消そうとしても消えなかった。詳細を知ろうとしても海軍省は近く廃止されるとかで浮き足だっている。

花井は三田通いをやめた。とりあえず自分の足許を固めておこうと、三年ぶりにお茶の水から本郷へと歩いた。道幅がずいぶん広くなったような気がした。両側の家並みが焼けて無くなったからだ。

花井の学籍は昭和十九年の九月で消えていた。軍籍が消えたのは海軍の誤りだったが、学籍が消えたことに大学の誤りはない。学徒出陣の時点で最終学年に在籍していた者は仮卒業として扱い、翌年の九月に卒業証書を発送したという。花井が出水から宇佐へ移動した頃だ。親許へ送ったそうだから玄界灘に沈んだか、胡沙《こさ》吹く風に舞い散ったか、どちらにしても未練はない。研究室に戻って来いと言ってくれた教授に、挨拶もしないで花井は校門を出た。社会科学に復権の時が来たというのにまるでやる気がしない。惜しげもなく過去を捨てる癖がついてしまったらしい。有坂のことをはっきりさせないと一歩も先へは進めなかった。

海軍省は消滅して、厚生省の第二復員局と名が改められた。花井は年の瀬も押し迫った頃に訪ねてみた。係官はあちこちの棚を歩き回ってようやく質問に答えた。

「終戦から一週間後の八月二十二日、百里原海軍航空隊では永久に軍艦旗を降ろすに先だって、最後の飛行作業を行なったようです。リ－433号機は高度三千で利根川河口付近の上空を飛行中にエンジン故障、鹿島灘に突入、有坂少尉は殉職したという記録が残ってます」

殉職ではない。自決だ。疑う余地はない。有坂の最後は、花井が思っていたよりもはるかに激しく劇的だ。白昼の夏の光をはじきながらリ－433号機は逆落としに突っ込んで行ったのだろう。鹿島灘を沖縄の海とみて有坂の死の決意は炎《ほむら》だったにちがいない。有坂は初志を貫いた。節を完了した。

花井は有坂が不時着したと聞いたとき、故意に操縦桿をひねったのではないかと一瞬疑った。出撃に遅れたことの後ろめたさから逃れようとして有坂を疑うという背徳を犯した。そして、友情の復活などと甘美な夢に耽《ふけ》ったりもした。過ちを重ねるともはや罪である。

戦争が終わって死から解放されたとき、有坂が決行した窮極の行為は、花井を徹底的に打ちのめした。俺は俺の道を行くと力んでみても、有坂へのアンチテーゼはいとも脆《もろ》い。死期を逸した花井は、有坂だけではなく他の多くの死者たちからの憫笑《びんしょう》を浴びた。

四

おどろな骸骨が闇をさ迷う。かつて骸骨は六十二キロの豊かな肉体を纏《まと》って百六十五センチの身長を保っていた。ところが、戦友の死を思うたびに体重が減り、ついに一片の肉塊も残さず骨だけが残った。それでも骸骨は花井亮の名を留《とど》めている。醜《みにく》さに耐えかねた骸骨は自らを地に投げた。乾いた音が虚しく響いただけで骨は砕けなかった。地をのたうちまわっても無駄だった。有坂は骨を砕いて死んだ。寺田も田平も十河も大石もみんな骨を砕いて死んだ。ひとり花井亮という名の骸骨が闇をさ迷う。

「われながら無残な夢を見たものです」

花井は嘆息した。圭介は聞きながら息苦しいほどの緊張を強いられた。しかし、花井の表情から苦悩の色は潮が退くように消えた。

「その後、私はリ-433号機の事故を報告したという上等飛行兵を探すことに没頭しました。半年近くもかかってやっとあなたに電話することができたという次第です」

「あのとき仰言《おつしや》ったことが予科練呆《ぼ》けの私をまともに立ち直らせてくれました」

「何を言ったか憶えてませんが」

「しっかり勉強するようにと」

「あれは苦しまぎれの一言です。有坂の最後を目撃した人の声を聞いたとたんに、私は気がつきました。有坂の死を自分から切り離そうとする疚《やま》しさに。私はとっさに口走っただけです」

雅代が部屋に入ってきて花井に伝えた。肯いた花井は圭介に言った。

「だいぶ夜も更《ふ》けてきましたね。お疲れでしょう」

「いえ、私は一向に構いません」

「離れに床をのべたそうです。どうぞお休みになってください」

遠慮すると却って迷惑になる。

「では明日改めて」

「もう話すことは何もありません。花井亮の青春始末記もこの辺で終わりにしましょう」

花井は唐突に過去を中断した。映画のクライマックスで突然フィルムが切れたような感じだ。圭介は一夜の客となって寝床に就いた。花井はなぜ話を打ち切ったのだろう。あれこれ思うだけで頭は冴える一方だった。

有坂の死を知ったときの花井のリアクションは凄まじい。自分の存在そのものを否定している。しかし、花井は雅代との愛に結ばれた。その転機に就いては触れようとしない。おどろな骸骨の夢を曳きずりながら、どうして雅代との結婚に踏み切れたのだろう。自然の成り行きという答えもあるがそれでは花井の人物像が歪《ゆが》む。

夜はいたずらに更《ふ》けて行った。早くも暁《あかつき》の闇《やみ》を知って鶏《とり》が鳴いた。童話の世界へ誘い込むような新鮮な響きを耳にしたとき、突然に閃《ひらめ》いた。花井が口を閉ざしたのは生きたことの弁明を嫌うからだ。語れば語るほど言いわけがましくなる。花井の沈黙を納得すると圭介はようやく深い眠りに落ちた。

雨戸の節穴から射し込む朝の光はレーザー光線のようだ。壁の一斑《いっぱん》に集中してそこだけが明るい。夜はとっくに明けている。圭介は夜具を蹴って飛び起きた。他人様の家で寝過ごすとは大失態だ。井戸ばたへ急ぐと、そこには洗面の支度がしてあった。香ばしい白木の高足桶に水が湛《たた》えられ、小皿に塩を盛り歯ブラシを添えてある。井戸水での洗面は、ほのぼのと心を潤《うるお》してくれた。岩切家の主婦は遠来の客をもてなす術《すべ》を心得ている。

母屋から雅代が姿を見せた。

「お早うございます。お休みになれましたでしょうか」

「は、ぐっすり」

「茶の間に朝食の支度ができてますので」

「恐縮です」

寝過ごした失態を繕《つくろ》ってはいるが、圭介の体はまだ覚めきっていない。雅代は全身の細胞がフル稼働している。表情は明るく動作も活発だ。すでに朝の仕事をいくつもこなしたのだろう。

茶の間に用意されている膳は一つだけだった。花井はとっくに朝食をすませたらしい。岩切家の生活のリズムを狂わせて、圭介はいよいよ恐縮した。

「主人はつい先ほど出かけましたの。お客様のお相手もしないで申しわけないと言ってました」

雅代は事もなげに言うが、圭介の脳裏に、もしやの不安がよぎった。有坂の自決の様相を知って、花井は動揺しているにちがいない。しかし、雅代には花井の外出を気遣う様子はまったくない。花井の外出の理由を話した。近隣市町村の民生委員の集まりがあることになっていたが、東串良町の代表者から連絡があり、急用ができたというので、代わりに鹿屋《かのや》へ出かけたという。花井は世間と公的な繋《つな》がりを持っていると知って、圭介はひとまず安心した。雅代が茶請《う》けの梅を箸につまんで差し出した。圭介は受け取る作法がわからずとまどった。

「手のひらで受けるのがこちらの風習でございます」

圭介は言われた通りに受け取って、丸ごと口にした。そして、手のひらをペロリと舐めた。そのぎこちない動作が、雅代の笑いを誘った。圭介も照れがくしに笑った。心が和むと新しい発想が生まれる。圭介は気がついた。花井が口を閉ざした部分は、雅代が語るべき領域なのだ。朝食を終えると圭介は雅代に申し入れた。

「戦後に御主人と再会されたときのことをお話し頂けないでしょうか」

雅代は私的なことだからと繰り返し辞退した。このままでは有坂と花井の心の軌跡を総括することはできない。

「花井さんは有坂さんの自決を無視したのでしょうか」

「主人はそんな人ではありません」

圭介は初めから雅代の抗議を期待していた。

「仰言《おつしや》る通りです。お人柄からして考えられないことです。そうなると、ある大きな力が花井さんを動かしたと考えるしかありません。力などと不粋な言い方をしましたが、他でもありません。それは男の魂を揺さぶる愛という大きな力です。だからこそ花井さんを立ち直らせたのでしょう。そのようにして結ばれたお二人の絆《きずな》は強い。昨日の今日にご主人が突然外出されても、何の不安もお感じにならない奥様を、私はやっと理解することができました」

圭介はさらに言葉を継いだ。

「有坂さんは、花井さんを支えたような愛に恵まれていなかったのです。現在の私よりずっと若い有坂さんが、孤独の中で死を志したかと思うと、その心根が哀れでなりません。奥様、御主人との戦後の再会を有坂さんに聞かせるつもりで話してください。亡き人の魂を鎮めるためにです」

雅代は圭介の眼を確《しか》と受けとめた。

五

昭和二十年も七月になると、しらす台地の空から、友軍機の爆音が消えた。敵機もあまり飛ばなくなった。目標を破壊し尽くしたからだろう。米軍の上陸は近い。住民の多くは山間の奥地へと疎開してしまった。やがて戦場となることを予告するかのような静けさの中で、岩切家の釣瓶《つるべ》のきしむ音だけは絶《た》えなかった。

「あたいはここを動きもはん」

しげ乃にとって、ここは戦死した三人の息子たちの魂が帰ってくる場所なのだ。

「私もです」

花井は生きろと言い遺したが、雅代はこの地を逃れてまで貪欲《どんよく》に生きようとは思わなかった。却って花井の願いを逸脱する。

数日中に、米軍が志布志湾に上陸するという噂《うわさ》が流れた。しげ乃が身辺整理をはじめて二日目の午後、雅代が興奮しながら駈けつけた。

「小母さん、戦争は終わりました」

しげ乃は即座に問い返した。

「灯火管制はせんでもよかとじゃな」

その夜、岩切家ではありったけの提灯を点《とも》し、庭に、二日後れの迎え火を焚《た》いて死者たちの魂を招いた。しげ乃と雅代は、もう二時間も縁先に坐ったままだった。

「北支、ビルマ、ニューギニア、息子たちはみんな、遠かところで戦死しもした。沖縄はすぐそこじゃ。いちばん先に戻ってくるのは花井さんの魂かもしれんな」

「でも、門の外で岩切家のみなさんがお戻りになるの待ってると思います」

「遠慮しぐれはいらん。叫《おら》んでみやんせ。花井さあんち言うて」

何度も促されて雅代は庭に降り立った。夜空を仰いでいると涙がポロリと落ちた。叫ばずにはおれなかった。死者の魂を大声で呼んだ。

「花井さあん」

敗戦の悲しみと引き換えに、人びとは死から解放された。これからは生活の苦労はあっても、みなが手ばなしで生きて行ける。生きるとはこれほど平凡なことだったのか。花井に死を覆された後の雅代には日々の暮らしに重厚な時間があった。生きることそれ自体が生きる目標だったからだ。いまはそれがない。

雅代は花井が出撃したと信じていた。敗戦は雅代に花井の死の意味を問わせた。納得できる答えは得られなかった。花井が意味なく死んだとしたら、それは雅代が意味なく生きることにつながる。しげ乃は雅代の心の動きを見逃さなかった。二人が生活を共にすることになったのも縁というものだろう。そもそもの出合いから、しげ乃は雅代に母性愛をかきたてられた。しかし、二人の間にはなお異郷の人という隔りがある。それを無くさなくてはいけない。

「あたいの娘になってくれんな」

しげ乃の心はすぐには雅代に伝わらなかった。岩切家の養女になることだと知るなり、雅代は自分の生い立ちを意識した。東京の下町で、名もない庶民の子として幸薄《さちうす》く育った過去が、しげ乃の好意を拒んだ。

「とても私みたいな女が」

「返事は急がんでもよかと、こいからも二人で暮らして行きもそや」

雅代はしげ乃に母を感じつつ年の瀬を越した。敗戦の混乱も、南の果てのこの地にはそれほど激しくは伝わってこなかったが、岩切家では新しい農地法によって、田畑の多くを失うことになった。その心労が重なってしげ乃は寝込んでしまった。雅代は幾度となく老女の嘆《なげ》きを聞いた。

「御先祖様に申しわけなか」

雅代はそのたびに慰《なぐさ》めた。

「そんなにご自分をお責めにならないでください。世の中が変わるのは戦争に負けたからです。小母さまの責任ではありません」

小母さまと呼ぶかぎり、二人の間には他人の要素が残る。このままでは老女の心の傷を癒《いや》すことはできない。雅代は決心した。

「私は岩切家の娘になります」

「ほんのこつな」

老女は喜びに溢れて半身を起こした。寝込んでから十日ぶりのことである。その後は日毎に元気を取り戻して間もなく床を上げた。

しげ乃を母として暮らすことは、雅代にとって確かな生き甲斐にはなった。しかし、それは多分に道義的なものであり、二十一歳の誕生日を迎えたばかりの娘心を満たす瑞々《みずみず》しさに欠ける。

外地からの復員がはじまった。若い男たちで町は日ごとに活気づいた。中には葬式まで出したのに本人が無事に帰ってきたという話を、あちこちで聞く。もしかすると花井も生きてるかもしれない。雅代の心にほのかな光が点《とも》った。しかし、光は闇に揺らいで心もとない。

最後に別れるとき、花井は雅代を抱き寄せて、これがわが命の音と胸の鼓動を伝えた。そして、永遠の別れを告げた。あのときのさよならの一言は、とても生きて帰ってくる人の言葉とは思えない。雅代の心に点ったほのかな光は消えた。消えてはまた点った。希望と絶望の間を振り子のように揺れながら雅代は新しい年の四月二十八日の夜を迎えた。最後の別れからまる一年が過ぎたことになる。もう諦めるしかない。その日かぎり雅代の心に光が点ることはなかった。

町の若者たちの間で、近頃しきりと話題になる岩切どんのよかおごじょとは雅代のことである。それほどに雅代は注目されはじめたが、うっかり岩切どんの屋敷に近づいたりすると、男どもはしげ乃の一喝を浴びた。雅代はしげ乃の過保護が気になった。

「これからずっと土地のみなさんのお世話になることですし、青年団の若い人たちともおつきあいをした方がいいと思います」

「此処《ここ》んたいのにせども（若者たち）にろくな者はおらん」

「あたいはもう東京の流れ者ではござりもせん」

雅代の鹿児島弁は危なっかしい。

「まちっと鹿児島言葉が上手にならんといかんが」

しげ乃はようやく雅代を過保護から解放する気になった。

長年の儒教道徳は、アメリカの占領政策によって、たちまち萎《しお》れてしまった。この町でも男女席を同じうするための企画が次々と試《こころ》みられた。中でも青年団主催の運動会はそのハイライトである。

「一等賞を貰うてきやんせ」

義母に励まされた雅代は、五月晴《さつきば》れの清澄な空気を胸いっぱい吸って会場に駆けつけた。

「岩切どんのよかおごじょじゃ」

拍手で迎えられた雅代は、進んでその場の雰囲気に溶け込もうとした。凡庸《ぼんよう》な日常を楽しめるのが平和というものだ。雅代の若い肢体《したい》は、息苦しい過去をふり落とすかのように躍動した。岩切どんのよかおごじょ人気は急上昇した。

男女席を同じうするその日のメーンイベントが場内に告げられた。婿《むこ》取り競争とは刺激的だ。まず女性だけがスタートする。会場の中の一人の男性を選び、鉢巻で目隠《めかく》しをして眼の見えない男の手を取り、トラックを一周する、というのがおおよそのルールである。横一線に並んでスタートを待つのはみな嫁入り前の若い娘たちだ。雅代もその中にいた。意中の娘の名を呼んで売り込む男たちの声が騒がしい。中でも他を圧している声は、岩切どんのよかおごじょだ。そんな雑音など耳に入らないかのように雅代の眼は宙の一点を見つめて動かない。真剣な眼差しは何のためか、雅代はスタートの号笛を聞くより早く飛び出した。有象無象《うぞうむぞう》の手を払い、見物の人垣を突きぬけると、雅代は、会場から去って行く一人の男の後ろ姿を追った。

「花井さん！」

呼ぶなり手にした鉢巻で後ろから目隠をした。

「私と一緒に走って！」

花井は遠くから雅代の姿を確かめていたのだろう。雅代もほんの数刻前に、人目を憚るように見え隠《かく》れする男を花井だと気がついた。花井の突然の出現に、雅代は一瞬、目まいを覚えたが、号笛が有無を言わせず雅代を射出した。余勢を駆って、雅代は花井の手を力いっぱい引っ張った。数歩踏み出した花井の脚は次第にピッチを早めた。再会の微妙な心を整えるよりもいまは無我夢中で走りたい。走りながら二人の胸は次第に高鳴った。これほど動的なラブシーンがまたとあろうか。胸も裂けよと走る二人のスピードは異常に早い。たちまち他を追い抜きトップでゴールした。どッと湧いた拍手も野次も雅代の耳にない。

「お願いです。このまま帰らせてください」

雅代は立ち止まろうともせず花井の手を摑んで会場から走り去った。

「岩切どんのおごじょはよか人の居いやったもんじゃ」

巷の噂は現実に先行するが、雅代には焼土と化した東京を出発したときすでに架空の〈婚約者〉がいた。それが機縁となって二人が巡り合い、絶望的な別離を経てふたたび巡り合った。そして、二人はいま野の道を歩いている。

雅代は賢明だった。夢中で走ってよかったと思う。突然の再会に動転して花井に抱き縋《すが》ったりしたら、すべてが虚《むな》しく潰《つい》えたかもしれない。二人の間柄は、いまなおつづいている。すばらしい未完ではないか。

全力疾走の後の激しい動悸はすでに収まっているが、眼をさらすことを恐れているのか花井はまだ目隠を外していない。雅代も花井の手を確《しか》と握っていた。手を放すと花井がいなくなるような気がしたからだ。

　二人は黙々と歩いた。無言が安らぎであるのも限度がある。話しかけてくれてもいいのにと、雅代は甘えっぽく拗《す》ねていた。雅代の頑《かたくな》な沈黙が花井に語ることを強いた。

「僕はね、君の元気な姿を見たら黙って去るつもりだった」

「私と話しもしないで」

「うむ」

「なぜ」

「僕はまだ戦争中の自分の行動を整理しきっていない」

「だったらなぜ、私の様子を見に来たの」

　花井は返事に窮した。雅代は言葉を連発して畳みかけてきた。

「何のために」

「ただの気休め」

「それともこの世の見収めに」

　花井は一瞬、硬直した。

「ね、どっちなの」

　雅代は手を放して、花井の正面に立った。

「見て、私の顔を」

　そのとき花井の耳は遠くかすかに汽笛を聞いた。心の奥に潜む過去が触発されたのか、花井は日隠の鉢巻を取り払った。初夏の豊かな光が眩《まぶ》しい。眼を細めて見まわすと、あたりのたたずまいに見憶えがあった。二人が初めて出合った線路沿いのあの場所だ。死の出撃を明日に控えた男と、旅路の果てに命を断とうとした女が、生きてふたたび同じ場所に立っている。列車が鉄輪をきしませて通過した。あの日の重量感はない。見送る二人にも、かつての昂揚《こうよう》はない。同じ男と同じ女でありながら決定的に違うのは、戦争の時代には死に行く男がリードし、平和な現在は生きようとする女がリードしていることだ。雅代はとっくに冷《さ》めていた。男の心の傷に触れまいとする女ごころが香り立つ。

「歩きましょう。あのとき二人で歩いた同じ道を」

ほのぼのとした誘いである。花井は一瞬の躊《ため》らいもなく雅代の後に従った。

「この辺だったわね。私が駄々をこねたの。殺してくれって。困ったでしょう。ごめんなさい」

しらす台地の道はこの日も白く乾いていた。玉虫色の昆虫が翅《はね》を震わせて飛んだ。

「あら、道しるべ、あのときはお世話になりました。でも今日は大丈夫。行く先はわかってるの。それに私がこの通りしゃんとしてます。道しるべさん、ごくろうさま。飛んで行け」

雅代は花井に明るい笑顔を向けた。笑顔を返すだけでは能がない。花井は言葉も返した。

「君という人はよくお喋りするんだね」

「今日は特別です。なぜか言葉がぽんぽん飛び出すの」

岩切家はもう近い。ここまで来てほっとしたのか雅代はしげしげと花井を見つめた。

「花井さんとは、一年前にたった半日の短いおつきあいですものね。私がどんな女かおわかりでないんだわ」

「いや、わかってる」

「うそ」

「わかってる」

「わかってない」

「わからなくてもいい。愛してる」

雅代は息を呑んだ。いきなり愛とは直言が過ぎる。花井自身もたじろいだ。支えの言葉が要《い》る。

「だからここまでやってきたんだ」

「だったら死なないで」

間髪を入れず切り返した雅代に初めて激情が走った。体を投げ、花井の胸に鼓動を聞いた。命の音を。再会を確かめあうように二人の熱い抱擁がつづいた。

語り終えた雅代は、団扇《うちわ》を使って上気した自分の顔に風を送った。

「半年後に私たちは結婚しました。そして、二人とも岩切の姓を名乗ることになりました。花井の両親と家族は満州で亡くなられたのです。岩切の義母は大学に戻るようにと何度も申したのですが、主人はこの地を動こうとしませんでした。義母は七年前に亡くなり、そのときから主人が岩切家の当主をつとめております」

雅代は語り尽くした。戦後を生きる花井に一片の疚《やま》しさもないことを訴えようとして、多感な若き日の秘めごとさえも恥じらうことなく語った。

亡き有坂の鎮魂のために語れという圭介の言葉は、無慈悲な強制を加えたかもしれない。しかし、雅代は花井の楯《たて》となる気魄を投げ返してきた。そして、いまにも泣きだしそうな気配を見せた。圭介は深々と頭を下げた。口にしたのはただひとこと。

「ありがとうございました」

他はすべて世辞と堕《だ》す。

雅代は、間もなく花井が帰ってくるからと圭介を引き留めた。しかし、岩切家を訪問した貴重な時間の密度を薄めたくない。圭介は岩切家を辞して、しらす台地を去った。

終章　死生

一

三人の語部《かたりべ》たちが一堂に会した。津上は吉野川源流に近い山寺から、重松は八面山《はちめんざん》の麓から、それぞれ上京して、瓜生が営む東京山の手のコーヒーショップに顔を揃《そろ》えた。その席に圭介も出席してすべてを報告した。すると津上が大きく肯《うなず》いた。

「語部ともあろう者が、雁首《がんくび》を並べて聞き手に回るとは面目ない。しかし、よくそこまで調べてくれましたな、おおきに」

重松も圭介を労《ねぎら》った。

「ごくろうさんじゃったね」

瓜生だけは首を振った。

「それを言うのはまだ早い」

語気の激しさに重松がむかついた。

「何ば言うとか、妙な男じゃね」

「単細胞は黙ってろ」

「わしを怒らす気か」

津上が間に入った。

「ま、ま、そう鋭《と》んがるな、みんなで有坂の冥福を祈ろう」

「祈ればいいというもんじゃない。坊主のわるい癖だ」

瓜生は妙にしつこい。津上も怒った。

おかしなことになってきた。圭介はみなをなだめると、改めて瓜生に発言を促《うなが》した。瓜生は鋭く切り込んできた。

「核分裂と同じだ。臨界に達しないと命は燃えない。有坂を自決へ走らせたパッションは何だったのか。わかったようでもう一つわからない。俺たちがぼやぼやしてるうちに、世の中の価値観はどんどん変わっていく。それも、悪い方向にだ。だから有坂の自決を、愚直と笑う。いいのか、こんなことで」

瓜生の悲憤は語尾がかすれた。ふたたびみなが黙り込んでしまった。瓜生が思い出したように津上に詰めよった。

「おい！　出水で、教員が空から飛び降り自殺をしたときだ。有坂は何かを教えられた、と言ったそうだが」

「それがな、つい今日まで聞きっ放しにしとった」

「落下地点は飛行場の中か外か」

「中だ。まちがいない」

「おかしいじゃないか。女がらみの自殺だとしたら、海か山か、人目につかない場所を選ぶ筈だぞ。噂はでっち上げだよ。戦争に背を向けた男を貶《おとし》めるための。落下地点を飛行場の中に選んだことには重大な意味がある。死のダイビングを全隊員の眼にさらしたのは、戦争への激しい抗議であればこそだ。有坂はそこまで見抜いたんだ。教えられたというのは怒りを表現する方法だと思う」

瓜生の分析は一気にほぐれて行った。

「自決へ突っ走った有坂の激情は、他《ほか》でもない。怒りだ。最愛の妹冴子との別離も、花井と互いに敬愛しながら死を競《きそ》ったのも、矢島一飛曹と出撃の途上、生死を賭けて争ったのも、すべて戦争のためだ。有坂は感情がこまやかだ。硫黄島での弓削の憤死、爆砕した立石や出撃した仲間のことが負い目になって、戦争への怒りが増幅《ぞうふく》した。しかし、有坂にとって、死とはあくまで戦死でなくてはならない。戦うことを忌避《きひ》すると怒りがふやける。この点が出水の死のダイビングとは決定的にちがう。阿蘇のカルデラを越える車中で軍服論をぶち上げたように、有坂は軍人であることに徹した。だから怒りというマグマを、任務という殻の中に封じこめた。百里原に辿り着いたとき有坂も戦死したことになっていた。軍籍が復活したのは、もう一度死なすためだ。有坂の怒りは限界に達したと思う。それでも怒りのマグマは封じこめられたままだった。終戦直前に日立が艦砲射撃を受けたとき、敵の艦隊は北浦沖わずか数浬の至近距離にまで来襲した。有坂は操縦席に坐って発進命令を待った。しかし、出撃することもなく戦争は終わった。軍人としての一切の任務が消滅した。殻が除かれるとマグマは爆発するしかない。生きのびることは、もはや安逸な妥協でしかなかった。有坂の自決は、戦争への凄絶な抗議だ」

瓜生が吐露した熱っぽい分析は、津上の琴線《きんせん》に触れた。

「有坂だけやない。特攻に出て行った者はみんな同じや。出撃する前の晩に、血の通うた一面をちらつかせなんだ者はおらん。未練をぶった切ったのは戦争への怒りや。怒りが爆弾の破壊力を二倍にも三倍にもして敵艦を轟沈した。わしは坊主やからな、非科学的なことも平気で言うんや」

語部《かたりべ》たちは、有坂のパッションを出撃した仲間たちにまで敷衍《ふえん》した。おかげで、有坂が孤独な死から脱《ぬ》け出たようで、圭介は一抹の安堵を得た。

しかし、兄は積年の軍国主義に圧殺されたという冴子の悲嘆は消え残る。有坂の死を能動的とみるか受動的とみるか、どちらにも誤りはあるまい。確かなのは有坂が一貫して自分自身に忠実であったということだ。

これで花井への道義的な蟠《わだかま》りは完全に消えた。

「みんなで花井にエールを送ろう。堂々と生きて行けってな」

瓜生の提案にみなが拍手した。

「地方に埋もれていたのでは折角《せっかく》の才能が勿体《もったい》ない」

瓜生の正論を津上が茶化した。

「俺にも言えるな」

「貴様は山寺に籠《こも》ってる方がボロを出さずにすむ」

「ちっとは遠慮して物を言わんかい」

この場は笑ってお開きというわけにもいくまい。

瓜生は新たな問題を投げかけた。

「有坂の分まで世に出て活躍するのが、生きてる花井の義務だと思うんだが」

重松が身を乗り出して逆《さか》らった。

「ちがう。それはちがう。有坂の代わりがつとまる者は、誰もおらん。有坂だけじゃなか。南の空へ飛んで行ったあの顔この顔を思い出してみい。みんながそれぞれ、かけがえのない人格と才能を備えちょった。あいつらの代わりに俺たちが生きるなどと思い上がったことを言うちゃならん。そのことを誰よりも強く感じとるんが花井じゃろう。世間に出て行こうとせんのはそのためじゃ」

瓜生は心よく納得した。

「わかった。よくわかった。もう一言だけ言わせてくれ。他にも巷に埋もれてしまった同期の男たちが大勢《おおぜい》いる。戦争で心を傷つけられたからだ。花井がその代表だ。死んだ者はどうしようもない。あたら才能を無にした。有坂がその代表だ。戦争でトップオフされたわが世代が痛ましくなる。泣きごとを言ってるんじゃない。歴史の冷厳な分析だ。だから俺は、有坂や花井と同じ世代に生まれたことを誇らしく思う」

三人の語部《かたりべ》たちは完全に意見の一致をみた。

圭介はこの日のことも書き加えて、アメリカのオルニー夫人に報告した。冴子から返事が来たのは十日ほどしてからだった。

「みなさんが兄志郎へ注いで下さった温かいお心に感謝致します。兄の自決は血気の勇に駆られたのではなく、出陣学徒にふさわしい死の抗議であったことに救われる思いがします。でも兄は妹の私から眼を外《そ》らしたのです。兄を恨んでるのではありません。私という存在が兄に死を思い止まらせる力のなかったことが、悔しく情けないのです。妹ではだめなんだわ。恋人でないと。雅代さんという方を羨ましく思います」

圭介は花井と雅代にも報告した。しかし、冴子からの手紙については触れなかった。そっとしておこうという語部《かたりべ》たちの心遣いを大事にしたいからだ。花井への手紙の末尾を次のように締め括《くく》った。

「今日から更に四半世紀が過ぎて、戦後二度目の歴史の節目を迎えたとき、もう一度、しらす台地の岩切家をお訪ねしたいと思います。そのときまで、仙石圭介という不躾《ぶしつけ》な訪問者の名を、記憶に留めおき下さいますようお願い致します」

それっきり、圭介は花井と文通をしていない。初対面の清冽《せいれつ》な印象を薄めたくないからだ。

二

駿河台の通りをカルチェラタンと呼んでバリケードを築いたかつてのゼンガクレン旋風は、人々の記憶に遠い。あれから四半世紀が過ぎたいまは語る人もいない。完全に風化した。時を同じくしてもてはやされた『同期の桜』ブームの行方《ゆくえ》はしばらく措《お》こう。

今日を明日に継ぐ時の流れも、戦後五十年となると時代の様相は一変した。かつての神武景気はどこへやら、国民は底なしの不況に喘《あえ》ぎ人心の荒廃は眼に余る。拝金主義のつけが回ってきたのだ。金《かね》に塗《まみ》れて腐臭を放つ日本人は自浄力を失ったのだろうか。そんな世情不安の真っ只中に、圭介のしらす台地再訪の時がやってきた。

初めて訪れたときと交通システムもすっかり変わった。ジェット旅客機で鹿児島空港に降り立った圭介は、バスを乗り継いで東串良町に入った。うつろう世に、うつろわぬものを求めての旅である。うつろわぬものとは花井の生きざまを言う。

岩切家のたたずまいは昔のままだった。ささやかな変化といえば英語塾の看板がなくなっていることぐらいだ。花井も七十歳をとっくに越えている。塾を閉じてもおかしくない。

「誰さあ、ごあんどかい」

問いかけられた言葉は同じでも、問うたのは雅代とは別人だった。門の中から出てきた年若い婦人が、圭介の訪門の理由を聞いて答えた。

「義父と義母は、六年前に島へ移りました」

血縁ではない他人の身が岩切家に安住することを気にした花井は、しげ乃の遠縁に当たる少年を早くから養子に迎えていたという。少年が成人して結婚したのを機に、花井は家督《かとく》を譲った。花井と雅代が戦後に再会したとき、雅代は花井に生きてくれと、ただそれだけを願い、花井は生きること、ただそれだけで雅代の愛情に応《こた》えた。戦後を生きたことの原点に遡《さかのぼ》って二人は岩切家を去った。そして吐噶喇《とから》列島の宝島に移り住んだ。そこは、有坂が沖縄への征途半ばに着水して部下の遺骸を背負い、けんめいに這い上がった洋上の孤島である。ここを終焉の地と定めた花井の胸中は、察するに余りある。花井は死を避けたのではない。生きることを決行したのだ。その迫力は有坂の自決に迫る。生死の別はあっても、二人の人物像は甚だしく似通う。そこには日本人の古典的な心が息吹いている。

圭介がいつしかのめり込んでいった歴史の落穂拾いは、こうしてようやく終わった。

（完）

あとがき

高野山の一ノ橋から奥ノ院へとつづく墓碑群は火焔千手《かえんせんじゅ》を刻む白堊《はくあ》の塔にはじまる。去り行く今世紀がまだ半ばにも達していない頃に、学業を中断して戦場へ赴いた世代があった。その中で海軍航空隊に身を投じたかつての第十四期海軍飛行予備学生が、戦死した仲間の靈を慰めようと建立した〈ああ同期の桜の塔〉がすなわちそれである。

盛大な除幕式が行なわれて以後は、来る年ごとに塔前で法要が営まれている。二度目の年だった。私は一人だけ遅れて高野山に上った。前の年の落慶法要に参列したとき、多くの旧友と共に死者と生者の別なく同期の桜としての一体感に酔った。あの日の感激の余韻をまとって、私はふたたび塔前に佇んだ。あたりは老杉に蟬の声を聞くばかりで誰もいなかった。寂寞《じゃくまく》の気に私は思わず立ちすくんだ。此岸に在るはわれ一人、四百十一柱の靈はみな彼岸に在る。彼らとの一体感とはおこがましい。除幕式の荘重《そうちょう》にして華麗なセレモニーに埋没して、私は自らの鎮魂の心をおろそかにしていた。その浮華《ふか》を恥じる。新たな想いで塔を仰いだとき、ふと脳裏をかすめた。出撃命令を受けてもなお彼らに死を免れさせることはできなかっただろうか。既定の事実は覆せない。虚しい悲願である。しかし、創作の上では可能ではないか。もの書きをなりわいとする者にはこれに勝《まさ》る鎮魂の術《すべ》はない。私の心はにわかに騒いだ。しかし、創作とはいえ死を覆すことは容易ではない。いい加減なことでは命を冒瀆《ぼうとく》することにもなりかねない。想を練ること数年、私は一行の文字をメモに走り書いた。

「一つの生を得るには一つの死が要《い》る」

そのときから構想の方向が定まった。

発想の経緯《けいい》からして私が意図したのは戦史に添ったドキュメントではない。作戦に忠実な記録でもない。事実の奥に潜《ひそ》む真実を抉り出そうとする物語である。それにしても、発想から三十年とはいかにも長すぎる。事が成るにはそれなりの時間が必要だと、当人は初めからエクスキューズを用意していたが、その間に多くの友人知己が鬼籍に入った。ペンを置くのが遅すぎた。彼らに読んでもらえないとは痛恨の極みである。中でも、熊本県芦北《あしきた》町の専妙寺の前住職渋谷幽哉君は、特攻出撃のぎりぎりの体験を語り聞かせてくれたばかりか親しくしらす台地の戦跡を案内してくれた。物語が完成したのは彼に負うところが大きい。特にその名を挙げて時間をかけすぎたことをお詫びしたい。

登場人物が織りなす数々のドラマは私の体験と見聞に基づくものである。激動のあの時代に海軍航空隊で寝食《しんしょく》を共にした学徒出陣の同期の友は勿論のこと、隊の外でも縁あって巡り合い触れ合ったこの国の心豊かな人々に、紙面を借りて厚くお礼を申し上げる。

歴史とは連環であるという史観がある。環が一つでも欠落《けつらく》すると歴史はたちまち断絶する。大正の後半に生まれた世代が関わった環を、後につづく昭和と平成の環へ確《しか》と繋ぎたい。私の抱懐を賢察された光人社の御厚意により上梓の運びとなったことは望外の喜びである。

最後に、原稿を試読して、数々の助言を贈ってくれた海軍同期の犬塚長、寺尾哲男、野平健一の諸兄に深く感謝申し上げる。

二〇〇〇年春

須崎勝彌

単行本　平成十二年五月　光人社刊

NF文庫

蒼天の悲曲

二〇一七年十月　十七日　印刷
二〇一七年十月二十二日　発行

著　者　須崎勝彌
発行者　高城直一

発行所　株式会社潮書房光人社
〒102-0073　東京都千代田区九段北一-九-十一
振替／〇〇一七〇-六-五四六九三
電話／〇三-三二六五-一八六四(代)
印刷所　慶昌堂印刷株式会社
製本所　東　京　美　術　紙　工

ISBN978-4-7698-3033-7　C0195
http://www.kojinsha.co.jp

NF文庫

刊行のことば

第二次世界大戦の戦火が熄《や》んで五〇年——その間、小社は夥しい数の戦争の記録を渉猟し、発掘し、常に公正なる立場を貫いて書誌とし、大方の絶讃を博して今日に及ぶが、その源は、散華された世代への熱き思い入れであり、同時に、その記録を誌して平和の礎とし、後世に伝えんとするにある。

小社の出版物は、戦記、伝記、文学、エッセイ、写真集、その他、すでに一、〇〇〇点を越え、加えて戦後五〇年になんなんとするを契機として、「光人社NF(ノンフィクション)文庫」を創刊して、読者諸賢の熱烈要望におこたえする次第である。人生のバイブルとして、心弱きときの活性の糧《かて》として、散華の世代からの感動の肉声に、あなたもぜひ、耳を傾けて下さい。